拆來拆去就能猜
掌握「**拆解＋重組**」訣竅
靈活運用**字首×字根×字尾**
迅速增加英文單字量！

學習有捷徑
夢想最接近

"User's guide 使用說明"

先練習看看！只要懂字首字根字尾就能速答的關鍵題目

> 錯誤觀念：「字首、字根、字尾到底有什麼重要？背單字就很累了，我為什麼還要花時間學這些？」

嘿嘿，字首字根與字尾的重要性遠超乎你的想像！翻開本書，先試試看20個選擇題，這些都是無論大小考都很容易會碰到的題型。裡面用到了許多看起來好像有點艱深的單字，但只要看看解析，你就會發現：學過字首、字根、字尾，這些本來很難的題目都能輕輕鬆鬆迎刃而解，而且不用背單字！很神奇吧？快翻開這本書來看看！

先練習看看！

"原來瞭解字首、字根、字尾，怎樣的難題都能迎刃而解！"

學字首、字根、字尾，到底要幹嘛？背單字已經夠辛苦了，我為什麼還要記這麼多東西？你很可能有這些疑問，但你知道嗎？其實只要搞定字首、字根、字尾，腦內的單字量就會大幅增加，需要背的單字也就會大幅減少！不信嗎？快來做做看以下18個題目，你會發現，知道字首、字根、字尾的意思，對於瞭解題目中的關鍵單字可是有非凡大的幫助！如果有不太懂的地方，記得看題到內文的字首、字根、字尾介紹，看個詳細囉！

1. ( ) He's such an _____. That's why we don't like to talk to him.
(A) egoist　(B) egoism　(C) egoful　(D) egoive

翻譯解析

(A) 他是個自我中心的人，所以我們不喜歡跟他談話。

無論是多麼之類大型考試，或學校的小考，在做選擇題的時候，都經常會看到這種「每個選項前面那一樣，只有但只要學什麼的『字尾』，就算四個單字都看不懂，也能但只要學什麼的『字尾』，就算四個單字看不懂，就能輕一秒選出正確答案！

從這題的題目可以看出，我們要填的是「他是個 ____ 人」，也就是說，空格內要填的應該是「某一個人」，是名詞，所以如果我們學過 -ful、和 -ive 是形容詞詞尾的話，馬上就能刪除 (C) 和 (D)。至於 (A) 和 (B) 這兩個都是名詞詞性的字尾，但只要我們學過 -ist 是用來描述「人」的字尾，-ism 則是用來指某種「主義」（例

如：patriotism 愛國主義、impressionism 印象主義），就知道 (A) 才是正確答案了，因為人是人，人不會是某種「主義」喔！這麼一來，就算這個裡每個單字看不認識，正確答案照樣手到擒來。字根、字尾是不是很手功助喔？

★字尾 -ist 更詳細的說明，請見 p.332
　字尾 -ism 更詳細的說明，請見 p.330
　字尾 -ful 更詳細的說明，請見 p.322
　字尾 -ive 更詳細的說明，請見 p.328
　字根 ego 更詳細的說明，請見 p.110

2. ( ) Because there was only the dead in the secret chamber, the police estimated that it was a _____.
(A) excise　(B) suicide　(C) decide　(D) precise

翻譯解析

(B) 因為當時只有死者在密室裡，警方判斷應該是自殺案件。

從句子中可以看到「自己一人在密室死亡」，應該是要填入跟「自殺」有關的字。雖然我們可能沒有背過「自殺」的單字，但從這裡面可以發現，環境裡的字根只有「cise」和「cide」兩種，他們都有「切、割」的意思，再來只要知道各字首的意思，就可以找到答案了。

首先，「ex-」有向外的意思，「de-」有向下的意思，而「pre-」則是有「之前」的意思，且 (C)(D) 兩個選項分別是動詞形態字尾，然而從空格前有冠詞可以知道我們要找的應該是一個名詞，因此三者都不符合題目要求。(B) 選項中的「sui-」有「自己」的意思，從「自己」、「切」可以歸結這個字有自我之意，符合題目的要求，是正確答案。此外，若要說明他的的話，可以使用「homicide」這個字，「homi-」是「homo-」的變化形，有「人類」的意思，「被人切」，即有「他殺」之意。

★字首 a- 更詳細的說明，請見 p.026
　字首 b- 更詳細的說明，請見 p.032
　字根 mono 更詳細的說明，請見 p.056
　字首 mis- 更詳細的說明，請見 p.054

05 a 必須 + awake [ə'wek] 醒著的
awake [ə'wek] 醒著的
延伸單字 wide awake 完全清醒的；警覺的
▶ It was midnight, but I was still wide awake.
雖然是半夜，我依然很清醒。

01 a 朝向 + like 喜歡
alike [ə'laɪk] 形 相似的、相像的
延伸片語 look-alike 極為相像的；外型酷似之人或物
▶ Your eyes and your father's look-alike.
你和你父親有極為相似的眼睛。

06 a 朝向 + vocation 職業
avocation [ˌævəˈkeʃən] 名 副業
延伸片語 life-long avocation 終生的業餘愛好
▶ Jimmy regards photography as his life-long avocation.
吉米將攝影視為他終生的業餘愛好。

01 a 加強 + loud 大聲
延伸單字 大聲地

拆伸伸的單字
g、ap、as、at
伴隨
貼近
適應
攀尾

027

01 a 朝向 + like 喜歡
alike [ə'laɪk] 形 相似的、相像的
延伸片語 look-alike 極為相像的；外型酷似之人或物
▶ Your eyes and your father's look-alike.
你和你父親有極為相似的眼睛。

#026

→ 拆來拆去，都猜得到！學習重點2

自己拼拼看！學習用字首+字根+字尾拼出實用單字

錯誤觀念：「字首、字根、字尾好難學，我腦筋不好使，學不來的。」

誰說字首字根字尾難學？其實就像拼拼圖一樣簡單！本書介紹150個字首、字根、字尾，每個都提供許多相關單字，而且更有趣的是，所有的單字都能用字首+字根+字尾的模式「拼」出來！舉例來說，convention（大會）就是字首con（一併）+字根ven（來）+字尾tion（名詞字尾），拼一拼組一組就是一個單字，很簡單吧？快翻開這本書來看看！

→ 拆來拆去，都猜得到！學習重點3

詳細學學看！補充片語+例句+延伸變化型，記憶加強再加強

錯誤觀念：「學完了字首、字根、字尾，可以拿來幹嘛？不實用啊！」

當然實用！我們每天講的句子、片語就是由單字組成的，而單字就是由字首、字根、字尾組成的，你敢說不實用？全書的150個字首字根字尾均補充相關片語與例句，還有各種延伸變化相關單字，很全方位吧？快翻開這本書來看看！

→ 拆來拆去，都猜得到！**學習重點4**

動動耳朵聽聽看！專業外師親錄全書單字MP3

> 錯誤觀念：「字首、字根、字尾是視覺的東西，我是聽覺學習者，不適合學。」

語言本來就是該用來聽的！這本書全書字首、字根、字尾的相關範例單字都有專業外籍老師錄音，讓你在利用眼睛學習之餘，耳朵也能得到滿足。很好玩吧？快拿出本書的光碟來聽聽看！

→ 拆來拆去，都猜得到！**學習重點5**

試著讀讀看！用字首+字根+字尾搞定你以前看不懂的文章

> 錯誤觀念：「字首、字根、字尾學了只能拿來考試，生活中用不上。」

不會喔！無論是聽英文新聞、網路購物看英文廣告、參考人家的英文影評、讀人家的英文網誌、甚至用英文玩心理測驗……字首、字根、字尾都能派上用場！在這個資訊氾濫的時代，如何在一大堆落落長不需要知道的內容中找到自己最需要的重點？就讓字首、字根、字尾來幫你！書中有超詳細的解釋教你如何利用字首、字根、字尾破解看起來好像很難的文章，以後無論讀什麼內容，抓重點都很簡單！很難想像吧？快翻開這本書來看看！

> ❝ 原來瞭解字首，就能閱讀這樣的文章 ❞
>
> 學了這麼多的字首，想必你能夠看懂的單字肯定大幅增加囉！快來看看以下這三篇文章，比較看看，比起瞭解字首之前的你，現在的你是不是更能輕輕鬆鬆地看懂落落長的文章內容了呢？如果有不懂的地方，也要記得翻回去看看唷！

❶ Preview to "Dreams and Relationships"

Part 1 字首篇

the subtlest details about other people will surface in our dreams and in turn influence how we think about others. Have you ever had the experience of waking up to find yourself feeling worse about a certain person than you had before you went to sleep? You're not alone; many have reported the same thing happening to them.

Of course, though many of our dreams tell us a lot about ourselves and others, some of them can be misleading—we can't very well go around hating random people in our lives just because we see them stabbing others in our dreams. How do we make sure that dreams don't affect our relations with others, then? Some countermeasures will be introduced in my article, so feel fr...

我從小就常在英文考試拿高分，但每當同學問我怎麼背單字時，我都說：「沒有背單字啊！」確實，我沒有背單字，就像在美國長大的小孩也都沒背單字一樣。那他們看到不懂的字要怎麼辦？很簡單，就從字首、字根、字尾來「推理」意思！

字首、字根、字尾之於他們，就像中文部首之於我們。舉例來說，「柊」這個字可能很多人看到的當下都不確定它的意思和念法，但利用我們身為中文母語人士的直覺，看到「木」字旁就代表這個字可能和樹木相關。

學習字首、字根、字尾，甚至能夠幫助英語人士判斷新發明出來的單字。像是《哈利波特》系列中，不是有個能讓物品「飛起來」的咒語嗎？它的原文是wingardium leviosa，這些字之前絕對沒人學過，因為根本就不存在。然而，懂字首、字根、字尾的人，就會發現這段咒語中有「翅膀」（wing），有意為「舉起、變輕」的字根「lev」，也難怪能立刻知道這是會讓東西飛起來的咒語了。

就讓這本書來帶大家熟悉最基本的150個字首字根字尾吧！每個Unit都附有相關單字，更有延伸片語與例句，就是要讓大家看看字首、字根、字尾如何實際使用。另外還精心挑選20題選擇題，雖然看起來好像很難，但其實只要會字首、字根、字尾就能憑直覺選出答案喔！此外還收錄9篇生活中常見的報導、訪談、評論，並搭配詳細的解析，教大家如何找出關鍵字、看出整篇的重點內容，無論你是要考閱讀測驗或純粹想上網找個資料，都是非常實用的能力喔。

最後提醒大家，別被「單字背越多越好」的迷思給蒙蔽了。英文好的人，不是會的單字多，而是「就算遇到他不會的單字，還是能推理出它的意思」。請放心，學完這

" Contents 目錄 "

Part1 字首篇 Prefixes
拆來拆去都猜得到！高速記憶

Part2 字根篇 Roots
拆來拆去都猜得到！高速記憶

Part 3 字尾篇 Suffixes

拆來拆去都猜得到！高速記憶

"原來瞭解字首、字根、字尾，怎樣的難題都能迎刃而解！"

　　學字首、字根、字尾，到底要幹嘛？背單字已經夠辛苦了，我為什麼還要記這麼多東西？你很可能有這個疑問。但你知道嗎？其實只要搞定字首、字根、字尾，腦內的單字量就會大幅增加，需要背的單字也就會大幅減少囉！不信嗎？快來做做看以下這 20 個題目，你會發現，知道字首、字根、字尾的意思，對於瞭解題目中的關鍵單字可是有非常大的幫助！如果有不太懂的地方，記得要翻到內文的字首、字根、字尾介紹，看個詳細喔！

1. ( ) He's such an _____. That's why we don't like to talk to him.
　　(A) egoist　　(B) egoism　　(C) egoful　　(D) egoive

翻譯與解答

(A) 他是個自我中心的人，所以我們不喜歡跟他講話。

無論是多益之類大型考試，或學校的小考，在做選擇題的時候，都經常會看到像這樣「每個選項前面都一樣，只有字尾不同」的題目。選項中的四個單字我們不見得都認識，但只要我們學過「字尾」，就算四個單字都看不懂，就能一秒選出正確答案！

從這題的題目可以看出，我們要填的是「他是個_____」，也就是說，空格內要填的應該是「某一種人」。「人」是名詞，所以如果我們學過「-ful」和「-ive」是形容詞詞性的字尾，馬上就能刪除 (C) 和 (D)。至於 (A) 和 (B) 雖然都是名詞詞性的字尾，但只要我們學過「-ist」是用來描述「人」的字尾，「-ism」則是用來指某種「主義」（例

如：patriotism 愛國主義、impressionism 印象主義），就知道 (A) 才是正確答案了。因為人就是人，人不會是某種「主義」啊！這麼一來，就算選項裡每個單字都不認識，正確答案照樣呼之欲出，所以説學字首、字根、字尾是不是事半功倍呢？

★字尾 -ist 更詳細的説明，請見 p.332
字尾 -ism 更詳細的説明，請見 p.330
字尾 -ful 更詳細的説明，請見 p.322
字尾 -ive 更詳細的説明，請見 p.328
字根 ego 更詳細的説明，請見 p.110

2. ( ) Because there was only the dead in the secret chamber, the police estimated that it was a _____.
(A) excise　(B) suicide　(C) decide　(D) precise

翻譯與解答

(B) 因為當時只有死者在密室裡，警方判斷應該是自殺案件。

從句子中可以看出「自己一人在密室死亡」，應該是要填入跟「自殺」有關的字。雖然我們可能沒有背過「自殺」的單字，但從選項中可以發現，選項裡的字根只有「cise」和「cide」兩種，他們都有「切、割」的意思，再來只要知道各字首的意思，就可以找到答案了。
首先，「ex-」有向外的意思，「de-」有向下的意思，而「pre-」則是有「之前」的意思，且 (C)(D) 兩個選項分別是動詞和形容詞，然而從空格前有冠詞可以知道我們要找的應該是一個名詞，因此三者都不符合題目要求。
(B) 選項中的「sui-」有「自己」的意思，從「自己」、「切」可以判斷這個字有自殺之意，符合題目的要求，是正確答案。此外，若要説明他殺的話，可以使用「homicide」這個字，「homi-」是「homo-」的變化形，有「人類」的意思，「被人切」即有「他殺」之意。

★字首 a- 更詳細的説明，請見 p.026
字首 bi- 更詳細的説明，請見 p.032
字首 mono- 更詳細的説明，請見 p.056
字首 mis- 更詳細的説明，請見 p.054

3. (　) Daniel somnambulates sometimes. This means that he _____.
   (A) sings loudly　　　　　　(B) eats too much
   (C) dresses up　　　　　　　(D) walks in his sleep

翻譯與解答

(D) 丹尼爾有時候會夢遊。也就是說，他會在睡覺的時候走路。

看到 somnambulates 這麼長的一個字，是不是立刻感到倒彈呢？但生活中、考試時，總有可能會遇到這麼長的單字。該怎麼辦？只好一個一個背嗎？其實不必！回答這一題時，我們會發現「ambul」這個字根長得很眼熟。我們在哪裡看過它呢？就是救護車 ambulance 啦！救護車的用途，就是把我們「運送、移動」到醫院去。因此，我們可以判斷 somnambulate 這個動詞也和「移動」有關連了。看看四個選項中，唯一一個和「移動位置」有關的就是 (D) 了，也就是這題的正確答案囉！所以說知道字根的意思是不是很重要呢？只要瞭解字根的意思，無論是再長的單字，都能推敲出它的意思喔！

★字根 ambul 更詳細的說明，請見 p.080

4. (　) The kids were speaking in _____, so it was hard to tell what they were saying.
   (A) unison　(B) unifolio　(C) unifort　(D) unipend

翻譯與解答

(A) 孩子們異口同聲地在說話，所以很難聽出他們在說什麼。

無論是學校小考或大型的考試，都很容易出現這種「每個選項都有一部分長得一樣，一部分不一樣」的題目。這題的四個選項都有「uni-」這個字首，它的意思是「統一的、單一的」，像我們常穿的制服 uniform，不是每個人的制服都長得一樣嗎？因此就可以猜出字首「uni-」內含的「統一」的意思了。

不過，字首「uni-」不是答題重點，因為每一個選項裡都有它。這時對於「字根」的瞭解就是答題的關鍵了。如果我們知道字根「son」有「聲音」的意思，就可以推測「unison」的意思是「統一的聲音」，也就表示這句的孩子們是「大家一起說話」啦！既然大家同時一起說話，也難怪聽不出他們在講什麼了，因此 (A) 就是這題的正確答案囉！其他選項裡面也含有各種不同的字根，在本書裡面也可以找到，翻到指定的頁數一起來看吧。

★字根 son 更詳細的說明，請見 p.258
字根 foli(o) 更詳細的說明，請見 p.128
字根 fort 更詳細的說明，請見 p.130
字根 pend 更詳細的說明，請見 p.212

5. ( ) He said that the price is still negotiable. He meant that the price _____.
   (A) cannot be negotiated
   (B) can be negotiated
   (C) has already been negotiated
   (D) likes to be negotiated

翻譯與解答

(B) 他說價格還有商討空間，也就是說價格還可以討論。

從後面句子的「He meant...」（他的意思是……），可以猜出後面的空格應該要填入能夠解釋「negotiable」這個單字字義的內容。那如果我們沒有背過 negotiate 這個單字、不知道它是什麼意思，怎麼辦呢？沒關係！就算我們不知道 negotiate 的意思，只要學過字尾的概念，一樣可以答題喔！

字尾「-able」的意思是「能夠、可以」，像是大家都會的動詞 do 加上「-able」，就變成 doable（能夠做的）；大家都會的動詞 read 加上「-able」，就變成 readable（能夠讀的），很簡單吧！因此，我們就算不知道 negotiate 的意思，還是可以從字尾猜出 negotiable 的意思就是「能夠 negotiate 的」，於是就能選出 (B) 為正確答案了。這樣的「字尾推理法」非常好用吧！

★字尾 -able 更詳細的說明，請見 p.302

6. (　) I didn't know Jane was an adoptee. She never told me she _____.
   (A) adopted children　(B) adopted animals
   (C) was adopted　(D) had her children adopted

翻譯與解答

(C) 我之前不知道珍妮是養女。她沒有跟我說過她是被領養的。

這題和第一題一樣，空格內要填入 Jane 是什麼樣的人。句中說 Jane 是 adoptee，那 adoptee 是什麼呢？就算我們不見得知道 adopt 的意思，我們也可以從「-ee」來判斷。字尾「-ee」的意思是「接受……的人」、「被……的人」，像是一個職場上常見的單字 employee（員工），指的不就是「被雇用的人」嗎？

因此，無論我們知不知道 adopt 的意思，都曉得 Jane 是「被adopt 的人」，於是就可以選出正確答案 (C) 囉！學一個字尾就可以少背幾個單字，很不錯吧！

★字尾 -ee 更詳細的說明，請見 p.314

---

7. (　) John shows great leadership skills. I think he's very good at _____.
   (A) being a leader
   (B) being the captain of a ship
   (C) designing ships
   (D) leading the way

翻譯與解答

(A) 約翰展現了強大的領導能力。我覺得他非常擅長擔任領袖人物。

空格內需要填入 John 擅長的事情，而前句已經說了他有強大的 leadership 能力，所以我們只要知道 leadership 的意思，答案就呼之欲出了！ship 的意思大家應該都學過，是「船」的意思，但它在當作字尾的時候卻不同，表示「狀態、身分、關係」，和「船」無關喔！像我們常說的一個單字 friendship（友情），指的就是「當朋友的狀態」，和

有沒有搭船沒有關係。因此，我們可以推斷 leadership 也和船沒有關係，這麼一來就可以選出和「leader」（領袖）最相關的答案，也就是 (A) 啦！

有些字首、字根、字尾的樣子和大家平常背的單字長得一樣，但意思意外地卻不同，可要搞清楚囉！像是大家應該都學過的「later」（待會），當作字根的時候卻是「邊」的意思。很特別吧！趕快翻到內文看一看。

★字尾 -ship 更詳細的說明，見 p.346
字根 later 更詳細的説明，請見 p.160

8. ( ) He wasn't present to take the exam. _____, he got a zero.
   (A) Concretely   (B) Consequently
   (C) Confluently   (D) Conversely

翻譯與解答

(B) 他沒有到場參加考試，因此就拿了零分。

邏輯上來說，「拿零分」應該是「沒去考試」造成的結果，所以我們可以推斷空格中要填的應該是意思為「造成……的結果」之類的單字。四個選項中，哪個含有這樣的意思呢？這就要靠「字根」來推斷了！

字根「cret(e)」有「成長、分離」的意思，「flu」有「流動」的意思，「vert」有「轉」的意思。這些似乎都和「造成……的結果」扯不上邊。只有 (B) 的「sequ」字根，意思是「跟隨」，可以表示「跟隨著某事發生，於是產生了某種結果」的意思，因此 (B) 為正確答案。像這樣的情形，只要學會了關鍵的字根，整個單字不必看完整就可以作答了，省時又省力喔！

★字根 cret(e) 更詳細的說明，請見 p.098
字根 sequ 更詳細的說明，請見 p.242
字根 flu 更詳細的說明，請見 p.126
字根 vert 更詳細的說明，請見 p.284

9. (　) If you take some pills, it will help _____ your pain.
   (A) ascend　(B) assist
   (C) assign　(D) alleviate

翻譯與解答

(D) 你如果吃點藥，應該能幫助減輕疼痛。

吃藥的目的想當然是要「減輕」疼痛，因此空格內要填入意為「減輕」的單字才行。哪一個選項才有這個意思呢？這個也要從對字根的瞭解來判斷了！如果學過字根「scend」意為「攀爬」、「上升」，就知道 (A) 一定不對，因為哪有人吃藥是為了讓疼痛「上升」呢？如果學過字根「sist」有「站立」之意、「sign」有「記號」之意，也知道 (B)、(C) 和「減輕」扯不上關係，所以都不對。

只有 (D) 的字根「lev」有「舉、輕」的意思，像我們常搭的 elevator（電梯），裡面也出現了這個字根。而電梯的功能，不就是把我們「輕鬆地往上舉」嗎？於是，我們可以推測 alleviate 的意思是「減輕」，也就是這一題的答案囉。記一個字根就能少背幾個單字，何樂不為呢？

★字根 scend 更詳細的說明，請見 p.234
　字根 sist 更詳細的說明，請見 p.252
　字根 sign 更詳細的說明，請見 p.250
　字根 lev 更詳細的說明，請見 p.166

10. (　) "Did he really do that? That's incredible!"
   "I know, I thought it was _____ as well."
   (A) very easy　　　　(B) hard to believe
   (C) so evil　　　　　(D) lazy of him

翻譯與解答

(B)「他真的這樣做嗎？太難以置信了！」
　　「是不是，我也覺得很難相信。」

這段對話中，第二位說話者同意第一位說話者的話，覺得整件事很「incredible」。所以我們只要知道「incredible」的意思就能選出正確答案囉！但如果不知道 incredible 的意思怎麼辦呢？請放心，只要將這個字拆開來看就行了。

字首「in-」的意思有「無、不」，而字尾「-able / ible」則是「能夠、可以」之意。光是從這兩點就可以看出「incredible」這個字含有「不能夠、不可以」的意思。那麼字根 cred 又是什麼意思？這點從我們大家常用的信用卡 credit card 可以看出來。要用信用卡，就要有信用；要有信用，就要能讓人相信，因此我們可以推測字根 cred 應該和「相信」脫不了關係。這麼一來，就知道 incredible 的意思是「不能相信的、很難相信的」，所以 (B) 就是正確答案囉！

經由這三個過程推斷出一個字的意思，你會不會覺得「這步驟也太多了吧，我還是乖乖背單字好了」呢？其實不會很複雜喔！對於熟習字首、字根、字尾的語言學習者而言，一看到單字就能直接在腦中組合出它的可能意思，已經變成了一種直覺，不需要慢慢推理。只要讓自己盡量熟悉字首、字根、字尾，你也可以達到這種境界的！就像我們在看中文的時候，看到「木」字旁的字，腦中立即知道它大概和樹木有關，看到「水」字旁的字，直覺就能猜到和水有關，這些都不花你任何的腦細胞，不是嗎？所以，現在就趕快和字首、字根、字尾打好交道吧！

★字首 in- 更詳細的說明，請見 p.050
　字尾 -able 更詳細的說明，請見 p.302

11. (　) Don't try to make it more difficult. It's already _____ enough as it is.
(A) complicated　　　　(B) contracted
(C) computed　　　　　(D) conscious

翻譯與解答

(A) 不要把事情搞得更難了，現在這樣就已經夠複雜了。

由空格處上下文的意思可以看出，說話者希望事情不要再更複雜了，因為原本就已經很複雜了。因此，我們要在空格中填入意為「複雜」的單字，那該選哪一個呢？這四個單字都沒有學過的話也沒關係，還是可以從字根來猜測單字的意思喔！(B) 的字根「tract」有「拉」的意思，contracted 的意思是「收縮的」；(C) 的字根「pute」有「考慮、估計」的意思，computed 的意思是「計算的」；(D) 的字根「sci」則有「知道」的意思，conscious 指的是「意

識到的」。這些都和「複雜」無關。

至於 (A) 的字根「plic」帶有「折疊」的意思，暗示一件事有很多層次，而 complicated 就表示「複雜的」。畢竟把一件事情像衣服一樣折疊很多次的話，也難怪會變得複雜了，不是嗎？這四個選項的字根都可以在書中找到喔！

★字根 plic 更詳細的說明，請見 p.214
字根 tract 更詳細的說明，請見 p.278
字根 pute 更詳細的說明，請見 p.226
字根 sci 更詳細的說明，請見 p.236

12. ( ) He's really _____. He can talk forever and I won't get bored.
(A) erupted (B) effort (C) eloquent (D) eject

翻譯與解答

(C) 他真的很能説，他可以無止盡地一直講下去，我都不會覺得無聊。

題目的後句説「他講話就算講很久，我也不會覺得無聊」，可知他應該是相當擅長説話、口才很好的人，而空格內就必須填入「很能説、口才很好的」之類意思的單字。那麼四個選項中，是哪一個有這個意思呢？如果我們學過字根的話，就可以由字根 rupt（破）、fort（強力）、ject（投擲）判斷，(A)、(B) 和 (D) 都和「口才」無關，分別是「爆發」、「努力」、「彈出」的意思。只有 (C) 的字根「loqu」和「説」有關，eloquent 意為「説話流暢的」，是這一題的正確答案。四個選項中的字根都可以在書中找到喔！

★字根 rupt 更詳細的說明，請見 p.232
字根 fort 更詳細的說明，請見 p.130
字根 loqu 更詳細的說明，請見 p.178
字根 ject 更詳細的說明，請見 p.156

13. ( ) "We already have so many problems, and this only makes it worse." "Yeah, it's _____."
(A) aggravating (B) aggregating
(C) affluent (D) adjunct

(A)「我們的問題已經夠多了，這件事只會讓事情變得
　　更嚴重而已。」「對啊，煩死了。」

第二個說話者同意了第一個說話者的話，而第一個說話者
說「事情會變得更糟」，可知第二個說話者在空格中應該
也說了和「變糟」、「加重」有關的單字。那麼哪一個選
項才有這個意思呢？雖然這四個單字看起來都很難，但我
們可以從字根來判斷哪個選項最合適喔！

(B)的字根 greg 有「群聚」的意思,(C)的字根「flu」有「流」
的意思,(D)的字根「junct」有「連接」的意思,這些似
乎都和「加劇」、「變糟」無關。(A)的字根 grav(e) 有「重」
的意思,而 aggravating 的意思是「變嚴重的、加劇的、
煩人的」,也就是這一題的正確答案了。四個選項中出現
的字根都可以在書中找到喔！

★字根 grav(e) 更詳細的說明，請見 p.142
　字根 greg 更詳細的說明，請見 p.144
　字根 flu 更詳細的說明，請見 p.126
　字根 junct 更詳細的說明，請見 p.158

14. ( ) Jeremy is my confidant. I always _____.
　　(A) trust him with my secrets
　　(B) have fights with him
　　(C) compare myself to him
　　(D) try to beat him in everything

(A) 傑瑞米是我的密友。我的秘密都可以放心告訴他。

這題的空格處要填入的是說話者總是和 Jeremy 做些什麼
事。既然需要知道兩人的關係，瞭解 confidant 一字的意思
就很重要了！它和「confident」(有自信的)長得很像，
但意思不完全一樣喔！它們長得很像的原因是它們有一樣
的字根「fid」，這個字根的意思是「信任、相信」，而不
同的地方在於，confidant 有「-ant」這個字尾，這個字尾
的意思是「做某事的人」。將兩者組合起來，就可以知道
confidant 的意思是「可以信任的人」了。

既然 Jeremy 是說話者「可以相信的人」，想當然把秘密都告訴他也是很合理的事囉！因此 (A) 是這一題的正確答案。利用字根和字尾就能迅速判斷一個單字的意思，是不是很簡單呢？

★字根 fid 更詳細的說明，請見 p.116
　字尾 -ant 更詳細的說明，請見 p.310

15. ( ) "I told my students to dissect some frogs."
　　　"But what if some of them don't want to _____?"
　　　(A) eat frogs　　　　　　(B) catch frogs
　　　(C) do research on frogs　(D) cut open frogs

翻譯與解答

(D) 「我要我的學生解剖青蛙。」
　　「那如果有些學生不想切開青蛙怎麼辦？」

這一句題目考的是「dissect」這個字的意思。這個字並不簡單，那麼如果沒有學過該怎麼辦呢？沒關係，只要學過字根「sect」是「切割」的意思，答案就近在咫尺了！從字根可以判斷，dissect 這個字肯定和「切割」有關，而選項中唯一符合這一點的單字就是 (D)「把青蛙切開」，也就是這題的正確答案了。

★字根 sect 更詳細的說明，請見 p.240

16. ( ) "Diana is such a vivacious girl."
　　　"I think so too. She's very _____."
　　　(A) direct　(B) lively　(C) sly　(D) clever

翻譯與解答

(B) 「黛安娜是個活潑的女孩。」
　　「我也覺得她很有活力。」

這題的第二個說話者同意第一個說話者所說，所以可以推測空格處也是想要填入表達 Diana 很「vivacious」這樣的字眼。但 vivacious 是什麼意思呢？沒有學過這個字嗎？沒關係，可以用「viv(e)」這個字根來判斷。它的意思是「活」、「生存」，像是事故的倖存者就稱為 survivor，

這裡面也含有「viv(e)」的字根。

既然如此,我們就能判斷 vivacious 這個字肯定和「活」、「生存」有關。四個選項中唯一搭得上邊的就是 (B)lively (活潑、有活力的),也就是這一題的正確答案了。其他和「viv(e)」有關的說明,就翻到書中內容看看吧!

★字根 viv(e) 更詳細的說明,請見 p.286

17. ( ) In _____, I realize that what I did was wrong.
　　(A) retrospect　　　　　(B) react
　　(C) recede　　　　　　(D) reduce

翻譯與解答

(A) 回頭想想,我發覺我做得並不對。

說話者在句中談到過去所做的事。既然要「回顧」過去的事,所需要的單字就應該和「回想」、「回顧」有某種程度的關連。四個選項中哪一個才符合這一點呢?我們需要找到一個和「看、顧」有關的單字,而最符合的就是 (A),因為字根「spect」的意思就是「看」。retrospect 的意思就是「回顧」喔!

至於剩下的選項呢? (B) 的字根「act」意為「行動」,整個單字的意思是「反應」;(C)的字根「cede」意為「行走」,整個單字的意思是「後退」; (D) 的字根「duct」意為「引導」,整個單字的意思是「縮減」,都和題目要求的意思搭不上邊。這些字根在書中都有更詳細的說明喔!

★字根 spect 更詳細的說明,請見 p.260
　字根 act 更詳細的說明,請見 p.078
　字根 cede 更詳細的說明,請見 p.084
　字根 duct 更詳細的說明,請見 p.108

18. ( ) When making a speech, you should try to _____ with your audience. For example, you can ask them questions or invite them to share their ideas.
　　(A) interrupt　　　　　(B) intersect
　　(C) interact　　　　　(D) interject

(C) 演講的時候，應該要試著和觀眾互動。舉例來說，你可以問他們問題，或邀請他們分享看法。

句中提到，演講時要問觀眾問題、請觀眾發表看法，也就是和觀眾「互動」。那麼最符合這個意思的選項是哪一個呢？我們首先可以發現，每一個選項都有「inter-」這個字首，是「互相」的意思。既然每個選項都已經包含了「互相」的部分，那麼接下來就是要包含「動」的意思的單字了。(A)選項的字根「rupt」意為「破」，(B)選項的字根「sect」意為「切割」，(D)選項的字根「ject」意為「投擲、丟」，這些都不符合答案的要求。只有 (C)選項的字根「act」意為「行動」，是最適合的答案。

★字首 inter- 更詳細的說明，請見 p.052
　字根 rupt 更詳細的說明，請見 p.232
　字根 sect 更詳細的說明，請見 p.240
　字根 act 更詳細的說明，請見 p.078
　字根 ject 更詳細的說明，請見 p.156

19. ( ) I'm a _____ at photography, so I'm not very good at it yet.
　　(A) novice　　　　　　(B) animate
　　(C) habitant　　　　　(D) potential

(A) 我是攝影方面的新手，所以還拍得不是很好。

句中的說話者自稱拍照拍得不是很好，因此空格中當然就要填入一個會造成他拍照拍不好的「身分」。(A)選項的字根「nov」有「新」的意思；(B)選項的字根「anim」有「生命」的意思；(C)選項的字根「habit」有「居住」的意思；而 (D)選項的字根「pot」有「能力」的意思。在「新」、「生命」、「居住」、和「能力」當中，最有可能造成拍照拍不好的是哪一個呢？當然就是「新」了，因為新手拍照本來就有可能拍得沒有那麼好。「生命」和「居住」與拍照技巧無關，而「能力」應該是會讓他拍照拍得更好才對，而不是拍得不好。因此只有 (A) 為正確答案。四個選項中的字根都可以在書中找到喔！

★字根 nov 更詳細的說明，請見 p.204
　字根 anim 更詳細的說明，請見 p.082
　字根 habit 更詳細的說明，請見 p.146
　字根 pot 更詳細的說明，請見 p.220

20. (　) The decorations in this house seem quite
　　　　　_____ to me. I really like it.
　　(A) tasteless　　　　　(B) tasteful
　　(C) tasteable　　　　　(D) tasteproof

翻譯與解答

(B) 我覺得這間房子的裝潢很有品味，我很喜歡。

由說話這說「很喜歡」可知，他對這棟房子的裝潢應該是讚賞的，所以在空格中要填入一個表達正面含意的形容詞。四個選項都含有「taste」這個部分，大家應該學過這個字，是「口味、品味」的意思。但即使知道了四個選項都和品味有關，還是不知道哪一個是正面的形容詞……沒關係！這時就要靠字尾來推理每個字的意思了。

(A) 的字尾「-less」是「沒有」的意思，所以 tasteless 就是「沒有品味的」，當然不是稱讚。(B) 的字尾「-ful」是「充滿」的意思，所以 tasteful 就是「充滿品味的」，這確實是稱讚。(C) 的字尾「-able」是「可以、能夠」，所以 tasteable 理論上就會是「可以拿來品味的」的意思（事實上並沒有這個單字），並沒有提到拿來品味過後是好還是不好，不算是稱讚。(D) 的字尾「-proof」是「防止」，所以 tasteproof 理論上就會是「防止品味的」的意思（事實上也沒有這個單字，因為本來就不會有人想要做「防止品味」這類的事情），和稱讚無關。

因此，四個選項中唯一能夠表達稱讚的就是 (B)，也就是這一題的正確答案囉！看到這裡，對於字首、字根、字尾的重要性應該非常瞭解了吧！現在就翻開書，開始投入字根、字首與字尾的世界吧！

★字尾 -less 更詳細的說明，請見 p.336
　字尾 -ful 更詳細的說明，請見 p.322
　字尾 -able 更詳細的說明，請見 p.302
　字尾 -proof 更詳細的說明，請見 p.344

Part 1

字首篇
Prefixes

a 朝向、不、加強語氣
字首篇

🎧 *Track 001*

瞭解這個字首，你就能學會以下單字：

❶ alike　　　　❹ asexual
❷ aloud　　　　❺ awake
❸ arise　　　　❻ avocation

01 a 朝向 + like 喜歡

alike [əˋlaɪk] 形 相似的、相像的

延伸片語 **look-alike** 極為相像的；外型酷似之人或物

▶ Your eyes and your father's **look-alike**.
你和你父親有極為相似的眼睛。

02 a 加強 + loud 大聲

aloud [əˋlaʊd] 副 大聲地

延伸片語 **think aloud** 自言自語；邊想邊說

▶ The man is not talking to you. He is just **thinking aloud**.
那男人不是跟你講話。他只是在自言自語。

03 a 朝向 + rise 升起

arise [əˋraɪz] 動 升起

延伸片語 **arise from...** 由……引起

▶ His illness **arose from** overworking.
他的病是工作過度所引起的。

04 a 不 + sexual 關於性的

asexual [eˋsɛkʃʊəl] 形 無性的

延伸片語 **asexual reproduction** 無性生殖

▶ A spore is an organism born from **asexual reproduction**.
孢子是一種無性生殖的生物體。

05 a 加強 + wake 醒著

awake [əˋwek] 形 醒著的

延伸片語 **wide awake** 完全清醒的；警覺的

▶ It was midnight, but I was still **wide awake**.
雖然是半夜，我依然清醒。

06 a 朝向 + vocation 職業

avocation [ˌævəˋkeʃən] 名 副業

延伸片語 **life-long avocation** 終生的業餘愛好

▶ Jimmy regards photography as his **life-long avocation**.
吉米將攝影視為他終生的業餘愛好。

" 還有更多與「a」同語源的字首所延伸的單字 "

與 a 同含義的字首：ac、ad、af、ag、ap、as、at

accompany （朝某方向陪伴）	伴隨
adjoin （朝某方向加入）	貼近
adapt （將能力朝某方向發揮）	適應
ascend （朝上爬）	攀爬

ab 字首篇 不、相反、離開

🔊 *Track 002*

瞭解這個字首，你就能學會以下單字：

❶ abduct
❷ abnegate
❸ abnormal
❹ abuse
❺ abstain
❻ abstract

01 ab 相反 + duct 引導

abduct [æbˋdʌkt] 動 拐騙

延伸片語 **abduct a child** 誘拐孩童

▶ The man was arrested for attempting to **abduct a child**.
那個男人因為企圖誘拐孩童而被逮捕。

02 ab 離開 + negate 取消

abnegate [ˋæbnɪˌget] 動 放棄（權力等）

延伸片語 **abnegate responsibility** 推卸責任

▶ It's a shame that all those concerned tried to **abnegate their responsibilities**.
相關單位全都想推卸責任，真是讓人遺憾。

03 ab 相反 + normal 異常

abnormal [æbˋnɔrml] 形 不規律的、反常的

延伸片語 **abnormal behavior** 異常行為

▶ Parents should be aware of any **abnormal behavior** from their children.
父母必須注意孩子們任何的異常行為。

04 ab 相反 + use 使用

abuse [æ'bjuz] 動 虐待

延伸片語 **drug abuse** 濫用毒品

▶ They couldn't believe that their son would descend to **drug abuse**.
他們無法相信他們的兒子竟然會墮落到濫用毒品這個地步。

05 ab 不 + stain 持有

abstain [əb'sten] 動 戒除

延伸片語 **abstain from...** 放棄……

▶ She didn't like any of the candidates, thus she **abstained from** voting.
她不喜歡任何一個候選人,因此她放棄投票。

06 ab 相反 + stract 拉

abstract ['æbstrækt] 形 抽象的、非實際的

延伸片語 **in the abstract** 抽象地;理論上

▶ I like flowers **in the abstract**, but I can't stand the smell of perfume lilies.
大致上來說我是喜歡花的,但是我無法忍受香水百合的花香。

> ❝ 還有更多與「ab」同語源的字首所延伸的單字 ❞

與 ab 同含義的字首:abs

abscond (悄悄離開)	潛逃
abstruse (離開＋推)	難懂的
absterge (使之離開)	清除

aut(o) 字首篇 自動、自己

🎯 *Track 003*

瞭解這個字首，你就能學會以下單字：

❶ autoalarm
❷ autarchy
❸ autoantibody
❹ autograph
❺ autobiography
❻ automobile

01 auto 自動 + alarm 警報器

autoalarm [ˋɔtoəlarm] 名 自動警報器

延伸片語 **autoalarm system** 自動警報系統

▶ It is suggested that every car should have an **autoalarm system** installed.
建議每輛車都應該安裝自動警報系統。

02 aut 自己 + archy 統治

autarchy [ˋɔtarkı] 名 專制、獨裁專制統治

延伸片語 **economic autarchy** 經濟專制

▶ The country's economic circumstances are at a standstill because of its **economic autarchy** policy.
因為實行經濟專制政策，這國家的經濟正處於停滯不前的狀況。

03 auto 自己 + antibody 抗體

autoantibody [ɔtoˋæntɪˌbadɪ] 名 自身抗體

延伸片語 **warm autoantibody** 溫熱自體抗體

▶ The doctor found that the patient has **warm autoantibody** problems after giving him antiglobulin tests.
醫生在幫病人做了抗球蛋白試驗後，發現他有溫熱自體抗體的問題。

04 auto 自己 + graph 寫

autograph [ˈɔtəˌgræf] 名 親筆簽名

延伸片語 **celebrity autograph** 名人的親筆簽名

▶ Helen is showing off her collection of **celebrity autographs** to her friends.
海倫正在向朋友炫燿她所蒐藏的名人親筆簽名。

05 auto 自己 + biography 傳記

autobiography [ˌɔtəbaɪˈɑgrəfɪ] 名 自傳

延伸片語 **oral autobiography** 口述自傳

▶ The **oral autobiography** of the former president has been published.
前任總統的口述自傳已經出版了。

06 auto 自動 + mobile 活動物件

automobile [ˈɔtəməˌbɪl] 名 汽車

延伸片語 **automobile industry** 汽車製造工業

▶ Japan's developed **automobile industry** is world-famous.
日本先進的汽車製造工業是舉世聞名的。

" 還有更多與「aut(o)」同語源的字首所延伸的單字 "

與 aut(o) 同含義的字首：aut

autarch（以自身為主的君主）	獨裁者
autism （自身為主的主義）	自閉症
autecology （研究自身的學科）	個體生態學

bi 字首篇 二、雙

🔊 *Track 004*

瞭解這個字首,你就能學會以下單字:

❶ biannual
❷ bicycle
❸ bilateral
❹ bilingual
❺ bisexual
❻ biweekly

01 bi 雙 + ann 年 + ual 關於……的

biannual [baɪˈænjuəl] 形 一年兩次的

延伸片語 **biannual publication** 半年刊

▶ This medical journal is a **biannual publication**.
這本醫學雜誌是一份半年刊物

02 bi 二 + cycle 圓圈

bicycle [ˈbaɪsɪkl̩] 名 兩輪腳踏車

延伸片語 **tandem bicycle** 協力車(雙人自行車)

▶ The two of them rode a **tandem bicycle** along the river.
他們倆沿著河騎著協力車。

03 bi 雙 + later 邊 + al ……的

bilateral [baɪˈlætərəl] 形 對稱的、雙方的

延伸片語 **bilateral trade** 雙邊貿易

▶ The two countries cosigned an agreement to increase **bilateral trade**.
兩國共同簽署了一份增加雙邊貿易的協議。

04 **bi 雙** + **lingual 語言的**

bilingual [baɪˋlɪŋwəl] 形 **雙語的**

延伸片語 **bilingual education** 雙語教育

▶ Bilingual education has become a trend in recent years.
近年來，雙語教育已經成為一種趨勢。

05 **bi 二、雙** + **sexual 關於性的**

bisexual [`baɪˋsɛkʃʊəl] 形；名 **兩性的、雙性戀**

延伸片語 **bisexual issues** 雙性戀議題

▶ Bisexual issues are widely discussed in contemporary society.
雙性戀議題在當代社會被廣泛討論。

06 **bi 二** + **weekly 週的**

biweekly [baɪˋwiklɪ] 副 **一週兩次地**

延伸片語 **a biweekly periodical** 雙週刊

▶ He has subscribed to the biweekly periodical for nearly two years.
他已經訂閱這份雙週刊近兩年的時間了。

❝ 還有更多與「bi」同語源的字首所延伸的單字 ❞

與 bi 同含義的字首：di、du、twi

dilemma （有兩種選擇）	左右為難
dual （有兩個的）	雙的
twilight （兩方的光線）	暮光（即有白天和黑夜兩方的光線）

CO 字首篇 共同

🔊 *Track 005*

瞭解這個字首，你就能學會以下單字：

❶ coeducation   **❹** coincidence
❷ coexistence   **❺** cooperate
❸ cohabit   **❻** coworker

---

01 CO 共同 + education 教育

coeducation [ˌkoɛdʒəˈkeʃən] 名 男女合校

延伸片語 **coeducation school** 男女同校制的學校

▶ I go to a girls' school, not a coeducation school.
我就讀於一間女子學校，而不是男女合校的學校。

---

02 CO 共同 + existence 存在

coexistence [ˈkoɪgˈzɪstəns] 名 並存

延伸片語 **peaceful coexistence** 和平共存

▶ The peaceful coexistence between these two countries is impossible to reach.
這兩國之間的和平共存是遙不可及的。

---

03 CO 共同 + habit 居住

cohabit [koˈhæbɪt] 動 同住

延伸片語 **cohabit with someone** 與某人同居

▶ Judy and Andy had cohabited with each other for ten years before they got married.
茱蒂和安迪在結婚前同居了十年。

04 co 共同 + incidence 影響

coincidence [ko`ɪnsɪdəns] 名 巧合

延伸片語 pure coincidence 純屬巧合

▶ It is by **pure coincidence** that we both named our first baby "Julia".
我們把第一個孩子都取名為「茱莉亞」，乃純屬巧合。

05 co 共同 + operate 運作

cooperate [ko`ɑpə.ret] 動 互助合作

延伸片語 cooperate in/on... 在……上配合

▶ In order to get the job done, we need to **cooperate on** the investigation.
為了完成這項工作，我們必須一起做這項調查研究。

06 co 共同 + work 工作 + er ……的人

coworker [`ko.wɜ`kə] 名 同事

延伸片語 coworker conflict 同事間的衝突

▶ Danny doesn't know how to deal with **coworker conflicts** in his office.
丹尼不知道如何處理公司裡同事間的衝突。

還有更多與「co」同語源的字首所延伸的單字

與 co 同含義的字首：com、col、con、cor

collocate （共同放置）	排列組合
correspond （相同的回答）	符合
combine （共同在一起）	聯合

counter 字首篇 反、對抗

🔊 *Track 006*

瞭解這個字首，你就能學會以下單字：

❶ counteract   **❹** counterclockwise
❷ countereffect   **❺** countermeasure
❸ counterexample   **❻** counterpart

01 counter 反、對抗 + act 起作用

counteract [ˌkaʊntɚˋækt] 動 反抗、抵銷

延伸片語 **counteract depression** 對抗憂鬱

▶ Many people thought alcohol could **counteract depression**, but the truth is it can't.
很多人認為酒精能夠對抗憂鬱，但事實是不行。

02 counter 反 + effect 作用、影響

countereffect [ˌkaʊntɚ ɪˋfɛkt] 名 反效果

延伸片語 **have a countereffect on...** 對……起反效果

▶ This kind of diet pill actually **has a coutereffect on** weight loss.
這種減肥藥事實上對減重有反效果。

03 counter 反 + example 例子

counterexample [ˌkaʊntɚɪgˋzæmpl̩] 名 反例

延伸片語 **counterexample-guided** 反例引導的

▶ Professor Smith's **counterexample-guided** teaching style is popular with the students.
史密斯教授反例引導的教學風格深受學生歡迎。

04 counter 反 + clockwise 順時針方向的

counterclockwise [ˌkauntə˙klɑkˌwaɪz]
形 逆時鐘的

延伸片語 counterclockwise direction 逆時鐘方向
▶ It rotated around the pillar in a counterclockwise direction.
它以逆時針方向繞著柱子旋轉。

05 counter 反 + measure 方法

countermeasure [ˈkauntəˌmɛʒə]
名 對策、反抗手段

延伸片語 emergency countermeasure 緊急應變措施
▶ The hospital took an emergency countermeasure to combat the spread of the Supervirus.
醫院採取緊急應變措施以防止超級病毒的傳播。

06 counter 反 + part 部分

counterpart [ˈkauntəˌpɑrt] 名 配對物、對應的人或物

延伸片語 overseas counterpart 國際同業
▶ Peter is in charge of business with their overseas counterparts.
彼得負責處理與國際同業往來之業務。

還有更多與「counter」同語源的字首所延伸的單字

與 counter 同含義的字首：contra、contro

contraband （反＋禁止）	違禁物
controvert （對抗＋轉）	爭辯
contradiction（自己對抗自己的言論）	自相矛盾

de 字首篇 解除、反轉

🔊 Track 007

瞭解這個字首，你就能學會以下單字：

❶ debug
❷ decode
❸ decompose
❹ decontaminate
❺ defame
❻ deform

01 de 解除 + bug 蟲子

debug [dɪˋbʌg] 勔 除去故障

延伸片語 **debug command** 除錯指令

▶ You can use the **debug commands** to remove conditional breakpoints.
你可以利用除錯指令移除條件斷點。

02 de 解除 + code 密碼

decode [ˋdiˋkod] 勔 解碼

延伸片語 **decode Morse Code** 解摩斯密碼

▶ We need someone who knows how to **decode Morse Code** in order to understand the message.
我們需要一個會解摩斯密碼的人，以明白訊息的內容。

03 de 解除 + compose 組成

decompose [ˌdikəmˋpoz] 勔 分解、腐敗

延伸片語 **decompose... into...** 將……分解為……

▶ Bacteria can **decompose** organic matter **into** water and carbon dioxide.
細菌會將有機物分解為水和二氧化碳。

de 解除 + contaminate 髒污

decontaminate [ˌdikənˈtæmənet]
動 去污、淨化

延伸片語 **decontaminate oneself** 自我淨化

▶ Use this kit to **decontaminate yourself** and your equipment.
用這套器具來淨化自己與自己的器材。

---

de 反轉 + fame 名聲

defame [dɪˈfem] **動** 破壞……名聲、誹謗

延伸片語 **defame someone with...** 以……破壞某人的名聲

▶ It was nasty of him to **defame** the actress **with** baseless rumors.
他以無憑無據的傳言破壞那名女星的名聲,實在很齷齪。

---

de 反轉 + form 形狀

deform [dɪˈfɔrm] **動** 變形

延伸片語 **be deformed by...** 因……而變醜陋、變形

▶ His love for her **was deformed by** jealousy and distrust.
他對她的愛因妒忌與不信任而變得醜陋。

> ❝ 還有更多與「 de 」同語源的字首所延伸的單字 ❞

與 de 同含義的字首:dis、un

discolor (除去顏色)	變色
disarm (除去裝備)	解除武裝
unfasten(反轉+拴緊)	解開
unfold (反轉+折疊)	展開

dis 字首篇 相反、不

🎯 Track 008

瞭解這個字首，你就能學會以下單字：

❶ disadvantage
❷ disagree
❸ disappear
❹ disapprove
❺ disclose
❻ discover

01 dis 不 + advantage 利益

disadvantage [ˌdɪsədˈvæntɪdʒ] 图 損害

延伸片語 to one's disadvantage 對某人不利

▶ His lack of language abilities worked to his disadvantage.
他缺乏語言能力，這點對他不利。

02 dis 相反 + agree 同意

disagree [ˌdɪsəˈgri] 動 不同意、意見相左

延伸片語 disagree with... （食物）對……不適宜

▶ Milk disagrees with my stomach because of my lactose intolerance.
因為我有乳糖不耐症，我的胃無法接受牛奶。

03 dis 不 + appear 出現

disappear [ˌdɪsəˈpɪr] 動 消失

延伸片語 disappear into thin air 不翼而飛；消失得無影無蹤

▶ Her wedding ring disappeared into thin air and was never found.
她的婚戒不翼而飛，而且再也找不到了。

04 dis 相反、不 + approve 贊成

disapprove [ˌdɪsəˈpruv] 動 不贊同

延伸片語 disapprove of... 不同意……、不認同……

▶ Jenny **disapproves** of her husband's smoking habits.
珍妮不認同她老公抽菸的習慣。

05 dis 不 + close 關閉

disclose [dɪsˈkloz] 動 顯露出

延伸片語 disclose... to someone 對某人洩漏……

▶ Do not **disclose** the password of your ATM card **to anyone**.
不要對任何人洩漏你的提款卡密碼。

06 dis 不 + cover 遮蔽

discover [dɪsˈkʌvɚ] 動 發現、發覺

延伸片語 discover the existence of... 發現……的存在

▶ The man didn't **discover the existence of** his child until now.
這個男人一直到現在才發現他有孩子。

還有更多與「dis」同語源的字首所延伸的單字

與 dis 同義的字首：de、un

undress（不穿衣服）	使……脫去衣物
unpack（除去包裝）	拆包裝
untie（除去打結）	解開
dehydrate（除去水合物）	脫水
defrost（除去冰霜）	除霜

e ^{字首篇} 出、以外、加強語氣

🎧 *Track 009*

瞭解這個字首，你就能學會以下單字：
- ❶ eject
- ❷ elaborate
- ❸ emerge
- ❹ emigrate
- ❺ evaluate
- ❻ evanish

01 e 出 + ject 噴射

eject [ɪˈdʒɛkt] 動 趕出、噴射

延伸片語 **eject someone from...** 將某人趕出……

▶ They **ejected** Mike **from** their group chat.
他們把麥克從他們的聊天群組中退出了。

02 e 加強 + laborate 製作

elaborate [ɪˈlæbərɪt] 形 精心製作、策劃的

延伸片語 **elaborate on** 詳細說明

▶ The police asked the witness to **elaborate on** the incident.
警方要求該目擊者詳述案發經過。

03 e 以外 + merge 融合

emerge [ɪˈmɝdʒ] 動 浮出、顯現

延伸片語 **emerge from** 從（困境中）擺脫；顯露

▶ More and more political scandals **emerged from** the investigation.
越來越多的政治醜聞在調查中被揭露出來。

04 e 出 + migrate 遷移

emigrate [ˈɛməˌgret] 動 遷出（國外）

延伸片語 **emigrate from** 從……遷入

▶ Misa **emigrated from** Japan to Belgium.
美彩從日本移居到比利時。

05 e 加強 + valuate 評估

evaluate [ɪˈvæljuˌet] 動 評估

延伸片語 **evaluate performance** 績效評估

▶ We **evaluate** employees' **performance** according to their individual achievements and attendance.
我們是根據員工的個人業績和出勤狀況來做績效評估。

06 e 加強 + vanish 消失

evanish [ɪˈvænɪʃ] 動 消失

延伸片語 **evanish into thin air** 消逝無蹤

▶ My remaining respect for him has **evanished into thin air**.
我對他僅有的尊敬已經消逝無蹤了。

> 還有更多與「e」同語源的字首所延伸的單字

與 e 同含義的字首：ex、ef

effuse（出＋熔合）	流瀉
efface（出＋臉）	抹除
extract（外＋拉）	提煉
expel（外＋推）	驅逐

en 字首篇 入、向內

🎵 *Track 010*

瞭解這個字首，你就能學會以下單字：

❶ encage
❷ encase
❸ enclose
❹ enroll
❺ entomb
❻ entrap

01 en 入、向內 + cage 籠子

encage [ɛnˈkedʒ] 勔 關進籠子

延伸片語 **feel encaged** 感覺被囚禁

▶ Many women feel encaged in their marriages.
許多女人感覺自己被囚禁在婚姻中。

02 en 入 + case 事例

encase [ɪnˈkes] 勔 包裝

延伸片語 **encase... in...** 將……裝入……

▶ Peter's broken leg was encased in plaster.
彼得骨折的腳鑲著石膏。

03 en 入、向內 + close 關閉

enclose [ɪnˈkloz] 勔 圈住、關住

延伸片語 **enclose herewith** 隨函附上

▶ A recent photo of me is enclosed herewith.
隨信附上一張我的近照。

enroll [ɪnˋrol] 動 註冊、登記

延伸片語 be enrolled for military service 應召入伍

▶ Sam **was enrolled for military service** as soon as he graduated.
山姆一畢業就應召入伍了。

entomb [ɪnˋtum] 動 埋葬

延伸片語 entomb... in... 將……葬入墳墓

▶ The late president was **entombed in** the mausoleum.
已故總統被葬在這座陵寢中。

entrap [ɪnˋtræp] 動 使……陷入圈套

延伸片語 entrap... into... 誘騙……做……

▶ Those teenage girls were **entrapped into** prostitution.
那些少女被誘騙來賣淫。

❝ 還有更多與「en」同語源的字首所延伸的單字 ❞

與 en 同含義的字首：im、em

embed（入＋床）	放置
embosom（入＋胸膛）	珍愛
embalm（入＋香氣）	塗香料
embay（入＋港灣）	使……進入港灣

ex 字首篇 之前、向外

🔘 Track 011

瞭解這個字首，你就能學會以下單字：

❶ ex-husband
❷ exclaim
❸ exit
❹ export
❺ ex-soldier
❻ extract

01 ex 前 + husband 丈夫

ex-husband [ɛksˋhʌzbənd] 名 前夫

延伸片語 dead ex-husband 死去的前夫

▶ She admitted that her dead ex-husband was the only one who treated her well.
她承認死去的前夫是唯一善待她的人。

02 ex 向外 + claim 說明

exclaim [ɪksˋklem] 動 （由於情緒激動）叫嚷

延伸片語 exclaim in shock 驚訝地大叫

▶ "What? I thought you were forty years old!" Jenny exclaimed in shock.
「蛤？我還以為你四十歲了！」珍妮驚訝地大叫。

03 ex 向外 + it 走動

exit [ˋɛksɪt] 名 出口、通道

延伸片語 make one's exit 退出

▶ He glared at everyone as he made his exit.
他一邊離去一邊瞪了所有人。

04 ex 向外 + port 港口

export [ɪks`port] 名 輸出品

延伸片語 export promotion 出口鼓勵；外銷推廣
▶ The policy of export promotion has greatly improved the economy of the country.
出口鼓勵政策大大地改善了這個國家的經濟狀況。

05 ex 前 + soldier 軍人

ex-soldier [ɛks`soldʒɚ] 名 退伍軍人

延伸片語 employment of ex-soldiers 退伍軍人就業
▶ The government should bring up strategies to increase the employment of ex-soldiers.
政府應該提出一些能增加退伍軍人就業的政策。

06 ex 向外 + tract 拉

extract [ɪk`strækt] 動 萃取、提煉

延伸片語 extract... from... 從⋯⋯提取⋯⋯
▶ This kind of lotion is made of extract from plants.
這種乳液是用植物萃取物做的。

還有更多與「ex」同語源的字首所延伸的單字

與 ex 同含義的字首：exo

exotic （外面的）	外來的
exogamy （向外＋婚姻）	異族聯姻
exoatmosphere （外部的空氣）	外大氣層

fore 字首篇 前面、在……之前

🔊 *Track 012*

瞭解這個字首，你就能學會以下單字：

① forecast   ④ foretell
② forehead   ⑤ foretime
③ foresee   ⑥ foreword

01 fore 在……之前 + cast 拋、擲

forecast [ˈforˌkæst] 動 預測、預示

延伸片語 weather forecast 天氣預測

▶ According to the weather forecast, it will rain this afternoon.
根據天氣預報，今天下午會下雨。

02 fore 在……之前 + head 頭部

forehead [ˈforˌhɛd] 名 前額

延伸片語 forehead thermometer 額溫槍

▶ The nurse used a forehead thermometer to take his temperature.
護士用額溫槍幫他量體溫。

03 fore 在……之前 + see 看見

foresee [forˈsi] 動 預知

延伸片語 foresee the result of... 預測……的結果

▶ It was said that an octopus could foresee the results of the FIFA World Cup.
據說有一隻章魚能夠預測世界盃足球賽的結果。

fore 在……之前 + **tell 說**

foretell [for'tɛl] 動 預測、預言

延伸片語 **foretell sb.'s future** 預測未來

▶ The fortune teller **foretold** the woman's **future** by reading her palm.
算命師看女子的手相，預測她的未來。

---

 fore 前面 + **time 時光**

foretime ['for,taɪm] 名 過往

延伸片語 **say goodbye to foretime** 告別過去

▶ We should **say goodbye to foretime** and look towards the future.
我們應該告別過去，往前看。

---

fore 在……之前 + **word 字詞**

foreword ['for,wɝd] 動 前言

延伸片語 **foreword to a book** 書的前言

▶ I am honored to have my respected teacher write a **foreword to my book**.
能請恩師幫我的書寫序，我感到很榮幸。

" 還有更多與「fore」同語源的字首所延伸的單字 "

forewarn（在……之前的警告）	事先警告
forearm（前面的手臂）	前臂
forefather（很久之前＋父親）	祖先
forerunner（跑在前方的人）	前導、先驅

in 字首篇 無、不

🔊 *Track 013*

瞭解這個字首，你就能學會以下單字：

❶ inappropriate
❷ incapable
❸ incoherent
❹ incredible
❺ insane
❻ invisible

01 in 不 + appropriate 適合

inappropriate [ˌɪnəˈproprɪɪt] 形 不適當的

延伸片語 **inappropriate behavior** 不當行為

▶ It's **inappropriate behavior** to make loud noises in the public.
公共場所吵鬧是不當的行為。

02 in 無 + capable 有能力的

incapable [ɪnˈkepəbl̩] 形 無能的

延伸片語 **incapable of...** 沒能力做……

▶ Jeff is **incapable of** doing anything without his wife.
老婆不在，傑夫什麼事也做不了。

03 in 不 + coherent 協調的

incoherent [ˌɪnkoˈhɪrənt] 形 無條理的、不一致的

延伸片語 **incoherent with grief** 悲傷得語無倫次

▶ I could hardly understand what he was talking about because he was **incoherent with grief**.
我不知道他在說什麼，因為他悲傷得語無倫次了。

in 不 + **credible 可信的**

incredible [ɪnˈkrɛdəbl] 形 極驚人的、
令人難以置信的

延伸片語 **at an incredible speed** 以驚人的速度
▶ The racer broke the world record **at an incredible speed**.
該賽車手以驚人的速度破了世界紀錄。

----

 in 無 + **sane 頭腦清楚的**

insane [ɪnˈsen] 形 瘋狂的

延伸片語 **drive someone insane** 讓某人惱火、
使人受不了
▶ His stubbornness **drives everybody insane**.
他的頑固把所有人都搞瘋了。

----

06 **in 不** + **visible 看的見的**

invisible [ɪnˈvɪzəbl] 形 看不見的、隱形的

延伸片語 **invisible earnings** 無形收益
▶ The flourishing tourism industry has brought in a huge amount of **invisible earnings**.
蓬勃的觀光產業帶來了大筆的無形收益。

❝ 還有更多與「in」同語源的字首所延伸的單字 ❞

與 in 同含義的字首：im、il、ir

immoral （不合道德的）	不道德的
illiterate（不懂語言的）	不識字的
irrational （沒有理性的）	荒謬無理的
impurity （不純淨）	不潔之物

inter 字首篇 在……之間

🎵 *Track 014*

瞭解這個字首，你就能學會以下單字：

❶ intercontinental ❹ internet
❷ intermediate ❺ interpersonal
❸ international ❻ intersection

01 inter 在……之間 + continental 洲的

intercontinental [ˌɪntɚkantəˈnɛntl̩]
形 大陸之間的、洲際的

延伸片語 **intercontinental flight** 洲際航班

▶ The airport has direct **intercontinental flights** to most major cities around the world.
該機場有直飛世界主要城市的洲際航班。

02 inter 在……之間 + mediate 中間

intermediate [ˌɪntɚˈmidɪɪt] 形 居中的

延伸片語 **intermediate school** 初級中學

▶ He went to a local **intermediate school** before he entered high school.
他在進入高中之前，唸的是本地的一間初級中學。

03 inter 在……之間 + national 國家的

international [ˌɪntɚˈnæʃən!] 形 國際的

延伸片語 **International Date Line** 國際換日線

▶ Greenwich is a town that lies on the **International Date Line**.
格林威治是個位於國際換日線上的小鎮。

04 inter 在……之間 + net 網

Internet ['ɪntɚnet] 图 網際網路

延伸片語 Internet café 網咖

▶ Eric spent the whole day in an **Internet café** playing online games.
艾瑞克一整天都泡在網咖裡玩線上遊戲。

05 inter 在……之間 + personal 個人的

interpersonal [ɪntɚ'pɝsənl] 形 人際之間的

延伸片語 interpersonal intelligence 人際智商（人際溝通智慧）

▶ An exceptional publicist should possess outstanding **interpersonal intelligence**.
一個優秀的公關人員必須擁有出色的人際智能。

06 inter 在……之間 + section 部分

intersection [ɪntɚ'sɛkʃən] 图 十字路口

延伸片語 intersection theory （數學）相交理論

▶ The math teacher is explaining the **intersection theory** to the students.
數學老師正在對學生解釋相交理論。

> ### 還有更多與「inter」同語源的字首所延伸的單字

intercept （在……之間＋拿取）	攔截
interlink （在……之間＋連結）	連接
intermarry （在……之間＋婚姻）	通婚
intermix （在……之間＋混合）	交互混合

mis 字首篇 錯誤

🎧 *Track 015*

瞭解這個字首，你就能學會以下單字：

❶ mishandle ❹ misread
❷ misjudge ❺ mistaken
❸ misleading ❻ misunderstand

01 mis 錯誤 + handle 對待

mishandle [mɪsˈhændl̩] 動 虐待

延伸片語 **mishandle a crisis** 危機處理失當

▶ He proved himself an incompetent manager by **mishandling the crisis**.
危機處理失當顯示他是個不稱職的經理。

02 mis 錯誤 + judge 評定

misjudge [mɪsˈdʒʌdʒ] 動 誤判

延伸片語 **misjudge sb.** 錯看某人

▶ Love at first sight is dangerous because you may **misjudge a person**.
一見鍾情很危險，因為很可能會看走眼。

03 mis 錯誤 + leading 引導

misleading [mɪsˈlidɪŋ] 形 騙人的、令人誤解的

延伸片語 **misleading vividness** 謬論

▶ This book is full of **misleading vividness**. It is not worth reading at all.
這整本書都是謬論，根本不值得一讀。

04 mis 錯誤 + read 讀

misread [mɪsˋrid] 動 錯誤的解讀

延伸片語 misread something as... 將……誤解為……

▶ Jessie misread Paul's sympathy for her as love.
傑西將保羅對她的同情心誤解成愛情了。

05 mis 錯誤 + taken 拿取

mistaken [mɪˋstekən] 分 錯誤

延伸片語 mistaken identity 認錯人

▶ He thought he had found his missing daughter, but it was just a mistaken identity.
他以為他找到失蹤的女兒了，但卻是認錯人了。

06 mis 錯誤 + understand 了解

misunderstand [ˌmɪsʌndɚˋstænd] 動 誤會

延伸片語 misunderstand one's good intention 誤解某人的好意

▶ They misunderstood his good intention just because he looked scary.
就因為他看起來很嚇人，他們誤解了他的好意。

還有更多與「mis」同語源的字首所延伸的單字

與 mis 同含義的字首：dys、para、par

dysgenics （錯誤的基因）	劣生學
dysgraphia （錯誤＋書寫）書寫	障礙
paracusis （錯誤＋聽覺的）	誤聽
paresthesia （錯誤＋感知）	感知異常

mono 字首篇 單一

🔊 Track 016

瞭解這個字首，你就能學會以下單字：

❶ monarchy
❷ monolingual
❸ monologue
❹ monopoly
❺ monosyllable
❻ monotone

01 mono 單一 + archy 統治

monarchy [ˋmɑnəkɪ] 名 君主國

延伸片語 constitutional monarchy 君主立憲制

▶ Norway, Spain and Belgium are all **constitutional monarchies**.
挪威、西班牙及比利時都是君主立憲制的國家。

02 mono 單一 + lingual 語言

monolingual [ˌmɑnəˋlɪŋgwəl] 形 單語的、一種語言的

延伸片語 monolingual speaker 單語人士

▶ Few people in this country are **monolingual speakers**.
這國家幾乎沒有只會講一種語言的人。

03 mono 單一 + logue 說

monologue [ˋmɑnlɔg] 名 獨角戲

延伸片語 interior monologue 內心獨白

▶ This essay is filled with the author's **interior monologues**.
這篇文章充滿了作者的內心獨白。

04 mono 單一 + poly 多數

monopoly [mə`nɑplɪ] 名 壟斷

延伸片語 **monopoly group** 壟斷集團

▶ The government used to be the largest **monopoly group** in that country.
政府曾經是該國最大的壟斷集團。

05 mono 單一 + syllable 音節

monosyllable [`mɑnəˌsɪləbḷ]
名 單音節的字詞

延伸片語 **divine monosyllable** 神聖的單音節字

▶ "OM" is a **divine monosyllable** which symbolizes Brahman in India.
「阿曼」在印度是一個代表婆羅門的神聖單音字。

06 mono 單一 + tone 音調

monotone [`mɑnəˌton] 形 單調的

延伸片語 **speak in a monotone** 說話單調

▶ The woman **spoke in a monotone**.
那個女人說話的聲音很單調。

還有更多與「mono」同語源的字首所延伸的單字

與 mono 同含義的字首：uni、un、mon

uniform （將形式變一致）	制服
unify （使……單一）	使統一
monarch （單一＋君主）	專制者

over 超過、過度

Track 017

瞭解這個字首，你就能學會以下單字：

❶ overflow
❷ overlook
❸ oversleep
❹ overture
❺ overweight
❻ overwork

01 over 過度 + flow 流

overflow [,ovɚ`flo] 動 溢出

延伸片語 **overflow with joy** 洋溢著喜悅

▶ Holding the baby in her arms, her heart **overflowed with joy**.
懷裡抱著嬰兒，她的心中洋溢著喜悅。

02 over 超過 + look 看

overlook [,ovɚ`luk] 動 俯瞰

延伸片語 **overlook one's faults** 原諒某人的錯誤

▶ Don't expect him to **overlook your faults**.
別期待他會原諒你的錯誤。

03 over 過度 + sleep 睡覺

oversleep [`ovɚ`slip] 動 睡過頭

延伸片語 **oversleep oneself** 睡過頭

▶ Set the alarm clock so that you won't **oversleep yourself** tomorrow.
先設定鬧鐘，以免明天睡過頭了。

over 過度 + ture 行為

overture [ˈovətʃʊr] 動 主動提議

延伸片語 **the overture to...** ……的開端

▶ The dancing performance was **the overture to** the ceremony.
舞蹈表演揭開了典禮的序幕。

---

over 過度 + weight 重量

overweight [ˈovəˌwet] 形 超重的

延伸片語 **overweight luggage** 行李超重

▶ You will be charged for **overweight luggage**.
行李超重會被收費。

---

over 過度 + work 工作

overwork [ˈovəˈwɝk] 動 太過操勞

延伸片語 **overwork oneself** 過度勞累

▶ The doctor warned the woman to not **overwork herself**.
醫生警告婦人不要過度勞累。

還有更多與「over」同語源的字首所延伸的單字

與 over 同含義的字首：a、ana、epi、hyper、super、sur

ascend （超過＋攀爬）	爬升
anachronism （超過＋時光＋制度）	時代錯亂
hyperactive （過度活動的）	過動的
superman （超過人類能力的人）	超人

pre 字首篇
之前、預先

🔊 *Track 018*

瞭解這個字首，你就能學會以下單字：

❶ precaution
❷ precondition
❸ prefix
❹ premature
❺ prerequisite
❻ preview

01 pre 預先 + caution 警慎

precaution [prɪˈkɔʃən] 名 預防措施

延伸片語 precaution against... 預防……

▶ The villagers were warned to take necessary **precautions against** the typhoon.
村民接到採取必要防颱措施的警告。

02 pre 之前 + condition 條件

precondition [ˌprikənˈdɪʃən] 名 先決條件

延伸片語 under the precondition that...
以……為先決條件的

▶ They agreed to sign the contract under the **precondition that** we make the payment next week.
他們同意簽合約，但先決條件是我們下禮拜要付費給他們。

03 pre 之前 + fix 組合

prefix [ˈpriˌfɪks] 名 字首

延伸片語 negative prefix 否定字首

▶ "un-" and "dis-" are both **negative prefixes**.
「un-」和「dis-」都是否定字首。

04 pre 預先 + mature 成熟

premature [ˌprimə`tjur] 形 太早的、不成熟的

延伸片語 **premature infant** 早產兒

▶ The premature infant was kept in the incubator until he weighed 2000 grams.
那個早產兒在達到二千公克前一直被放在保溫箱裡。

05 pre 之前 + requisite 必須的

prerequisite [ˌpri`rɛkwəzɪt] 名 首要事項、前提

延伸片語 **prerequisite to...** ⋯⋯的先決條件；⋯⋯的前提

▶ Being able to speak more than two foreign languages is the prerequisite to getting this job.
會説兩種以上的外語是得到這份工作的先決條件。

06 pre 預先 + view 閱覽

preview [`pri.vju] 名 預習

延伸片語 **preview of a movie** 電影預告片

▶ I saw the preview of the movie last week.
我上禮拜看了這部電影的預告片。

> 還有更多與「pre」同語源的字首所延伸的單字

與 pre 同含義的字首：ante、ex、fore、pro

antenatal（先前＋出生的）	出生前的
ex-husband（先前的＋老公）	前夫
forehead（前＋頭）	額頭
progress（前＋腳步）	前進

sub 字首篇 下面、在……之下

🔊 *Track 019*

瞭解這個字首，你就能學會以下單字：

❶ subconscious   ❹ subnormal
❷ subculture   ❺ subtropical
❸ subdivide   ❻ subway

---

01 sub 下面 + conscious 意識

subconscious [sʌb'kɑnʃəs] 名 潛意識

延伸片語 subconscious behavior 潛意識行為

▶ Sleepwalking is a subconscious behavior.
夢遊是一種潛意識行為。

---

02 sub 在……之下 + culture 文化

subculture [ˌsʌb'kʌltʃɚ] 名 次文化

延伸片語 youth subculture 青年次文化

▶ Otaku is one of the youth subcultures in modern Japan.
御宅族是現代日本的一種青年次文化。

---

03 sub 下面 + divide 分割

subdivide [ˌsʌbdɪ'vaɪd] 動 細分為

延伸片語 be subdivided into... 被再分割為……

▶ The apartment was subdivided into four independent suites.
這間公寓又被分割為四個獨立套房。

04 sub 在……之下 + normal 正常

subnormal [sʌbˈnɔrml̩] 形 水準之下的

延伸片語 **subnormal intelligence** 智力偏低

▶ It's quite rude to call a person of **subnormal intelligence** a retard.
以白痴稱呼一個智力偏低的人是相當無禮的行為。

05 sub 在……之下 + tropical 熱帶

subtropical [sʌbˈtrɑpɪkl̩] 形 亞熱帶的

延伸片語 **subtropical air mass** 亞熱帶氣團

▶ According to the meteorological map, a **subtropical air mass** has formed near the island.
根據氣象圖顯示，該島的附近形成了一個亞熱帶氣團。

06 sub 下面 + way 道路

subway [ˈsʌbˌwe] 名 地下鐵

延伸片語 **subway line** 地下鐵路線

▶ Which **subway line** should we take to get to the zoo?
我們該搭哪一條地下鐵路線去動物園？

" 還有更多與「sub」同語源的字首所延伸的單字 **"**

與 sub 同含義的字首：suc、suf、sup、sus

succumb （躺在下方）	屈服
suffuse（下方＋溶解）	充滿
suppress （下方＋壓力）	壓制
suspect （表面底下的想法）	猜疑

un 字首篇 無、不

🎧 Track 020

瞭解這個字首，你就能學會以下單字：

❶ unbounded
❷ undeniable
❸ undress
❹ unfortunate
❺ unreal
❻ unstable

01 un 無 + bounded 有界限的

unbounded [ʌnˈbaʊndɪd] 形 無盡的

延伸片語 **unbounded curiosity** 無盡的好奇心

▶ My three-year-old daughter has **unbounded curiosity**.
我三歲的女兒有無盡的好奇心。

02 un 不 + deniable 否定

undeniable [ˌʌndɪˈnaɪəbl] 形 不可否認的

延伸片語 **an undeniable fact** 不可否認的事實

▶ Whatever your reason is, it's still **an undeniable fact** that you stole the money.
不論你的理由是什麼，你偷了錢就是一個不可否認的事實。

03 un 無 + dress 衣著

undress [ʌnˈdrɛs] 動 脫衣服

延伸片語 **undress oneself** 把自己的衣服脫掉

▶ Even though she is already six, she still doesn't know how to **undress herself**.
雖然她已經六歲了，還不會自己脫衣服。

04 | un 不 + fortunate 幸運

unfortunate [ʌnˋfɔrtʃənɪt] 形 不幸的、衰的

延伸片語 the unfortunate 不幸的人

▶ She spent her whole life helping the unfortunate.
她窮盡一生都在幫助不幸的人們

05 | un 不 + real 真實

unreal [ʌnˋril] 形 不真實的

延伸片語 unreal entity 虛幻的實體

▶ To scientists, zombies and vampires are both unreal entities.
對科學來說，僵屍和吸血鬼都是虛幻的東西。

06 | un 不 + stable 牢靠

unstable [ʌnˋstebl̩] 形 動盪的、不牢靠的

延伸片語 emotionally unstable 情緒不穩定

▶ He has been emotionally unstable since his father died.
自從他父親死後，他便一直處於情緒不穩定的狀態。

> **還有更多與「un」同語源的字首所延伸的單字**

與 un 同含義的字首：in、dis、mis

independent （不依賴的）	獨立的
disease （不舒適的）	疾病
dislike （不＋喜歡）	不喜歡
misunderstand （不＋了解）	曲解

學了這麼多的字首，想必你能夠看懂的單字肯定大幅增加囉！快來看看以下這三篇文章，比較看看，比起瞭解字首之前的你，現在的你是不是更能輕鬆地看懂落落長的文章內容了呢？如果有不太懂的地方，也要記得翻回去看看喔！

❶ Preview to "Dreams and Relationships"
「夢與人際關係」的預告

This is a preview of the article, Dreams and Relationships, that will be published in the next issue of the biweekly magazine, Lifestyle.

Dreams are interesting things—they give us tons of insight to our subconscious thoughts and, as some may say, can even foretell what will happen in the future. In this article, I am going to examine the effects seemingly harmless dreams may have on one's interpersonal relationships.

But wait—can dreams really affect how we interact with others? You may be skeptical, but the answer is most definitely yes. After all, our minds pick up the smallest details in even the most monotonous situations, and as we spend a majority of our everyday lives in coexistence with others, it is only natural that the subtlest details about other people will surface in our dreams and in turn influence how we think about others. Have you ever had the experience of waking up to find yourself feeling worse about a certain person than you had before you went to sleep? You're not alone; many have reported the same thing happening to them.

Of course, though many of our dreams tell us a lot about ourselves and others, some of them can be misleading—we can't very well go around hating random people in our lives just because we see them stabbing others in our dreams. How do we make sure that dreams don't affect our relations with others, then? Some countermeasures will be introduced in my article, so feel free to check them out!

中文翻譯

此篇為下週將刊登於《生活風格》雙週刊中的文章〈夢與人際關係〉的預告。

夢是很有趣的東西，總能帶給我們很多啟發，讓我們瞭解自己潛意識裡的想法。甚至還有人說夢能夠預告未來呢！在這篇文章中，我將研討一些看來無害的夢對於人際關係可能帶來的影響。

等等，夢真的會影響我們與他人互動的方式嗎？你可能很難相信，但答案絕對是肯定的。畢竟我們的腦即使是在超無聊的情況下，都能夠察覺到一些微小的細節，而我們的人生既然大部分的時間都是和別人一起度過的，那跟其他人相關的小細節會出現在夢中、並影響我們對這些人的看法，也是當然的了。你是否有過這樣的經驗：起床後發現自己對某個人的印象比睡前來得差呢？不只你，很多人都表示曾發生過這樣的情形。

當然，雖然我們能夠從夢瞭解到很多自己與他人的事，有些夢還是會誤導人的。我們總不能因為做夢夢到生活中認識的人拿刀捅人，就從此討厭他們一輩子吧。那麼我們該如何確保自己的夢不會影響到我們與他人的關係呢？

這篇文章將會提到一些對付此問題的方法，所以有興趣的話就來看看吧！

詳細解析

如果在閱讀測驗裡遇到這樣的文章，肯定覺得很煩吧？又長，看起來又無趣。但現在的你掌握了關鍵的「字首」，就能夠毫不費力地抓出這篇文章的大意囉！我們先來看看第一段：

第一段中出現了 preview 這個字，我們在前面學過，「pre-」這個字首的意思是「預先、之前」。我們也知道，view 有「看」的意思，因此我們可以推測 preview 就是「預覽」的意思。接下來，又看到大家應該都學過的 magazine（雜誌）這個單字，以及 biweekly（前面學過，「bi-」是表示「二、雙」的字首），因此就可以推測出我們將要讀到一本「雙週刊」裡面的一篇「預覽、預告」。如此一來，對於接下來的文章要說什麼，是不是有個大概的想法了呢？

第二段中，我們看到了長長的 subconscious 這個單字。前面學過，「sub-」是表示「在……之下」的字首，搭配 conscious（意識到的），就可以推測出這個字指的是「意識之下」，也就是「潛意識」。於是，我們現在知道這篇文章的內容和潛意識有關了！接下來，我們往下可以看到 interpersonal 這個單字。前面學過，「inter-」是表示「在……之間」的字首，而「person」大家應該都知道是「人」的意思，我們就可以推測 interpersonal 指的是「人與人之間的」。因此，從這兩個關鍵字，我們就可以猜到這一段想講的是「夢」對於「潛意識」和「人際關係」的影響了。這麼一來，文章的大意就變得很明白囉！

第三段中，我們看到了 interact 這個字，字首「inter-」（在……之間）又出現了！我們知道，act 有「做出行動」的意思，因此可以判斷 interact 的意思就是「互動」。於是，我們可以從 interact with others 這幾個字猜測，這段的內容依舊與「與人互動」有關。接下來，我們在下面可以找到 coexistence 這個字。前面學到，字首「co-」的意思是「共同」，而 existence 意為「存在」，因此可以得知 coexistence 講的是「共存」的意思。搞定這些較難的字後，搭配本段最後面比較簡單的單字，就能夠瞭解到這段的意思是「夢可能會影響你和每天共存的人如何互動」。

最後一段中，我們看到了 misleading 這個字，説有些夢可能會「misleading」。那 misleading 是什麼意思呢？前面學過，「mis-」這個字首的意思是「誤……」。而我們知道，lead 這個動詞有「引導」的意思，因此可以推測 misleading 的意思是「誤導」。也就是説，這裡説有些夢會「誤導人」。好大的轉折啊！要是不知道「mis-」這個字首的意思，又沒學過 misleading 這個單字，就看不出文章在這邊出現轉折了。最後，句中也提到了 countermeasures。我們學過「counter-」這個字首，它的意思是「反、對抗」，結合了 measures（手段），可知 countermeasures 的意思是「對抗……的手段」。是對抗什麼的手段呢？既然我們從前面幾段得知這篇文章説的是「夢會影響你與他人的互動」，就可以猜測這篇文章將會提供一些「讓你的夢不會那麼容易影響人際互動」的手段了。這也就是這篇文章的結論囉！

因此，可以看出，只要你學會一些基本的關鍵字首，不需要看完這篇好長的文章，就可以推斷它是一篇登在雙週刊上面的預告，預告的文章內容是談論夢如何影響人際互動，最後還會提供一些手段，讓你不會因為夢境而影響人際關係。這樣你對整篇文章的理解不就很完整了嗎？所以字首的重要性是絕對不能忽視的喔！

★字首 pre- 更詳細的説明，請見 p.060
　字首 bi- 更詳細的説明，請見 p.032
　字首 sub- 更詳細的説明，請見 p.062
　字首 inter- 更詳細的説明，請見 p.052
　字首 co- 更詳細的説明，請見 p.034
　字首 mis- 更詳細的説明，請見 p.054
　字首 counter- 更詳細的説明，請見 p.036

❷ Interview of Ben Wickers, Retired Soldier
退休軍人班恩・威克斯的訪談

The following is an excerpt from the interview of Ben Wickers, a retired soldier. Mr. Wickers now lives with his daughter and two dogs in Minnesota.

I was an unremarkable back fighter when I was in the army. I did what I was told and that was all, you get me? I wasn't especially strong or fast or anything. What made me stand out, I think, was that I was bilingual. They loved me because I understood German; sometimes they used me as interpreter.

I once got to ride on a submarine because of my language abilities, even though I wasn't trained for that kind of job. Come to think of it, it was probably against the rules or something, you know? But either way, I got to listen in on some conversations and caught something about a bomb and how to defuse it. Got a lot of praise for it, because it was one of those things our people didn't know how to deal with and they were getting mighty discouraged.

Anyway, we got past that problem because of my info, and launched a pretty great counterattack—at least I think that was what happened; I'm no good at remembering details now, and it was all such a long time ago, you see? But I must be boring you. Let's move on to some other subject.

中文翻譯

以下是一段節錄自退休軍人班恩‧威克斯訪談的內容。威克斯先生目前和他的女兒與兩隻愛犬一起住在明尼蘇達州。

我當年在軍中的時候只是個不起眼的小兵。人家叫我幹嘛我就幹嘛,懂我意思嗎?我不算特別強壯、動作特別快什麼的,我想我唯一特別的一點就是會講兩種語言。因為我聽得懂德文,上面的人很喜歡我,有時候會叫我當翻譯。

因為我的語言能力,有一次我得到機會搭上潛水艇,雖然我沒受過這方面的訓練。現在想想,這好像違規了吧,你

覺得是不是？不過總之，我偷聽到一些對話，還聽到有人談到炸彈的事、和如何拆炸彈。後來就被很多人稱讚，因為那正好是我們的人不太會處理的一件事，他們當時已經蠻灰心的了。

總之，因為我提供的資訊，我們解決了那個問題，反擊也很成功，至少我印象中是這樣啦，現在細節已經記不清楚了，而且那個時候真的是超久以前了，不是嗎？不過我現在講這些你應該覺得很無聊吧，我們來談論別的話題吧。

詳細解析

這是比較口語的一段內容，裡面有很多「you know?」之類無意義的廢話，是否覺得好煩、想要在這麼多的廢話中找出整段內容的重點，就開始感覺好累呢？沒錯，想必大家都不喜歡無意義冗句太多的文章，但現實生活中這樣的東西偏偏就是很多。沒關係！現在的你已經學過了各種字根，所以可以快速掃過內容抓出關鍵單字、判斷意思，不用詳細看完所有無意義的口語詞句，也能知道整篇的意思囉！這在充滿各種干擾資訊、令你不知道該怎麼抓重點的現代生活中是非常實用的一項技能。

首先，我們可以從標題和前面的一段簡介看出，這段內容是「interview」的「excerpt」。前面學過「inter-」這個字首，意思是「在……之間」。view 和「看法、視覺」有關，可知 interview 應該是表達「兩人之間交換看法」一類的意思，也就是「訪談」啦！我們也學過「ex-」這個字首，有「向外」的意思，而 excerpt 這個單字表示「向外節錄出來的部分」，從這裡就可以判斷整篇內容是一段訪談的節錄。這麼一來，我們已經對這篇文章有初步的瞭解了，也知道他為什麼會廢話那麼多了，因為是訪談嘛！

從標題可以看出，這段訪談的主角是一個退休軍人。他是怎樣的軍人呢？從第一段中，我們可以抓出 bilingual 和 interpreter 的關鍵字。「inter-」這個字首剛剛才說過，是「在……之間」的意思，而 interpret 就有了「在兩種語言之間解讀」的意思。後面加上表示「人」的字尾「-er」，就知道 interpreter 是「翻譯人員」的意思了！至於 bilingual，我們知道字首「bi-」表示「兩個、雙」，而字根「lingu」則是「語言」的意思，可知 bilingual 有「雙

語的」的意思。於是，我們現在對於訪談主角更瞭解了：
他是退休軍人，而且他會兩種語言，當過翻譯人員。

接下來的一段提到了這位軍人在 submarine 上的故事。
沒學過 submarine 這個單字的話，可以從「sub-」這個
字首看出一點端倪。「sub-」是「在……之下」的意思，
而「marine」則和「海洋」有關。「在海面之下」的交通
工具、又是軍人可能會用到的，就是潛水艇啦！接下來，
提到了 defuse 這個單字，它並不常見，但我們還是可以
從意為「解除」的字首「de-」判斷它是和「解除」有關
的動詞。fuse 這個單字的意思是引火線、導火線，既然
要「解除」導火線，可知 defuse 這個單字應該和「拆除
導火線」相關了。因此，我們從這一段的短短兩個單字，
可以看出這位軍人不但搭了潛水艇，還拆了炸彈，真是精
彩啊！

最後一段依舊說了不少無意義的句子，但提到了一個重要
的單字：counterattack。我們學過字首「counter-」，知
道它是「逆、反」的意思，而 attack 的意思是「攻擊」。
於是我們可以判斷 counterattack 的意思是「反攻」，也
就是說，這位軍人後來提到了他們軍隊展開反攻的事。這
可是重要的劇情，要是不瞭解這個單字的意思，可就漏掉
了這個訪談精彩的部分呢！

我們可以發現，在對付這篇無意義資訊很多的文章時，只
要抓幾個關鍵字，利用字首推理出意思，立即就能知道這
篇文章是「退休軍人訪談的一段節錄內容」、這位軍人語
言能力不錯、搭過潛水艇、還會拆炸彈，而且他待的軍隊
最後展開了漂亮的反攻。短短幾個字，是不是儼然已經能
夠拼湊成一個完整的故事了呢？字首的重要性果然不能
小覷喔！

★字首 inter- 更詳細的說明，請見 p.052
字首 ex- 更詳細的說明，請見 p.046
字首 bi- 更詳細的說明，請見 p.032
字首 sub- 更詳細的說明，請見 p.062
字首 de- 更詳細的說明，請見 p.038
字首 counter- 更詳細的說明，請見 p.036

❸ Movie Review: Tales of a Frustrated Programmer
影評：《程式設計師的崩潰旅程》

As a programmer myself, I have to say that this movie hits all the right buttons for me. It's got debugging—lots of debugging—and lots of scenes involving the main guy, George, and his coworkers overworking to get pointless things done just because of some misunderstanding on the client's part. Which is something that happens! A lot! On a daily basis! Let me tell you—clients that are simply incapable of understanding human language are much more common than you think.

Anyway, I did enjoy the plot, and there was one part that absolutely clicked with me (George's monologue in the toilet), but there are still a couple of small things that can be improved in my opinion. The producing company had this disadvantage of not having a big budget, I understand, but they could have tried to conceal the fact a bit better—the settings looked cheap, and not the atmospheric kind of cheap. The side plot with the tiny bit of romance also could have been more elaborate.

That being said, I do recommend the film to anyone who wants a good laugh. It was light, hilarious, and heartwarming, with some killer music. You won't want to miss it.

自己身為一個程式設計師，我必須説這部電影完全打中我的點。裡面有演到很多除掉程式 bug 的畫面，然後也出現主角喬治和他同事為了處理客戶搞錯的無意義小事而加班的劇情。這種事真的超常發生的！天天都會發生！我跟你説，聽不懂人話的客戶真的很多，比你想的還要多太多。

總之，我還蠻喜歡劇情的，還有一段讓我真是深有同感（就是喬治在廁所裡的獨白那一段），但我覺得還是有一些小地方可以改進。製作公司沒什麼預算這點是個劣勢，我也懂，但他們至少應該嘗試隱藏一下他們沒錢這一點啊。背景看起來很廉價，而且不是那種有氣氛的廉價。還有一段短短的浪漫支線也可以演得再更詳細一點。

不過，雖然這樣説，我還是推薦這部電影給任何想要好好笑一下的人。電影輕鬆、爆笑、溫馨，音樂超殺。你絕對不會想錯過它的。

詳細解析

這是一篇電影的評論，這一形式的文章不但在閱讀測驗容易出現，平常生活中也很容易遇到，畢竟遇到有興趣的作品，你總是會想看看人家的影評、樂評、書評嘛。看電影評論的時候，你想要知道的不外乎就是劇情如何、評價怎樣，其他拉裡拉雜的細節則不需要知道得很詳細沒關係。這時抓出關鍵字、用字首判斷意思的能力就變得很重要啦！

在第一段中，我們就能看到 debug、coworker、overwork 等等單字。這些字都不難，有常在用電腦的人無論是否學過英文，都知道什麼叫做「bug」，而我們學過字首「de-」，它的意思是「解除」，所以我們立刻就能知道「debug」是「解除 bug」的意思。解除 bug 是誰的工作呢？就是程式設計師啦！因此，我們就能知道這部電影內有大量與程式設計師工作相關的內容了。work 這個字大家應該都學過，知道是「工作」的意思。而我們學過「co-」是表示「共同」的字根、「over-」是表示「超過」的字根，因此就知道「coworker」是「共同工作的人」，也就是「同事」；「overwork」是「工作得太超過」，也就是「超

時工作、加班」。於是，我們就能判斷這部電影講的是程式設計師和他同事的故事，而且他們還常常加班……真是個好慘的故事啊！

為什麼他們要加班呢？接下來我們又看到 misunderstanding 這個單字。understand 是個大家都學過的字，意思是「瞭解、知道」；而「mis-」這個字根前面也學過，是「錯誤」的意思。既然「瞭解錯誤」，可知 misunderstanding 應該就是「誤解」。原來這些人加班加得這麼辛苦，都和「誤解」有關啊！接下來，我們還看到 monologue 這個單字，字根「mono-」是「單一」的意思，搭配表示「説」的字根「logue」，就可以知道它的意思是「獨白」。藉此我們就能判斷這部電影裡會出現獨白了，還是在 toilet（廁所），感覺好像很凄涼。

現在我們大概知道電影在講什麼了，如果這是你特別喜歡或不喜歡的劇情，應該就能決定你到底要不要去看這部電影了。可是如果你還沒辦法拿定主意，想看看評價呢？再往下看吧！我們發現，這位影評人説到 disadvantage 這個字。你或許學過 advantage（優勢）這個單字，但還別急著在心裡為這部電影加分，因為前面加上表示「相反、不」的字首「dis-」，「優勢」就變成「劣勢」了。就算不仔細往下看，大概也可以推測這位影評人會提到這部電影的「劣勢」。後來還説到「劇情應該要更 elaborate 才對」，前面學過字首「e-」有「加強」的意思，elaborate 這個單字則為「加強製作的精細度」、「説得、做得更精細」的意思。於是，我們知道這部電影還是有劣勢的，而且某些劇情可以再更精細一些。

相信對你而言，光是從這幾個單字得到的資訊，就夠你判斷要不要去電影院看這部電影了吧！字首是不是很實用呢？不妨以後要去看電影之前，也先上網搜尋看看它的英文評價，或許會有意想不到的發現喔。

★字首 de- 更詳細的説明，請見 p.038
字首 co- 更詳細的説明，請見 p.034
字首 over- 更詳細的説明，請見 p.058
字首 mis- 更詳細的説明，請見 p.054
字首 mono- 更詳細的説明，請見 p.056
字首 dis- 更詳細的説明，請見 p.040
字首 e- 更詳細的説明，請見 p.042

Part 2

字根篇
Root

act 字根篇 行動

🎯 *Track 021*

瞭解這個字根，你就能學會以下單字：

❶ actor
❷ action
❸ actual
❹ exact
❺ react
❻ interact

01 act 行動 + or 人

actor [ˈæktə] 名 演員

延伸片語 **leading actor** 男主角

▶ Tom is the **leading actor** of this lousy movie.
湯姆是這部爛片的男主角。

02 act 行動 + ion 表示「行為」

action [ˈækʃən] 名 動作

延伸片語 **action movie** 動作片

▶ It seems so easy to hack a computer in **action movies**.
動作片裡演得好像駭進別人的電腦很容易一樣。

03 act 行動 + ual 屬於……的

actual [ˈæktʃuəl] 形 實際上的

延伸片語 **in actual fact** 事實上

▶ Sarah looks younger than his husband, but **in actual fact** she is far older.
莎拉看起來比他丈夫年輕，可是實際上她大得多。

04 ex 向外、之前的 + act 行動

exact [ɪgˋzækt] 形 精確的

延伸片語 **exact time** 準確時間

▶ Could you tell me the **exact time** now?
請你告訴我現在準確的時間好嗎？

05 re 再、返 + act 行動

react [rɪˋækt] 動 做出反應

延伸片語 **react on** 影響

▶ The rise in oil price has **reacted on** the price of food.
油價的上漲已經影響了食物價格。

06 inter 互相 + act 行動

interact [ˌɪntəˋrækt] 動 互動

延伸片語 **interact with** 與……相互作用

▶ You need to **interact with** your classmates more.
你應該多和同學互動。

還有更多與「act」同語源的字根所延伸的單字

act 的變化型：ag、agi

agenda（做＋名詞字尾＋複數）	議程
agitate （造成行動）	鼓動
agent （執行行動的人）	代理人
agile（屬於什麼行動的）	靈活的、敏捷的

ambul 字根篇 走動、行走

🎵 *Track 022*

瞭解這個字根，你就能學會以下單字：

❶ ambulance   ❹ circumambulate

❷ ambulatory   ❺ perambulator

❸ ambulate   ❻ somnambulate

01 ambul 行走、行動 + ance 狀態、性質情況

ambulance [ˈæmbjələns] 名 救護車

延伸片語 **ambulance box** 箱型救護車

▶ You'd better call an ambulance box right now.
你最好馬上叫救護車。

02 ambul 行走、行動 + atory 屬於……的、與……有關的

ambulatory [ˈæmbjələˌtori] 形 流動的

延伸片語 **ambulatory electrocardiography**
動態心電圖

▶ An ambulatory electrocardiography records
the heartbeat.
動態心電圖上標明心跳次數。

03 ambul 行走、行動 + ate 行動

ambulate [ˈæmbjəˌlet] 動 移動、步行

延伸片語 **ambulate in** 在……走動

▶ The patients are forbidden to ambulate in
the room.
病人不允許在房間裡走動。

04

circum 周圍 + ambul
行走、行動 + ate 行走、行動

circumambulate [ˌsɝkəmˈæmbjəˌlet] 動 巡行

延伸片語 **circumambulate the town** 繞城

▶ We can see pilgrims **circumambulating the town** in colorful dresses.
我們可以看到朝聖者穿著鮮艷的衣服在繞城。

05

per 貫穿 + ambul 行走、行動
+ ator 起……作用的物

perambulator [pəˈræmbjəˌletə]
名 嬰兒車

延伸片語 **perambulator garage** 折疊式車庫

▶ Do you know how much a **perambulator garage** cost?
你知道一座折疊式車庫要多少錢嗎？

06

somn 睡眠 + ambul 行走、
行動 + ate 行走、行動

somnambulate [sɑmˈnæmbjəˌlet] 動 夢遊

延伸片語 **to somnambulate** 夢遊

▶ The boy is prone **to somnambulating** around the house.
這男孩容易在家裡夢遊。

還有更多與「ambul」同語源的字根所延伸的單字

ambul 的變化型：amble

preamble （前＋走）	前言、序言

anim 字根篇 生命

🛟 *Track 023*

瞭解這個字根，你就能學會以下單字：

❶ animate
❷ animal
❸ animadver

❹ equanimity
❺ reanimate
❻ pusillanimous

---

01 anim 生命 + ate 表示性質

animate [ˈænəˌmet] 勔 賦予生命、使有生命

延伸片語 **animate nature** 生物界、動植物界
▶ Animals play a major role in the **animate nature**.
動物是生物界中的一大類。

---

02 anim 生命 + al 動作

animal [ˈænəˌml̩] 名 動物 形 動物的

延伸片語 **animal farm** 動物農莊
▶ What kinds of animals live in the **animal farm**?
動物農莊裡有哪些動物？

---

03 anim 精神、靈魂 + advert 注意

animadvert [ˌænəmædˈvɝt] 勔 批評、責備

延伸片語 **animadvert on** 批判
▶ He was embarrassed when his mom **animadverted on** his shortcomings.
當他媽媽批判他的缺點時，他感到很尷尬。

04 equ 平等 + anim 精神、靈魂 + ity 狀態

equanimity [ˌikwəˈnɪmətɪ] 名 平靜、鎮定

延伸片語 **with equanimity** 沉著、安之若素

▶ He took the terrible news **with equanimity**.
他冷靜地接受了這個糟糕的消息。

---

05 re 再 + anim 生命 + ate 行走、行動

reanimate [rɪˈænəˌmet] 動 復活、使恢復生氣

延伸片語 **reanimating spell** 復甦咒語

▶ The wizard casted a **reanimating spell**.
那位巫師施展了復甦咒語。

---

06 pusil 軟弱的 + anim 精神、靈魂 + ous 充滿……的

pusillanimous [ˌpjusɪˈlænəməs] 形 膽怯的、懦弱的

延伸片語 **pusillanimous man** 懦弱的男人

▶ The **pusillanimous man** could not defend his own family.
那個懦弱的男人不能保衛他自己的家。

" 還有更多與「anim」同語源的字根所延伸的單字 "

magnanimous（大＋充滿精神的）	寬宏大量的
unanimous（充滿同一種精神的）	一致同意的
inanimate（沒精神）	死氣沉沉的
animalize（關於動物的）	使動物化
animosity（精神上呈反對狀態）	仇恨

cede 字根篇 行走

🔊 *Track 024*

瞭解這個字根，你就能學會以下單字：

❶ accede
❷ antecede
❸ concede
❹ recede
❺ precede
❻ retrocede

---

01 | ac 朝向 + cede 移動、屈服

accede [æk`sid] 動 就任、繼承

延伸片語 **accede to the throne** 繼承王位

▶ Queen Victoria **acceded to the throne** in 1837.
維多利亞女王於 1837 年繼承王位。

---

02 | ante 前、先 + cede 移動、屈服

antecede [æntə`sid] 動 居前、居先

延伸片語 **A antecede B** A 在 B 之前

▶ Dinosaurs **antecede** humans.
恐龍比人類更早出現。

---

03 | con 聚合、共同 + cede 移動、屈服

concede [kən`sid] 動 讓步

延伸片語 **concede to** 讓步

▶ He's not the type who would **concede to** you easily.
他不是會輕易對你讓步的那種人。

04 re 再 + cede 移動、屈服

recede [rɪ`sid] 動 收回、撤回

延伸片語 receding hairline 倒退的髮線

▶ John sighs as he looks at his **receding hairline** in the mirror.
約翰在鏡中看著自己後退的髮線，嘆了一口氣。

05 pre 前、在前 + cede 移動、屈服

precede [pri`sid] 動 （順序、位置或時間上）處在……之前

延伸片語 the words that precede 在前面的那些字

▶ Do you know **the words that precede** this one?
你知道這個字前面是哪些字嗎？

06 retro 倒退、回復 + cede 移動、屈服

retrocede [ˌrɛtro`sid] 動 回去、退卻

延伸片語 retrocede a contract 退回合約

▶ The company decided to **retrocede the contract** in the end.
公司最後決定退回合約。

還有更多與「cede」同語源的字根所延伸的單字

cede （移動）	轉讓
intercede （從內部使之屈服）	説情
secede （分開移動）	分離
supercede （貫穿＋移動）	代替

cept 字根篇 拿取

🔊 Track 025

瞭解這個字根，你就能學會以下單字：

❶ accept
❷ except
❸ intercept
❹ precept
❺ percept

01 ac 朝向 + cept 拿取

accept [ək`sɛpt] 動 接受、同意

延伸片語 **accept things as they are** 甘心忍受現狀

▶ I don't think she is a girl that **accepts things as they are**.

我認為她是個不甘心忍受現狀的女孩。

02 ex 外、向外 + cept 拿取

except [ɪk`sɛpt] 介 除……外

延伸片語 **except for** 除……外、除去；要不是由於

▶ The article is quite good **except for** some spelling errors.

這篇文章除了一些拼寫錯誤以外都很不錯。

03 inter 在……之間 + cept 拿取

intercept [ɹɪntə`sɛpt] 動 攔截

延伸片語 **intercept a missile** 攔截導彈

▶ They claimed that they would **intercept a missile** by another.

他們聲稱要用導彈攔截導彈。

04 | pre 之前 + cept 拿取

precept [ˋprisɛpt] 名 訓誡、戒律

延伸片語 **Islamic precepts** 伊斯蘭教戒律

▶ Most people who live in the Middle East comply with **Islamic precepts**.
大部分住在中東的人都遵守伊斯蘭戒律。

05 | per 橫跨、穿過 + cept 拿取

percept [ˋpɝsɛpt] 名 認知

延伸片語 **percept sequence** 感知序列

▶ The **percept sequence** stands for everything that the agent has perceived.
感知序列就是媒介所能感知到的全體。

❝ 還有更多與「cept」同語源的字根所延伸的單字 ❞

cept 的變化型：cip、ceive

participate （部分採用）	參加
incept （在裡面＋拿取）	開始
receive （回來拿取）	收到
deceive （從……拿取）	欺騙
conceive （聚集＋拿取）	想像、認為

cert 字根篇 確定

🎵 *Track 026*

瞭解這個字根，你就能學會以下單字：

❶ certain
❷ certify
❸ certitude
❹ ascertain
❺ certifiable
❻ certification

01 cert 相信、確信 + ain 人

certain [ˈsɜtən] 形 無疑的、可靠的

延伸片語 **certain of** 有把握、確信

▶ We aren't **certain of** the date yet.
我們還不確定日期。

02 cert 相信、確信 + ify 使……成為

certify [ˈsɜtəˌfaɪ] 動 證明、保證

延伸片語 **certify to a person's character**
保證某人的人格

▶ I can **certify to Peter's character**.
我能保證彼得的人格。

03 cert 相信、確信 + itude 名詞字尾

certitude [ˈsɜtəˌtjud] 名 確實、確信

延伸片語 **absolute certitude** 絕對的確信

▶ Mary has **absolute certitude** about the answer that she worte on the blackboard.
瑪莉對她寫在黑板上的答案有絕對的確信。

04

 as 朝向 + **cert** 相信、確信 + **ain** 人

ascertain [ˌæsəˈten] 動 查明、弄清

延伸片語 **ascertained by law** 經法律確認的

▶ It has been **ascertained by law**, hasn't it?
它已經經過法律確認了是嗎?

05

cert 相信、確信 + **ifi** 動詞詞性

+ **able** 形容詞字尾

certifiable [ˈstəfaɪəbl] 形 可證明的

延伸片語 **be certifiable** 能證明的

▶ Whether this is true **is no longer certifiable**.
這件事是否為真目前已經不可考證了。

06

 cert 相信、確信 + **ifi** 動詞詞性 +

ation 名詞字尾

certification [ˌstɪfəˈkeʃn] 名 證明

延伸片語 **for certification** 作為證明

▶ The police took those documents **for certification**.
警察拿了那些文件要作為證明。

> 還有更多與「cert」同語源的字根所延伸的單字

cert 的變化型：cred

credence （相信某事物）	相信
credible （易於相信的）	可靠的
credulous （過多的相信）	易受騙的

cise 字根篇
切、割

🎧 *Track 027*

瞭解這個字根，你就能學會以下單字：

❶ concise
❷ circumcise
❸ excise
❹ incise
❺ incisive
❻ precise

01 con 聚合、共同 + cise 切、割

concise [kən`saɪs] 形 簡明的、簡潔的

延伸片語 **a concise summary** 簡潔的總結

▶ Could you give us **a concise summary**?
請你給我們一個簡潔的總結好嗎？

02 circum 周圍 + cise 切、割

circumcise [`sɝkəmˌsaɪz] 動 割包皮

延伸片語 **circumcise a boy** 對男孩實施割禮

▶ They still **circumcise the boys** in that old village.
在那個古老的村莊裡還是要對男孩子實施割禮。

03 ex 外、往外 + cise 切、割

excise [ɛk`saɪz] 名 貨物稅

延伸片語 **excise duty** 消費稅

▶ You need to pay **excise duty** for importing or exporting consumer goods.
進出口的消費品需要交消費稅。

04 in 在……裡面 + cise 切、割

incise [ɪnˈsaɪz] 動 切開

延伸片語 **incised line** 切線

▶ Different **incising** tools will result in different **incised lines**.
不同的切割工具會呈現不同的切線。

05 in 在……裡面 + cis 切、割 + ive 執行某一行為

incisive [ɪnˈsaɪsɪv] 形 尖銳的

延伸片語 **have an incisive tongue** 說話尖刻

▶ Don't you think she **has an incisive tongue**?
你不覺得她說話很尖刻嗎?

06 pre 之前 + cise 切、割

precise [prɪˈsaɪs] 形 精確的

延伸片語 **at that precise moment** 恰好在那時刻

▶ He came in **at that precise moment**.
他恰好在那個時刻進來。

" 還有更多與「cise」同語源的字根所延伸的單字 "

cise 的變化型: cide

decide (向下切)	決定
suicide (自己+切)	自殺
excide (向外切)	切除

claim 字根篇
喊叫、聲音

🎵 *Track 028*

瞭解這個字根，你就能學會以下單字：

❶ acclaim   ❹ proclaim
❷ declaim   ❺ reclaim
❸ exclaim   ❻ disclaim

01 ac 朝向 + claim 喊叫、聲音

acclaim [əˋklem] 動 為……喝采、稱讚

延伸片語 **acclaim sb. as** 稱讚某人為

▶ People **acclaim him as** a good teacher.
人們稱讚他是個好老師。

02 de 除去、離開 + claim 喊叫、聲音

declaim [dɪˋklem] 動（慷慨激昂的）發表演說

延伸片語 **declaim against** 猛烈抨擊

▶ The senator **declaimed against** the government's plans.
那位參議員猛烈抨擊政府的計畫。

03 ex 外、向外 + claim 喊叫、聲音

exclaim [ɪksˋklem] 動 大聲叫嚷

延伸片語 **exclaim in excitement** 興奮地叫出來

▶ "Isn't that a panda?" Joey **exclaimed in excitement**.
「那不是一隻熊貓嗎？」喬伊興奮地叫出來。

04 pro 表示「之前」 + claim 喊叫、聲音

proclaim [prə`klem] **動** 宣佈、公佈

延伸片語 **proclaim the good news** 宣佈好消息

▶ I'm here to **proclaim the good news**.
我來這裡是要宣布好消息的。

··

05 re 再、返 + claim 喊叫、聲音

reclaim [rɪ`klem] **動** 使……改過，收回

延伸片語 **reclaim your lost money** 收回失去的錢

▶ Filing taxes is actually a way to **reclaim your lost money**.
其實報稅是個收回失去的錢的方式。

··

06 dis 不、否 + claim 喊叫、聲音

disclaim [dɪs`klem] **動** 否認、棄權

延伸片語 **disclaim sth.** 放棄某事

▶ He **disclaimed** any right of his property.
他放棄任何關於他的財產的權利。

" 還有更多與「claim」同語源的字根所延伸的單字 "

claim 的變化型：clam

claim 的變化型：clam	
clamor（喊叫的狀態）	喧鬧

clude 字根篇 關閉

🔊 *Track 029*

瞭解這個字根，你就能學會以下單字：

❶ conclude
❷ exclude
❸ include
❹ occlude
❺ preclude
❻ seclude

01 con 聚合、共同 + clude 關閉

conclude [kən`klud] 動 斷定

延伸片語 **to conclude** 結論是、總之

▶ **To conclude**, I wish the conference a great success!
總之，預祝大會圓滿成功！

02 ex 向外 + clude 關閉

exclude [ɪk`sklud] 動 排除

延伸片語 **exclude from** 使……不得進入、把……排除在外、拒絕

▶ He has been **excluded from** all their gatherings.
他們的所有聚會都沒有找他來。

03 in 在……裡面 + clude 關閉

include [ɪn`klud] 動 包含

延伸片語 **include among** 包括在……當中、把……算進

▶ She was included among the guests.
她被算作客人之一。

04 oc 加強用語 + clude 關閉

occlude [əˋklud] 動 阻擋

延伸片語 **occluded front** 囚錮鋒

▶ An **occluded front** is formed when a cold front overtakes a warm front.
當冷鋒面壓過暖鋒面時,將會形成囚錮鋒。

05 pre 之前 + clude 關閉

preclude [prɪˋklud] 動 防止

延伸片語 **preclude the possibility** 防止……的可能

▶ We tried to **preclude the possibility** of any misunderstandings.
我們有試著防止任何誤解的可能性。

06 se 分開 + clude 關閉

seclude [sɪˋklud] 動 使……孤立

延伸片語 **secluded place** 隱密的位置

▶ Let's find a **secluded place** to sit down and chat.
我們找個隱密的地方坐下來聊天吧。

❝ 還有更多與「clude」同語源的字根所延伸的單字 ❞

clude 的變化型:clud、clus、clause、clued、cluse、close

disclose (除去關閉狀態)	揭發
claustral (關於閉關的)	修道院的
closet (將小物品關在一起)	壁櫥
enclose (入+關閉)	圍入

cord 字根篇
心

🎧 *Track 030*

瞭解這個字根，你就能學會以下單字：

❶ accord   **❹** discord
❷ cordial   **❺** record
❸ concord   **❻** concordant

---

01 ac 朝向 + cord 心

accord [əˋkɔrd] 動 與……一致

延伸片語 **of one's own accord** 自動地、出於自願

▶ He helped me **of his own accord**; I didn't ask him to do so.
他是自願幫助我的，我沒叫他這麼做。

---

02 cord 心 + ial 屬於……的

cordial [ˋkɔrdʒəl] 形 熱忱的、真摯的

延伸片語 **a cordial welcome** 熱忱歡迎

▶ We will give you **a cordial welcome** and reception.
我們會給予您熱烈的歡迎和招待。

---

03 con 聚合、共同 + cord 心

concord [ˋkɑnkɔrd] 名 協調

延伸片語 **in concord** 和諧地

▶ The inhabitants here always live **in concord**.
這裡的居民們一直都和睦相處。

04 dis 相反的 + cord 心

discord ['dɪskɔrd] 名 不一致

延伸片語 **in discord** 不和諧

▶ I don't like this song. The notes are all **in discord**.

我不喜歡這首歌。音符都不和諧。

05 re 此表示強調 + cord 心

record ['rɛkəd] 動 紀錄

延伸片語 **make a record of** 將……加以記錄

▶ Please **make a record** of the important meeting.

請為這次重要的會議加以記錄。

06 con 聚合、共同 + cord 心 + ant ……的

concordant [kɑnˈkɔrdənt] 形 協調的、和睦的

延伸片語 **concordant results** 一致的結果

▶ The experiments, despite being carried out in different places, yielded **concordant results**.

這些實驗雖然在不同的地方施行，但結果都是一致的。

還有更多與「cord」同語源的字根所延伸的單字

cord 的變化型： cor、cordi	
concordat（聚集大家的心）	羅馬教皇與各政府所訂定的宗教事務協定
discordant（不一致的）	不調和的

cret(e) 字根篇 成長、分離

🎵 *Track 031*

瞭解這個字根，你就能學會以下單字：

❶ concrete　　　　❹ secret
❷ discrete　　　　❺ secrete
❸ excrete

01 con 聚合、共同 + crete 分離

concrete [ˈkɑnkrit] 形 有形的

延伸片語 **a concrete example** 具體的實例

▶ Would you please give us **a concrete example**?

可以請你給我們一個具體的實例嗎？

02 dis 除外的 + crete 分離

discrete [drˈskrit] 形 分離的

延伸片語 **discrete material** 鬆散材料、粒狀材料

▶ I am afraid that it's very difficult to find **discrete material**.

恐怕很難找到零散的材料。

03 ex 向外 + crete 分離

excrete [ɛkˈskrit] 動 排泄

延伸片語 **excrete through** 在……之中排泄掉

▶ Bodily toxins may be **excreted through** sweat.

身體的毒素有可能透過汗水排掉。

04 se 分開 + cret 分離

secret [ˋsikrɪt] 形 秘密的

延伸片語 secret agent 間諜、特務
▶ Her dream is to become a secret agent.
她的夢想是成為特務。

05 se 分開 + crete 分離

secrete [sɪˋkrit] 動 分泌

延伸片語 secrete urine 分泌尿液
▶ The kidney is the organ that secretes urine.
腎臟是分泌尿液的器官。

還有更多與 cret(e) 同語源的字根所延伸的單字

creation （成長＋名詞字尾）	創造
secretary （守住秘密的人）	秘書

cur(r) 字根篇 跑

🎧 *Track 032*

瞭解這個字根，你就能學會以下單字：

❶ concur
❷ current
❸ excursion
❹ incur
❺ occur
❻ recur

01 con 共同、聚合 + cur 跑

concur [kən`kɝ] 動 同意

延伸片語 concur with 同意、和……一致

▶ I actually concur with her in many points.
實際上我和她在許多論點上意見是一致的。

02 curr 跑 + ent ……狀態的

current [`kɝnt] 形 目前的

延伸片語 current news 時事新聞

▶ What do you think of the current news?
你對時事新聞有什麼看法的？

03 ex 向外 + cur 跑 + sion 行為

excursion [ɪk`skɝʒən] 名 遠足

延伸片語 go on an excursion
去遠足、參加參觀活動

▶ The class went on an excursion to the museum.
這個班級去博物館參觀。

04 | in 在……裡面 + cur 跑

incur [ɪnˋkɝ] 動 帶來、招致

延伸片語 **incur expense** 造成花費

▶ What kinds of **expenses** would **incur** in the process?
過程中會造成哪些種類的花費？

05 | oc 向 + cur 跑

occur [əˋkɝ] 動 發生

延伸片語 **if anything should occur** 如果有任何事發生、萬一

▶ **If anything should occur**, you can always come to me for help.
萬一發生了什麼事，你都能來找我幫忙。

06 | re 再 + cur 跑

recur [rɪˋkɝ] 動 再發生

延伸片語 **recurring payment** 重複出現的付款

▶ Monthly phone bills are a kind of **recurring payment**.
每個月的電話費是一種重複出現的付款。

❞ 還有更多與「cur(r)」同語源的字根所延伸的單字 ❞

cur 的變化型：curr、curs、cour、cours	
cursory（與跑有關的）	善於奔跑的
precursor（跑在前面的人）	先驅

demo 字根篇 人民

🔊 *Track 033*

瞭解這個字根，你就能學會以下單字：

❶ democracy
❷ democrat
❸ democratic
❹ democratize
❺ demographic
❻ demography

01/ demo 人民 + cracy 統治

democracy [dɪˋmɑkrəsɪ] 名 民主

延伸片語 true democracy 真正的民主

▶ True democracy allows free speech.
真正的民主是允許言論自由的。

02/ demo 人民 + crat 支持某政體的人

democrat [ˋdɛməˌkræt] 名 民主主義者

延伸片語 the Democrats 民主黨

▶ My grandfather always votes for the Democrats.
我爺爺總是把票投給民主黨。

03/ demo 人民 + crat 支持某政體的人 + ic ……的

democratic [ˌdɛməˋkrætɪk] 形 民主的

延伸片語 democratic politics 民主政治

▶ How do you view the current democratic politics?
你如何看待當下的民主政治？

04 demo 人民 + crat 支持某政體的人 + ize ……化

democratize [dɪˈmɑkrəˌtaɪz] 動 使……民主化

延伸片語 **democratize (a place)** 使一個地方民主化

▶ Can Turkey help **democratize the Middle East?**

土耳其能幫助中東地區走向民主嗎?

----

05 demo 人民 + graph 寫 + ic ……的

demographic [ˌdimə'græfɪk] 形 人口統計學的

延伸片語 **demographic data** 人口資料、人口資料

▶ I need more **demographic data**. Could you provide me that?

我需要更多的人口資料,你能給我嗎?

----

06 demo 人民 + graphy 寫

demography [dɪˈmɑrgrəfɪ] 名 人口統計學

延伸片語 **applied demography** 應用人口統計學

▶ We're learning **applied demography** in class.

實際上我學的專業是應用人口統計學。

❝ 還有更多與「demo」同語源的字根所延伸的單字 ❞

demo 的變化型:dem

endemic (在人民之間的)	地方的
epidemic (在人民中間的)	傳染的、流行的
demagogue (人民的事務)	煽動者

dict 字根篇 說、言

🔊 Track 034

瞭解這個字根,你就能學會以下單字:

❶ contradict   ❹ indict
❷ dictate   ❺ predict
❸ edict   ❻ verdict

01 contra 相反 + dict 說、言

contradict [ˌkɑntrəˈdɪkt] 動 抵觸

延伸片語 contradict oneself 自相矛盾

▶ I don't know what he's talking about. He keeps contradicting himself.
我不知到他在講什麼,他一直講自相矛盾的話。

02 dict 說、言 + ate 使……變成

dictate [ˈdɪktet] 動 口述

延伸片語 dictate to one's secretary
向秘書口述要事

▶ The manager is dictating to his secretary now.
主管正在向他的秘書口述要事。

03 e 出 + dict 說、言

edict [ˈidɪkt] 名 官方命令

延伸片語 emperor's edict 皇帝的諭旨

▶ No one dares to go against the emperor's edict.
沒人敢反對皇帝的諭旨。

04 in 往內 + dict 說、言

indict [ɪnˋdaɪt] 動 控告

延伸片語 **indict a person for murder** 以殺人罪起訴某人

▶ He might **indict** that young man **for murder**.
他可能會以殺人罪起訴那個年輕人。

----

05 pre 先、前 + dict 說、言

predict [prɪˋdɪkt] 動 預言

延伸片語 **predict the weather** 預測天氣

▶ Can you **predict the weather** by looking at the clouds?
你能透過觀察雲來預測天氣嗎?

----

06 ver 真實 + dict 說、言

verdict [ˋvɝdɪkt] 動 定論

延伸片語 **final verdict** 最終定論

▶ The **final verdict** is that he is guilty.
最終的定論是他有罪。

❝ 還有更多與「dict」同語源的字根所延伸的單字 ❞

dict 的變化型:dic

valediction (再見的話語)	告別演説
dictator (口頭傳授命令的人)	獨裁者
benediction (好的言語)	祝福
abdicate (使之離開的命令)	退位

domin 字根篇 統治、房屋

🔊 *Track 035*

瞭解這個字根，你就能學會以下單字：

❶ condominium   ❹ domineer
❷ dominant   ❺ domination
❸ dominate   ❻ predominate

01 con 共同、聚合 + domin 統治、房屋 + ium 名詞字尾

condominium [ˋkɑndəˋmɪnɪəm] 名 共同管理

延伸片語 **condominium unit** 獨立產權的公寓
▶ There are many **condominium units** for sale in this community.
這個社區有很多獨立產權的公寓要出售。

02 domin 統治、房屋 + ant ……狀態的

dominant [ˋdɑmənənt] 形 統治狀態的

延伸片語 **the dominant partner** 舉足輕重的合夥人
▶ Don't you know him? He is **the dominant partner** of the company.
你不認識他嗎？他是公司中舉足輕重的合夥人。

03 domin 統治、房屋 + ate 動詞字尾

dominate [ˋdɑməˋnet] 動 統治、支配

延伸片語 **dominate over** 統治、支配
▶ He was **dominating over** the party at one time.
他曾一度在黨內有支配地位。

04 domin 統治、房屋 + eer 人

domineer [ˌdɑmə'nɪr] 動 跋扈

延伸片語 **domineer over** 跋扈

▶ The new manager tried to **domineer over** everyone.
新經理試圖對每個人都專橫跋扈。

05 domin 統治、房屋 + ation 行為

domination [ˌdɑmə'neʃən] 名 支配

延伸片語 **world domination** 統治世界

▶ The boy has always dreamed of **world domination**.
這男孩總是夢想著統治世界。

06 pre 前、先 + domin 統治、房屋 + ate 動詞字尾

predominate [prɪ'dɑmənet] 動 佔主導地位

延伸片語 **predominate over** 統治、支配、佔優勢

▶ Knowledge will always **predominate over** ignorance.
知識總是會勝過無知。

> **還有更多與「domin」同語源的字根所延伸的單字**

domin 的變化型：dom	
domicile（房屋＋統計的單位）	住所
domestic（與房屋有關的）	家庭的
domain（與房屋、人有關的）	領地

duct 字根篇
引導

🔘 *Track 036*

瞭解這個字根，你就能學會以下單字：

❶ abduct   ❹ deduct
❷ aqueduct   ❺ induct
❸ conduct   ❻ viaduct

01   ab 離開 + duct 引導

abduct [ˈæbdʌkt] 勔 誘拐

延伸片語 **abduct children** 誘拐兒童

▶ It's illegal to abduct children.
誘拐兒童是非法的。

02   aque 水 + duct 引導

aqueduct [ˈækwɪdʌkt] 名 導水管

延伸片語 **aqueduct bridge** 渡槽

▶ It took them years to build the aqueduct bridge.
他們花了很多年蓋了渡槽。

03   con 共同、聚合 + duct 引導

conduct [kənˈdʌkt] 勔 引導

延伸片語 **conduct oneself with dignity**
舉止得體、檢點

▶ She conducted herself with dignity despite having gone broke.
雖然她破產了，依舊舉止非常高雅。

04

de 除去 + duct 引導

deduct [dɪˋdʌkt] 動 扣除

延伸片語 **deduct tax from one's wages**
從工資中扣除稅款

▶ Will they **deduct tax from your wages**?
他們會從你的工資中扣除稅款嗎?

05

in 入 + duct 引導

induct [ɪnˋdʌkt] 動 吸收某人加入

延伸片語 **induct sb. to an office of governor**
使某人就任州長

▶ Mr. Robert has been **inducted to the office of governor**.
羅伯特先生已就任州長。

06

via 道路 + duct 引導

viaduct [ˋvaɪəˏdʌkt] 名 高架橋

延伸片語 **cable supported viaduct** 懸索高架橋

▶ We can take the **cable supported viaduct** for a shortcut.
走懸索高架橋路線會比較短。

" 還有更多與「duct」同語源的字根所延伸的單字

duct 的變化型:duc、duce

educate (引導進行某項活動)	教育
introduce (引導進入)	介紹
produce (引導向前)	製造
reduce (引導往回)	減少

ego 字根篇 自我

🔊 *Track 037*

瞭解這個字根，你就能學會以下單字：

❶ egocentric　　❹ egomaniac
❷ egoism　　　　❺ superego
❸ egoist

01 ego 自我 + centric 中心的

egocentric [ˌigoˈsɛntrɪk] 形 自我主義的

延伸片語 **egocentric speech** 自我中心言語

▶ Egocentric speech is an important phenomenon in children's development of speech and thinking.
自我中心言語是兒童言語和思維發展過程中的一個重要現象。

02 ego 自我 + ism 主義

egoism [ˈigoˌɪzəm] 名 自大

延伸片語 **ethical egoism** 倫理利己主義

▶ Ethical egoism points out that people ought to do what is in their own self-interest.
倫理道德主義指出，人應該從事有利於自己的事。

03 ego 自我 + ist 人

egoist [ˈigoɪst] 名 自我中心者

延伸片語 **absolute egoist** 完全的自我中心者

▶ He is an absolute egoist.
他是一個徹頭徹尾的利己主義者。

04 ego 自我 + maniac 病態

egomaniac [ˌigo`menɪˌæk] 名 **極端自我主義者**

延伸片語 **total egomaniac**
完全的極端自我主義者

▶ Their boss is a **total egomaniac**.
他們的老闆是個完全的極端自我主義者。

05 super 非常的 + ego 自我

superego [ˌsupɚ`igo] 名 **超自我**

延伸片語 **superego development** 超我發展

▶ **Superego development** is a concept invented by Freud.
超我發展是佛洛伊德發明的一個概念。

 還有更多與「**ego**」同語源的字根所延伸的單字

egotistical（以自我為中心）	自我中心的
non-ego（非自我）	客觀

face 字根篇 外表、表面

🎧 *Track 038*

瞭解這個字根，你就能學會以下單字：

❶ deface
❷ efface
❸ interface
❹ resurface
❺ surface

01 de 除去 + face 外表、表面

deface [dɪˋfes] 動 損壞外觀

延伸片語 **deface a monument** 損壞紀念碑

▶ He was punished because he **defaced a monument**.
他被罰是因為他損壞了紀念碑。

02 ef 向外 + face 外表、表面

efface [ɪˋfes] 動 抹去

延伸片語 **efface a memory** 抹去記憶

▶ Time would **efface the memory**.
時間將會抹去記憶。

03 inter 在……之間 + face 外表、表面

interface [ˋɪntɚˎfes] 名 介面

延伸片語 **user interface** 使用者介面

▶ The **user interface** of this app is super hard to navigate.
這個 APP 的使用者介面超難用的。

re 再 + **sur** 在……之上 + **face** 外表、表面

resurface [ri`sɝfɪs] 動 重新露面

延伸片語 **skin resurfacing** 皮膚再生、換膚

▶ Skin resurfacing laser treatment can hurt a lot.
雷射磨皮可能會非常痛。

 sur 在……之上 + **face** 外表、表面

surface [`sɝfɪs] 名 表面

延伸片語 **on the surface** 表面上

▶ On the surface, everything seems fine, but inside he feels dead.
表面上一切都好，但事實上他的心已死。

> **還有更多與「face」同語源的字根所延伸的單字**

face 的變化型：fic、front

superficial （過於表面的）	膚淺的
confront （共同＋正面）	面對
affront （朝著臉）	公開侮辱
upfront （上方＋前面）	在最前面

fact 字根篇 製作、做

🎧 *Track 039*

瞭解這個字根，你就能學會以下單字：

❶ factory
❷ factor
❸ benefacto
❹ factitious
❺ malefactor
❻ manufacture

01 fact 製作、做 + ory 地方

factory ['fæktərɪ] 名 工廠

延伸片語 **shoe factory** 製鞋廠

▶ My brother works in a shoe factory.
我哥哥在一家製鞋廠工作。

02 fact 製作、做 + or 物品

factor ['fæktə] 名 因素

延伸片語 **main factor** 主要因素

▶ The price is the main factor we use to decide who to purchase from.
我們決定和誰買東西，價格是主要因素。

03 bene 好 + fact 製作、做 + or 物品

benefactor ['bɛnəˌfæktə] 名 恩人

延伸片語 **nameless benefactor** 匿名的恩人

▶ A nameless benefactor donated a lot of money to the orphanage.
一位匿名的恩人捐了不少錢給那個孤兒院。

04 fact 製作、做 + itious ……的

factitious [fæk`tɪʃəs] 形 人工的

延伸片語 **factitious enthusiasm** 虛假的熱情
▶ No one believed in his **factitious enthusiasm**.
　沒人相信他虛假的熱情。

05 male 惡 + fact 製作、做 + or 物品

malefactor [`mælə‚fæktɚ] 名 壞人

延伸片語 **merciless malefactor** 惡毒的罪犯
▶ That **merciless malefactor** enjoyed
　tormenting the girls he kidnapped.
　那個惡毒的罪犯喜歡虐待被他綁走的女孩們。

06 manu 手 + fact 製作、做 + ure 動詞字尾

manufacture [‚mænjə`fæktʃɚ] 動 製造

延伸片語 **manufacture date** 製造日期
▶ The **manufacture date** is last June.
　製造日期是去年六月。

❝ 還有更多與「fact」同語源的字根所延伸的單字 ❞

fact 的變化型：fac、fec、fect、fic

facile （易於製作的）	易做到的
perfect （貫穿＋製作）	完美的
infect （往內製作）	感染
sacrifice （做出神聖的事）	犧牲

fid

字根篇

信任、相信

🔊 Track 040

瞭解這個字根，你就能學會以下單字：

❶ con**fid**ant　　　❹ **fid**elity
❷ con**fid**ence　　❺ in**fid**el
❸ dif**fid**ent　　　❻ per**fid**y

---

01 | con 共同、聚合 + fid 信任、相信 + ant 人

confidant [ˌkɑnfɪˈdænt] 名 密友

延伸片語 good confidant 好知己

▶ Everyone should have a good confidant.
每個人都應該有一個好知己。

---

02 | con 共同、聚合 + fid 信任、相信 + ence 狀態

confidence [ˈkɑnfədəns] 名 信任

延伸片語 have confidence in… 相信某人的能力

▶ You can do it. I have confidence in you.
你做得到的，我相信你。

---

03 | dif 不 + fid 信任、相信 + ent ……的

diffident [ˈdɪfədənt] 形 缺乏自信的

延伸片語 in a diffident manner 羞怯地

▶ Why does he always speak in a diffident manner?
他為什麼總是羞怯地說話？

04 fid 信任、相信 + elity 表「性質」

fidelity [fɪˋdɛlətɪ] 名 忠貞

延伸片語 high-fidelity headphones 高傳真耳機

▶ I received a pair of high-fidelity headphones for my birthday.
我生日的時候收到了一台高傳真耳機。

05 in 不、否 + fid 信任、相信 + el 事物

infidel [ˋɪnfədḷ] 形 不信教的

延伸片語 war against the infidels 對異教徒發動的戰爭

▶ Do you still remember the war against the infidels?
你還記得過去那場對異教徒發動的戰爭嗎？

06 per 通過 + fid 信任、相信 + y 名詞字尾

perfidy [ˋpɝfədɪ] 名 不忠實

延伸片語 act of perfidy 背信棄義行為

▶ His act of perfidy resulted in him being punished by law.
他背信棄義的行為使得他被法律制裁了。

❝ 還有更多與「fid」同語源的字根所延伸的單字 ❞

fid 的變化型：fide、fids

confide （共同相信）	信任
self-confidence（相信自己的狀態）	自信

fin

字根篇

結束、最終、限制

🔵 *Track 041*

瞭解這個字根，你就能學會以下單字：

❶ final
❷ finalist
❸ finalize
❹ finite
❺ infinite

---

01 fin 結束、最終、限制 + al ……的

final [ˈfaɪnl] 形 最終的

延伸片語 **final aim** 終極的目的

▶ What on earth is his **final aim**?
他的終極目的到底是什麼？

---

02 fin 結束、最終、限制 + al ……的 + ist 人

finalist [ˈfaɪnlɪst] 名 參加決賽的人

延伸片語 **finalist works** 入選作品

▶ What do you think of those **finalist works**?
你如何看待那些入選作品？

---

03 fin 結束、最終、限制 + al …… 的 + ize 動詞字尾

finalize [ˈfaɪnlˌaɪz] 動 完成

延伸片語 **finalize the proposal** 提議定案

▶ We have to **finalize the proposal** before the end of today.
我們今天結束前需要把這個提議定案。

04 | fin 結束、最終、限制 + ite ……的

finite [`faɪnaɪt] 形 有限的

延伸片語 **finite resource** 有限資源
▶ Land is considered a **finite resource**.
　土地是有限的資源。

05 | in 不 + fin 結束、最終、限制 + ite …的

infinite [`ɪnfənɪt] 形 無限的、無邊的

延伸片語 **infinite space** 無限的空間
▶ Is there **infinite space** in the universe?
　宇宙擁有無限的空間嗎？

" **還有更多與「fin」同語源的字根所延伸的單字** "

fin 的變化型：fine

confine （一起限制）	限制
define （加強限制）	定義
refine （再限制）	精製

firm 字根篇
堅定、強壯的

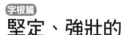 *Track 042*

瞭解這個字根，你就能學會以下單字：

❶ affirm
❷ confirm
❸ disaffirm
❹ infirm
❺ infirmary
❻ confirmative

---

01 af 朝向 + firm 堅定、強壯的

affirm [əˋfɜm] 勔 堅稱

延伸片語 **affirm a statement** 肯定說法

▶ We can **affirm that his statement** is true.
我們肯定他的說法是對的。

---

02 con 共同、聚合 + firm 堅定、強壯的

confirm [kənˋfɜm] 勔 證實

延伸片語 **confirm your password** 確認密碼

▶ To **confirm your password**, type it again here.
要確認密碼的話，在這邊再輸入一次。

---

03 dis 否 + af 朝向 + firm 堅定、強壯的

disaffirm [ˌdɪsəˋfɜm] 勔 反駁

延伸片語 **disaffirm a judicial decision** 取消判決

▶ Is it possible for the court to **disaffirm that judicial decision**?
法院有可能取消那個判決嗎？

04 in 不 + firm 堅定、強壯的

infirm [ɪnˈfɝm] 形 優柔寡斷的

延伸片語 infirm of purpose
意志力薄弱的、優柔寡斷的

▶ Tony is infirm of purpose. There's no way he can give us any good advice.
湯尼這個人優柔寡斷，他給不了我們任何好的建議。

05 in 不 + firm 堅定、強壯的 + ary 地方

infirmary [ɪnˈfɝmərɪ] 名 醫院

延伸片語 Royal Infirmary 皇家醫院

▶ The princess is in the Royal Infirmary right now.
公主現在在皇家醫院。

06 con 共同 + firm 堅定、強壯的 + ative 形容詞字尾

confirmative [kənˈfɝmətɪv] 形 確定的

延伸片語 confirmative answer 確定的答案

▶ Do you already have a confirmative answer in your mind?
你的心中已經有確定的答案了嗎？

還有更多與「firm」同語源的字根所延伸的單字

affirmable （斷言＋形容詞字尾）	可斷言的
infirmity （不強壯的＋名詞字尾）	虛弱

flect/flex 字根篇 彎曲

🎵 *Track 043*

瞭解這個字根，你就能學會以下單字：

❶ deflect
❷ flection
❸ inflect
❹ reflect
❺ flexible
❻ reflex

01 de 去除 + flect 彎曲

deflect [dɪˈflɛkt] 動 使……偏斜

延伸片語 **deflect responsibility** 轉嫁責任

▶ He always **deflects responsibility** to other people.
他總是把責任轉嫁給其他人。

02 flect 彎曲 + ion 狀態

flection [ˈflɛkʃən] 名 彎曲的地方

延伸片語 **flection point** 彎曲點

▶ We are asked to find the **flection point** in the math test.
我們在數學考試中被要求要找出彎曲點。

03 in 往內 + flect 彎曲

inflect [ɪnˈflɛkt] 動 使……曲折

延伸片語 **inflected language**
屈折語言、屈折語、變形語

▶ Latin is a heavily **inflected language**.
拉丁語的詞尾變化很多。

04 | re 反 + flect 彎曲

reflect [rɪˋflɛkt] 動 反射

延伸片語 **reflect on** 考慮、反思

▶ After **reflecting on** my own actions, I realized what I did wrong.
反思自己的行為後，我就知道我哪邊做錯了。

05 | flex 彎曲 + ible 能夠……的

flexible [ˋflɛksəbl] 形 可彎曲的、有彈性的

延伸片語 **flexible schedule** 彈性的時間安排

▶ I really envy you for your **flexible schedule**.
我真的很嫉妒你有彈性的時間安排。

06 | re 反 + flex 彎曲

reflex [ˋriflɛks] 形 反射的

延伸片語 **out of reflex** 反射地

▶ He kicked his attacker **out of reflex**.
他反射動作地踢了那位攻擊他的人一腳。

> 還有更多與「flect／flex」同語源的字根所延伸的單字

inflexible（不易彎曲的）	頑固的
inflection （彎曲了）	變形
reflective （一再反省）	沉思的

flo(u)r 字根篇 花

🎧 *Track 044*

瞭解這個字根，你就能學會以下單字：

❶ floral
❹ flourish
❷ florid
❸ florist

01 flor 花 + al ……的

floral [ˈflorəl] 形 花的

延伸片語 **floral designs** 花的圖案

▶ I don't think she would like those **floral designs**.
我覺得她不會喜歡那些花的圖案。

02 flor 花 + id ……的

florid [ˈflorɪd] 形 過度花俏的

延伸片語 **a florid speaker** 辭句華麗的演說家

▶ I don't like **florid speakers**.
我不喜歡辭句華麗的演說家。

03 flor 花 + ist 人

florist [ˈflorɪst] 名 花商

延伸片語 **at the florist's** 在花店

▶ Mom is **at the florist's** now, you can find her there.
媽媽在花店，你能在那找到她。

04 flour 花 + ish 表「性質」

flourish [ˈflɝɪʃ] 動 誇耀

延伸片語 with a flourish 誇張地、誇大地

▶ Peter always speaks with a flourish.
彼得說話總是很誇張。

還有更多與字根「flo(u)r」同語源的字根所延伸的單字

effloresce （向外＋開花）	開花
flourishing （開滿花的）	繁榮的
floriate （花＋動詞字尾）	用花卉裝飾
flowery （充滿花的）	絢麗的
floriculture （關於花的文化）	花卉栽培
defloration （除去＋花＋名詞字尾）	玷污女性
noctiflorous （夜間充滿花）	夜間開花的

flu 字根篇
流

🔊 Track 045

瞭解這個字根，你就能學會以下單字：

❶ affluent   ❹ influence
❷ effluent   ❺ influenza
❸ flush

01 af 向 + flu 流 + ent 物

affluent ['æfluənt] 形 富饒的

延伸片語 **affluent society** 小康社會、富足社會

▶ Poverty still exists even in **affluent societies**.
即使在富庶的社會，貧窮也依然存在。

02 ef 外 + flu 流 + ent ……狀態的

effluent ['ɛfluənt] 形 流出的

延伸片語 **effluent discharge license** 污水排放執照

▶ You need an **effluent discharge license** to dump waste water here.
在這邊要排放廢水，需要污水排放執照。

03 flu 流 + sh 動詞字尾

flush [flʌʃ] 動 沖水

延伸片語 **flush the toilet** 沖馬桶

▶ You need to flush the toilet after you use it.
使用馬桶後要記得沖水。

in 內部 + **flu 流** + **ence 名詞字尾**

influence [ˈɪnfluəns] 名 影響

延伸片語 under the influence of
在……的影響之下

▶ He must have been driving **under the influence of** alcohol.
他一定是在受酒精影響的狀態下開車的。

 in 內部 + **flu 流** + **enza 病**

influenza [ˌɪnfluˈɛnzə] 名 流行性感冒

延伸片語 influenza virus 流感病毒

▶ How can we prevent the spread of the **influenza virus**?
如何才能防止流感病毒的傳播？

❝ 還有更多與「flu」同語源的字根所延伸的單字 ❞

flu 的變化型：flux

afflux（向＋流）	湧入
refluent（反流的狀態）	逆流的
fluency （流＋名詞字尾）	流利
influx（入＋流）	流入
circumfluent（在周圍流動的）	環流的

foli(o) 字根篇
葉

🔊 Track 046

瞭解這個字根，你就能學會以下單字：

❶ folio
❷ defoliant
❸ defoliatel
❹ foliate
❺ foliage
❻ portfolio

01 / foli 葉 + o

folio [ˈfolɪo] 名 對開本（的書）

延伸片語 **folio keyboard** 對開的可攜式鍵盤
▶ I want a **folio keyboard** to go with my iPad.
我要一個對開的可攜式鍵盤來搭配我的 iPad。

02 / de 除去 + foli 葉 + ant 名詞字尾

defoliant [dɪˈfolɪənt] 名 脫葉劑

延伸片語 **cotton defoliant** 棉花脫葉劑
▶ Where can I buy **cotton defoliant**?
我在哪裡可以買到棉花脫葉劑？

03 / de 除去 + foli 葉 + ate 使

defoliate [diˈfolɪet] 動 除去……的葉子

延伸片語 **defoliate a tree** 修剪樹木
▶ To **defoliate** a healthy **tree**, you simply cut away the leaves with a scissor.
要修剪一棵健康的樹只需要用剪刀把樹葉剪掉就好。

04 foli 葉 + ate …的

foliate [ˈfolɪˌet] 形 葉狀的

延伸片語 **foliate papillae** 葉狀乳突

▶ **Foliate papillae** is a part that's connected to the root of the tongue.
葉狀乳突與舌根連接。

05 foli 葉 + age 名詞字尾

foliage [ˈfolɪɪdʒ] 名 葉子（的總稱）

延伸片語 **fall foliage** 秋天的楓葉

▶ The **fall foliage** here is magnificent.
這裡秋天的楓葉真是迷死人了。

06 port 帶 + folio 葉

portfolio [portˈfolɪo] 名 資產組合管理、作品集

延伸片語 **personal portfolio** 個人作品集

▶ Every artist has their own **personal portfolio**.
每個藝術家都有自己的個人作品集。

還有更多與「foli(o)」同語源的字根所延伸的單字

foliose （很多葉子）	多葉的
folic acid （葉＋酸）	葉酸
foliaceous （充滿葉的）	有葉的

fort 字根篇
強壯、強力

🎯 *Track 047*

瞭解這個字根，你就能學會以下單字：

❶ comfort
❷ discomfort
❸ effort
❹ fortify
❺ fortitude

01 com 聚 + fort 強壯、強力

comfort [`kʌmfɚt] 勔 安慰

延伸片語 **words of comfort** 安慰的話

▶ Why didn't you say some **words of comfort** to her?
你為什麼沒對她說些安慰的話呢？

02 dis 不 + com 聚 + fort 強壯、強力

discomfort [dɪs`kʌmfɚt] 名 不舒適

延伸片語 **the discomforts of travel** 旅途的困苦

▶ **The discomforts of travel** made him fall asleep quickly.
旅途的困苦使他很快睡著了。

03 ef 出 + fort 強壯、強力

effort [`ɛfɚt] 名 努力

延伸片語 **without effort** 輕鬆地、輕易地

▶ He passed the exam **without effort**.
他輕輕鬆鬆就通過這個考試了。

04 / fort 強壯、強力 + ify 使……

fortify [ˈfɔrtə͵faɪ] 動 加強

延伸片語 **fortify against**
　　加強……以防禦、加固……以抵禦

▶ They are trying to **fortify** the house **against** the storm.
他們試著將房子變得更堅固，以抵禦暴風。

05 / fort 強壯、強力 + itude 表狀態

fortitude [ˈfɔrtə͵tjud] 名 堅毅

延伸片語 **with fortitude** 毅然

▶ Emma bore the pain **with** great **fortitude**.
愛瑪以巨大的毅力忍受了痛苦。

" 還有更多與「fort」同語源的字根所延伸的單字 "

fort 的變化型：forc

enforce （強行進入）	執行
reinforce （再加注力量）	加強
fort （強力堅固之所）	要塞
force （力量）	強迫

forceful （饒富強力的） | 強而有力的

fract 字根篇 破、打碎

🔊 *Track 048*

瞭解這個字根，你就能學會以下單字：

❶ fraction
❷ fractious
❸ fracture
❹ infraction
❺ refract

01 fract 破、打碎 + ion 名詞字尾

fraction [ˈfrækʃən] 名 一小部分

延伸片語 **a fraction of** 一小部分、少許

▶ Only **a fraction of** the voters voted yes.
只有一小部分的選民投了「是」。

02 fract 破、打碎 + ious ……的

fractious [ˈfrækʃəs] 形 易怒的

延伸片語 **a fractious boy** 一個倔強的男孩

▶ **The fractious boy** complains about everything.
那個倔強的男孩凡事都要抱怨一下。

03 fract 破、打碎 + ure 表狀態

fracture [ˈfræktʃə] 動 破裂

延伸片語 **bone fracture** 受到挫傷、骨折

▶ She got a **bone fracture** in the accident.
她在這次事故中骨折了。

04 in 入 + fract 破、打碎 + ion 名詞字尾

infraction [ɪnˈfrækʃən] 名 違法

延伸片語 **minor infraction** 輕微違法、小孩犯法

▶ I don't think this **minor infraction** will be a problem.
我認為這項輕微違法不會導致問題。

05 re 再、反 + fract 破、打碎

refract [rɪˈfrækt] 動（光線）折射

延伸片語 **Abbes refract meter** 阿貝折射計

▶ Have you ever heard of the **Abbes refract meter**?
你聽說過阿貝折射計嗎？

還有更多與「fract」同語源的字根所延伸的單字

fract 的變化型：frag、frang、frai

fragile（破碎的）	脆弱的
fragment（碎的物品）	碎片
fractional（一小部分的）	碎片的
infract（使之更破碎）	破壞

gen 字根篇
起源、產生

🔊 *Track 049*

瞭解這個字根，你就能學會以下單字：

❶ allergen
❷ antigen
❸ congenial
❹ eugenic
❺ indigenous
❻ ingenious

---

01 **aller 過敏** + **gen 起源、產生**

allergen [ˋælɚdʒɛn] 名 過敏原

延伸片語 **allergen tablet** 抗過敏藥

▶ Take an **allergen tablet** and you'll feel much better.
吃點抗過敏藥吧，你就會覺得好多了。

---

02 **anti 反對** + **gen 起源、產生**

antigen [ˋæntədʒɛn] 名 抗原

延伸片語 **artificial antigen** 人工合成抗原

▶ The **artificial antigen** was synthesized successfully.
那種人工合成抗原成功了

---

03 **con 共同、聚合** + **gen 起源、產生** + **ial ……的**

congenial [kənˋdʒinjəl] 形 一致的

延伸片語 **a congenial host** 友善的主人

▶ The **congenial host** treated us to a huge meal.
那位友善的主人請我們吃了一頓大餐。

04 | eu 優 + gen 起源、產生 + ic ⋯⋯的

eugenic [ju`dʒɛnɪk] 形 優生的

延伸片語 eugenic marriage 優生學婚姻

▶ Are eugenic marriages even ethical?
優生學婚姻真的合倫理嗎？

05 | indi 內 + gen 起源、產生 + ous ⋯⋯的

indigenous [ɪn`dɪdʒɪnəs] 形 本地的

延伸片語 indigenous to ⋯⋯固有的

▶ Pity is a feeling indigenous to human beings.
憐憫之情是人類固有的感情。

06 | in 內 + gen 起源、產生 + ious 形容詞字尾

ingenious [ɪn`dʒinjəs] 形 善於創造的

延伸片語 an ingenious idea 有創意的點子

▶ His ingenious idea helped us win the game.
他有創意的點子讓我們贏得了比賽。

> **還有更多與「gen」同語源的字根所延伸的單字**

gen 的變化型：gene、gener

degenerate（產生下降的情形）	退化
congenital（共＋生殖的）	先天的
eugenics （優良生產的學科）	優生學
homogeneous（相同種類的）	同類的

gest 字根篇 搬運、攜帶

🔊 *Track 050*

瞭解這個字根，你就能學會以下單字：

❶ congest
❷ digest
❸ egest
❹ gestate
❺ ingest
❻ suggest

---

01 con 一同 + gest 搬運、攜帶

congest [kənˋdʒɛst] 動 使擁擠

延伸片語 **congested area** 擁擠地區、人口稠密區

▶ I hate traveling to **congested areas**.
我不喜歡到擁擠地區旅行。

---

02 di 分 + gest 搬運、攜帶

digest [daɪˋdʒɛst] 動 消化

延伸片語 **digest easily** 容易消化

▶ This kind of rich food isn't **digested easily**.
這種油膩的食物不容易消化。

---

03 e 往外 + gest 搬運、攜帶

egest [ˋɛdʒəst] 動 排泄

延伸片語 **egest from** 從……排泄出

▶ When we poop, bodily waste is **egested from** the body.
我們大號時，身體的廢物就從身體排泄出來。

04 gest 搬運、攜帶 + ate 動詞字尾

gestate [`dʒɛstet] 動 懷孕

延伸片語 gestate offspring 孕育後代

▶ Female animals have the job of gestating offspring.
雌性動物負擔孕育後代的責任。

05 in 裡面 + gest 搬運、攜帶

ingest [ɪn`dʒɛst] 動 吸收

延伸片語 ingest poisonous substances 食用有毒的東西

▶ The child might have ingested poisonous substances.
這個孩子可能吃了有毒的東西。

06 sug 向上 + gest 搬運、攜帶

suggest [sə`dʒɛst] 動 建議

延伸片語 suggest doing 建議做……

▶ I suggest doing this a different way. What do you think?
我建議用另一種方法試試看，你覺得怎麼樣？

還有更多與「gest」同語源的字根所延伸的單字

gestosis （帶著病變狀態）	妊娠中毒
decongest （除去擁擠的現象）	消除擁擠
exaggerate （不斷向外搬運的行動）	誇大
indigestion （內部分開搬運的現象）	消化不良

grad(e) 字根篇 步行、移動

🎧 *Track 051*

瞭解這個字根，你就能學會以下單字：

❶ biodegradable ❹ downgrade
❷ centigrade ❺ retrograde
❸ degrade ❻ upgrade

---

01 bio 生物 + de 分離 + grad 步行、移動 + able 能……的

biodegradable [ˋbaɪodɪˋgrædəbl]
形 能被生物分解的

延伸片語 biodegradable plastics 可生物降解的塑膠
▶ Biodegradable plastics are better for our environment than normal plastic.
可生物降解塑膠對於我們的環境比塑膠好。

---

02 centi 百 + grade 步行、移動

centigrade [ˋsɛntəˏgred] 名 攝氏（溫度）
延伸片語 centigrade thermometer 攝氏溫度計
▶ Is this a centigrade thermometer or Fahrenheit?
這是攝氏溫度計還是華氏的？

---

03 de 下 + grade 步行、移動

degrade [dɪˋgred] 動 使……降級、墮落
延伸片語 degrade oneself by 降低自己的人格
▶ How can you degrade yourself by telling such a lie?
你怎麼能說那樣的謊話來降低自己的人格呢？

04

down 往下 + grade 步行、移動

downgrade [`daʊnˌgred] **名 下坡**

延伸片語 **on the downgrade** 在走下坡路

▶ Our business has been **on the downgrade** these years.
這些年來，我們的生意每況愈下。

05

retro 逆、退化的 + grade 步行、移動

retrograde [`rɛtrəˌgred] **動 退化**

延伸片語 **a retrograde step** 退步

▶ The new economic policy is seen as **a retrograde step**.
新的經濟政策被視為是一大退步。

06

up 上、升 + grade 步行、移動

upgrade [ˌʌp`gred] **動 升級**

延伸片語 **upgrade sb. to** 提升為

▶ I was **upgraded to** business class on yesterday's flight.
在昨天的班機上，我被升到商務艙了。

還有更多與「grad(e)」同語源的字根所延伸的單字

grad(e) 的變化型：gradu

graduate（等級提升活動）	畢業
gradual（步行、移動的）	漸漸的

grat(e) 字根篇 高興的、感謝

🔊 *Track 052*

瞭解這個字根，你就能學會以下單字：

❶ grateful   ❹ ingrate
❷ gratify   ❺ ingratitude
❸ gratitude   ❻ ungrateful

01 grate 高興的、感謝 + ful 充滿……的

grateful [ˋgretfəl] 形 令人充滿感激的

延伸片語 **be grateful to** 對……心存感激

▶ I am **grateful to** all those who helped me in the past.
我感謝所有曾經幫助過我的人。

02 grat 高興的、感謝 + ify 使……成為

gratify [ˋgrætʃfaɪ] 動 使滿意

延伸片語 **gratify by** 對……感到欣慰

▶ The old man was **gratified by** his son's achievements.
老人對兒子的成就感到欣慰。

03 grat 高興的、感謝 + itude 表「性質」

gratitude [ˋgrætəˌtjud] 名 感謝、感恩

延伸片語 **out of gratitude** 出於感激

▶ The young man began to cry **out of gratitude**.
那個年輕人感激得哭了。

04 | in 否、不 + grate 高興的、感謝

ingrate [ɪn`gret] 名 忘恩負義的人

延伸片語 **a complete ingrate** 一個純粹的忘恩負義之徒

▶ He is **a complete ingrate**; I'll never help him again.
他是一個徹頭徹尾的忘恩負義之徒,我再也不幫他了。

05 | in 否、不 + grat 高興的、感謝 + itude 性質

ingratitude [ɪn`grætə͵tjud] 名 不知感恩

延伸片語 **repay kindness with ingratitude** 恩將仇報

▶ It is shameful to **repay kindness with ingratitude**.
恩將仇報是很可恥的。

06 | un 否、不 + grate 高興的、感謝 + ful 充滿…

ungrateful [ʌn`gretfəl] 形 忘恩負義的

延伸片語 **an ungrateful person** 忘恩負義的人

▶ Nobody wants to help **an ungrateful person**.
沒有人會願意幫助一個忘恩負義的人。

還有更多與「grat(e)」同語源的字根所延伸的單字

grat(e) 的變化型:grati、gratul	
ingratiate(進行希望別人打從內心喜悅的行動)	迎合討好
congratulate(開心地聚在一起從事某項行動)	恭賀
gratuitous （有令人歡愉的特性）	免費的

grav(e) 字根篇
重

🔊 *Track 053*

瞭解這個字根，你就能學會以下單字：

❶ aggravate
❷ aggravation
❸ engravel
❹ gravid
❺ gravity
❻ ingravescent

01 ag 向 + grav 重 + ate 使……成為

aggravate [ˋæɡrəˌvet] 動 惡化、加劇

延伸片語 **aggravate the situation** 使局勢惡化

▶ I fear that his statement will **aggravate the current situation**.
我擔心他的聲明會使目前的局勢惡化。

02 ag 向 + grav 重 + ation 行為

aggravation [ˌæɡrəˋveʃən] 名 加重、惡化

延伸片語 **further aggravation** 進一步惡化

▶ The drug can help prevent **further aggravation** of back pain.
這種藥可以防止背痛變嚴重。

03 en 往裡 + grave 重

engrave [ɪnˋɡrev] 動 雕刻

延伸片語 **engrave with** 在……上雕刻

▶ The ring was **engraved with** his wife's initials.
這枚戒指上刻著他妻子姓名的首字母。

04 grav 重 + id ⋯⋯的狀態

gravid [ˈgrævɪd] 彤 懷孕的

延伸片語 a gravid woman 一名孕婦

▶ The boy gave his seat to a gravid woman on the bus.
男孩讓座給公車上的一名婦女。

05 grav 重 + ity 名詞字尾

gravity [ˈgrævətɪ] 图 重力、引力

延伸片語 strong gravity 強大的引力

▶ The reason why we don't float around in the air is because there is strong gravity.
我們之所以不會在空中飄來飄去的，是因為有強大引力的存在。

06 in 不好 + grave 重 + scent 形容詞字尾

ingravescent [ˌɪngrəˈvɛsənt] 彤 （病情）加重

延伸片語 ingravescent disease 加重的病情

▶ The ingravescent disease is causing the whole family grief.
加重的病情讓他的家人都很悲傷。

" 還有更多與「grav(e)」同語源的字根所延伸的單字 "

grav(e) 的變化型：griev

| grievous （充滿悲傷的） | 令人哀傷的 |
| grieve （沉重的感覺） | 悲痛 |

greg 字根篇 群聚、聚集

🔊 *Track 054*

瞭解這個字根，你就能學會以下單字：

❶ aggregate
❷ congregate
❸ desegregate
❹ egregious
❺ gregarious
❻ segregate

01 ag 向、朝 + greg 群聚、聚集 + ate 動詞字尾

aggregate [ˋægrɪˌget] 動 聚合的、聚積

延伸片語 aggregate riches 積聚財富

▶ A greedy person like him will try all means to aggregate riches.
像他這樣貪得無厭的人肯定會想盡一切辦法聚集財富。

02 con 共同 + greg 群聚、聚集 + ate 動詞字尾

congregate [ˋkɑŋgrɪˌget] 動 聚合、聚集

延伸片語 congregate around 聚集在……的周圍

▶ The reporters congregated around the famous movie star.
眾多記者聚集在這名著名影星的周圍爭相採訪她。

03 de 取消 + se 分開 + greg 群聚、聚集 + ate 動詞字尾

desegregate [diˋsɛgrəˌget] 動 廢除種族隔離

延伸片語 desegregate schools 廢除學校裡的種族隔離

▶ The plans to desegregate the schools in this state are met with opposition.
該州要在校園裡廢除種族隔離的計畫遭到反對。

04 `e 外` + `greg 群聚、聚集` + `ious ……的`

egregious [ɪˈgridʒəs] 形 極惡的、非常的

延伸片語 **an egregious mistake** 天大的錯誤

▶ An egregious mistake may change someone's life completely.
一個大錯也許會完全地改變一個人的人生。

05 `greg 群聚、聚集` + `arious 傾向……的`

gregarious [grɪˈgɛrɪəs] 形 群居的、合群的

延伸片語 **gregarious animal** 群居動物

▶ The pigeon is a gregarious animal, and so is the swan.
鴿子和天鵝都是群居動物。

06 `se 分開` + `greg 群聚、聚集` + `ate 動詞字尾`

segregate [ˈsɛgrɪˌget] 動 分離、把……隔離

延伸片語 **segregate sth. into sth.** 把……分開

▶ The restaurant has been segregated into smoking and nonsmoking areas.
這家餐館分有吸菸區和非吸菸區。

❝ 還有更多與「greg」同語源的字根所延伸的單字 ❞

segregationist（支持把群聚隔離的人）	種族隔離主義者
segregation（把群聚隔離）	種族隔離
congregation（共同＋群聚）	聚會

habit 字根篇
居住

🎵 *Track 055*

瞭解這個字根，你就能學會以下單字：
❶ cohabit
❷ habitant
❸ inhabit
❹ inhabitant
❺ uninhabited

01 co 共同、一起 + habit 居住

cohabit [koˋhæbɪt] 勳 同居

延伸片語 **cohabit with someone** 與某人同居

▶ He has been **cohabiting with** his girlfriend since last year.
他從去年就跟女朋友同居了。

02 habit 居住 + ant 人

habitant [ˋhæbətənt] 图 居民、居住者

延伸片語 **habitant farmhouse** 居民農舍

▶ These are the **habitant farmhouses** of old Quebec.
這些就是老魁北克時候的居民農舍。

03 in 內、裡面 + habit 居住

inhabit [ɪnˋhæbɪt] 勳 存在於、居住在

延伸片語 **inhabit in** 居住在……

▶ More and more people choose to **inhabit in** the cities.
有越來越多的人願意選擇居住在城市。

04 in 內、裡面 + habit 居住 + ant 人

inhabitant [ɪnˈhæbətənt]

图 居住者、居民、棲息者

延伸片語 **native inhabitant** 本地人

▶ The **native inhabitants** here have different eating habits.
這裡的本地居民有著跟別人不一樣的飲食習慣。

05 un 不、否 + in 內、裡面 + habit 居住 + ed ······的

uninhabited [ˌʌnɪnˈhæbɪtɪd]

形 無人居住的、無人跡的

延伸片語 **uninhabited island**
一個無人居住的荒島

▶ The prince was banished to an **uninhabited island**.
那個王子被放逐到了一個無人居住的荒島上。

❝ 還有更多與「habit」同源的字根所延伸的單字 ❞

habitable （能夠居住的）	可居住的
habitation （居住的行為）	居所、生活環境
habitat （居住的地方）	棲息地
cohabitation （一起居住的行為）	同居生活
cohabitant （一起居住的人）	同居人

her(e)

字根篇
黏著

🔊 *Track 056*

瞭解這個字根，你就能學會以下單字：

❶ adhere
❷ adherence
❸ adherent
❹ cohere
❺ coherence
❻ inhere

---

01 ad 向、朝著 + here 黏著

adhere [ədˋhɪr] 勔 堅持、緊黏

延伸片語 adhere to 堅持

▶ You must adhere to these principles under all circumstances.
在任何情況下你都必須堅持這些原則不動搖。

---

02 ad 向、朝著 + her 黏著 + ence 名詞字尾

adherence [ədˋhɪrəns] 名 堅持、忠誠

延伸片語 adherence to 遵守

▶ This project demands strict adherence to the plan.
這項工程需要嚴格按照計畫來執行。

---

03 ad 向、朝著 + her 黏著 + ent 人

adherent [ədˋhɪrənt] 名 擁護者、追隨者

延伸片語 adherent of ……的擁護者

▶ The leader is a strong adherent of this movement.
這名領導人是此次運動的一名堅決擁護者。

04 co 共同、聚合 + here 黏著

cohere [ko`hɪr] 動 黏著、凝聚

延伸片語 cohere with 符合、連貫

▶ I am glad to hear that your view **coheres with** mine.
我很高興聽到你我的觀點一致。

05 co 共同、聚合 + her 黏著 + ence 名詞字尾

coherence [ko`hɪrəns] 名 黏著、凝聚

延伸片語 lack coherence 缺乏連貫性

▶ The teacher thought his composition **lacked coherence**.
老師認為他的作文缺乏連貫性。

06 in 裡、內 + here 黏著

inhere [ɪn`hɪr] 形 天生的

延伸片語 inhere in 固有、存在於

▶ Some people hold that selfishness **is inhere in** human nature.
有些人認為自私是人的天性。

> 還有更多與「her(e)」同語源的字根所延伸的單字

her(e) 的變化型：hes

hesitate（黏著＋走動＋一項活動）	躊躇、猶豫
adhesive（朝某方向黏）	有黏性的
cohesion（黏在一起）	凝聚力、結合

hum(e) 字根篇 人、地

🔊 *Track 057*

瞭解這個字根，你就能學會以下單字：

❶ exhume
❷ human
❸ humble
❹ inhume
❺ posthumous
❻ humility

01 ex 外 + hume 人

exhume [ɪgˋzjum] 動 挖掘出

延伸片語 **exhume the corpse** 掘出屍體

▶ The police need to **exhume the corpse** to help determine the cause of death.
員警需要掘出屍體來幫助查明死因。

02 hum 人 + an 人

human [ˋhjumən] 名 人類

延伸片語 **fit for human consumption** 適合人類食用

▶ This kind of mushroom is not **fit for human consumption**.
這種蘑菇不適合人食用。

03 hum 人 + ble 易於……的

humble [ˋhʌmbl] 形 恭謙的、謙遜的

延伸片語 **of humble birth** 出身卑微

▶ Others often look down upon him just because he is a man **of humble birth**.
別人常常僅因他出身卑微就看不起他。

04 in 內、入 + hume 地

inhume [ɪnˈhjum] 勔 土葬

延伸片語 **inhume sb.** 埋葬某人

▶ They decided to **inhume** the old man as soon as possible.

他們決定儘快安葬老人。

05 post 在……之後 + hum 人 + ous 有……性質的

posthumous [ˈpɑstjuməs]

形 死後出版的、死後的

延伸片語 **posthumous fame** 身後聲譽

▶ The writer has enjoyed hundreds of years of **posthumous fame.**

這名作家已經揚名後世數百年之久了。

06 hum 人 + il + ity 名詞字尾

humility [hjuˈmɪlətɪ] 名 謙卑

延伸片語 **humility comes before honor** 謙卑比榮耀更重要

▶ In Christian concepts, **humility comes before honor.**

在基督教觀念中,謙卑比榮耀更重要。

❝ 還有更多與「hum(e)」同語源的字根所延伸的單字 ❞

humanitarian (人類的信仰者)	人道主義者
humiliate (對人不好的行為)	羞辱、污辱

ign 字根篇
火

🔊 Track 058

瞭解這個字根,你就能學會以下單字:

❶ igneous
❷ ignescent
❸ ignimbrite
❹ ignite
❺ reignite
❻ ignitable

01 ign 火 + eous 有……性質的

igneous ['ɪgnɪəs] 形 火的

延伸片語 igneous rocks 火成岩

▶ Matthew said that this wall was made of igneous rocks.
馬修說這面牆是以火成岩製成。

02 ign 火 + escent 動作開始進行

ignescent [ɪg'nɛsnt] 名 引火物

延伸片語 ignescent fire 熊熊烈火

▶ Once the ignescent fires started it was hard to put them out.
熊熊烈火一旦開始燃燒,就很難撲滅了。

03 ign 火 + imbr 雨 + ite 礦物

ignimbrite ['ɪgnɪmbraɪt] 名 熔灰岩

延伸片語 a piece of ignimbrite 一塊熔灰岩

▶ This statue is made of a huge piece of ignimbrite.
這尊雕像是由很大一塊熔灰岩製成。

04 **ign** 火 + **ite** 使成為

ignite [ɪgˋnaɪt] 勔 著火、點燃

延伸片語 **ignite the torch** 點燃火把

▶ Thomas **ignited the torch** and led the way.
湯瑪斯點燃火把,然後帶路。

05 **re** 再 + **ign** 火 + **ite** 使成為

reignite [͵riɪgˋnaɪt] 勔 再點火

延伸片語 **reignite the firecracker** 再點燃鞭炮

▶ The naughty boys try to **reignite the firecracker**.
這些頑皮的男孩試著再將鞭炮點燃。

06 **ign** 火 + **it** 使成為 + **able** 能……的

ignitable [ɪgˋnaɪtəbl] 彤 易起火的

延伸片語 **ignitable garbage** 可燃性垃圾

▶ Please throw this into the can for **ignitable garbage**.
請將這個丟入可燃性垃圾的垃圾桶。

> 還有更多與「**ign**」同語源的字根所延伸的單字

ignitability（火+能力）	可燃性
ignition（火+名詞字尾）	燃燒、著火

it 字根篇 走動、行走

🔵 *Track 059*

瞭解這個字根，你就能學會以下單字：

❶ ambit
❷ circuit
❸ exit
❹ initiate
❺ obituary
❻ transit

01 amb 界線、範圍 + it 走動、行走

ambit [ˈæmbɪt] 名 範圍、領域

延伸片語 **usual ambit** 平常的領域

▶ It's a bit out of my **usual ambit**, but I'll still try to solve the problem for you.
我平常不怎麼有在接觸這個領域，但我還是會試著幫你解決這個問題。

02 circu 圓圈 + it 走動、行走

circuit [ˈsɝkɪt] 名 環道、一圈

延伸片語 **short circuit** 短路

▶ The TV stopped working because of a **short circuit**.
因為電線短路，現在電視不能看了。

03 ex 外、出 + it 走動、行走

exit [ˈɛksɪt] 名 出口

延伸片語 **emergency exit** 緊急出口

▶ There's a fire! Where's the **emergency exit**?
火災了！緊急出口在哪裡？

04 in 入、內 + it 走動、行走 + iate 動詞字尾

initiate [ɪˈnɪʃɪˌet] 動 創始

延伸片語 initiate a conversation 開始一段對話

▶ I'm terrible at initiating conversations with strangers.
我很不擅長和陌生人開啟話題。

05 ob 向、朝 + it 走動、行走 + uary 名詞字尾

obituary [əˈbɪtʃuˌɛrɪ] 名 訃告某人往生、訃聞

延伸片語 online obituary 線上訃聞

▶ I read about his death on an online obituary.
我從線上訃聞得知他的死訊。

06 trans 穿越過 + it 走動、行走

transit [ˈtrænsɪt] 動 經過、通過

延伸片語 transit camp 臨時難民營

▶ The army let the victims stay in the transit camp.
軍隊讓災民們先待在臨時難民營。

❝ 還有更多與「it」同語源的字根所延伸的單字 ❞

it 的變化型：ir、is、itiner

sedition（分頭走的）	叛亂、暴動
perish（離去）	死
seditious（分頭走的）	煽動性的
itinerant（行走的）	巡迴的

ject 字根篇

投擲、丟

🎧 Track 060

瞭解這個字根，你就能學會以下單字：

❶ abject　　　❹ interject
❷ deject　　　❺ object
❸ eject　　　　❻ reject

01　ab 離去 ＋ ject 投擲、丟

abject [ˋæbdʒɛkt] 形 糟透的、難堪的

延伸片語 **abject poverty** 極為窮困的狀態

▶ The children of this village grew up in abject poverty.
這個村莊的孩子都在極為窮困的環境長大。

02　de 分 ＋ ject 投擲、丟

deject [dɪˋdʒɛkt] 形 使……氣餒

延伸片語 **feel dejected** 感到氣餒

▶ Mike felt dejected after he got a bad grade on the math test.
數學沒考好讓麥可感到氣餒。

03　e 外 ＋ ject 投擲、丟

eject [ɪˋdʒɛkt] 動 轟出、驅逐

延伸片語 **eject from** 逐出，彈出

▶ The pilot was ejected from his seat when the plane lost its function.
飛機無法運作後，飛行員便從位子彈出來了。

04 | inter 中間 + ject 投擲、丟

interject [ˌɪntɚˋdʒɛkt] 動 插嘴、打斷別人說話

延伸片語 **interject into** 插入

▶ It's not polite to interject into other people's speeches.
打斷別人說話是相當失禮的。

05 | ob 對立 + ject 投擲、丟

object [əbˋdʒɛkt] 動 反對、反抗

延伸片語 **object to** 對……反對

▶ Paul's father objected to his marriage.
保羅的父親反對他的婚禮。

06 | re 反 + ject 投擲、丟

reject [rɪˋdʒɛkt] 動 否決、反駁

延伸片語 **rejected a proposal** 拒絕提案

▶ The manager rejected the proposal on the meeting.
在開會時經理拒絕了這個提案。

" 還有更多與「ject」同語源的字根所延伸的單字 "

project（向前投擲）	放映
inject（往裡投擲）	打針
objectionable（反對＋能夠……的）	令人討厭的
ejection（丟出的東西）	射出物

junct 字根篇 連接

🔴 *Track 061*

瞭解這個字根，你就能學會以下單字：

❶ adjunct
❷ conjunction
❸ disjunction
❹ injunction
❺ junction
❻ juncture

01 ad 向、朝 + junct 連接

adjunct [`ædʒʌŋkt] 形 附屬的

延伸片語 **adjunct professor** 兼任副教授

▶ **Adjunct professors** in this school often don't have their own offices.
這所學校的兼任副教授通常沒有自己的辦公室。

02 con 共同 + junct 連接 + ion 名詞字尾

conjunction [kən`dʒʌŋkʃən] 名 連接詞

延伸片語 **in conjunction with** 與…一起

▶ The party will be held **in conjunction with** Mary's wedding.
這場派對將會與瑪莉的婚禮一起舉辦。

03 dis 不 + junct 連接 + ion 名詞字尾

disjunction [dɪs`dʒʌŋkʃən] 名 分裂、分開

延伸片語 **disjunction between** ……之間的分裂

▶ John is finding adult life difficult because of the **disjunction between** his ideals and reality.
因為理想與現實之間的差距，約翰很難適應成人世界。

04 in 否 + junct 連接 + ion 名詞字尾

injunction [ɪnˋdʒʌŋkʃən] 名 命令

延伸片語 **injunction to** 禁止令

▶ The court issued an **injunction to** abortion.
法院頒布了一項關於墮胎的禁止令。

05 junct 連接 + ion 名詞字尾

junction [ˋdʒʌŋkʃən] 名 連接點、匯合

延伸片語 **box junction** 路口方形黃線區域

▶ It's not surprising that you received a ticket for parking in the **box junction**.
你將車停在路口方形黃線區域,難怪會收到罰單。

06 junct 連接 + ure 名詞字尾

juncture [ˋdʒʌŋktʃɚ]
名 重要關頭、危機時刻

延伸片語 **critical juncture** 在重要關頭

▶ This old building is on fire. At this **critical juncture**, the firefighters arrived.
這棟老建築著火了。而消防隊員在這緊要關頭出現了。

❝ 還有更多與「junct」同語源的字根所延伸的單字 ❞

junct 的變化型:joint、join

adjoin (向+連結)	緊連
enjoin (使之連結)	吩咐
subjoin (連接在下面)	(在最後)增加
disjointed (不連接的)	沒條理的

later 字根篇
邊

🎯 *Track 062*

瞭解這個字根，你就能學會以下單字：

❶ lateral
❷ bilateral
❸ collateral
❹ equilateral
❺ trilateral
❻ unilateral

01/ later 邊 + al …的

lateral ['lætərəl] 形 橫向的

延伸片語 **lateral thinking** 水平思考

▶ **Lateral thinking** involves tackling a problem in a creative and indirect way.

「水平思考」即用有創意、間接的方式解決問題。

02/ bi 雙、二 + later 邊 + al ……的

bilateral [baɪ'lætərəl] 形 有兩邊的

延伸片語 **bilateral trade** 雙向貿易

▶ The new policy will be a huge challenge to **bilateral trade**.

新的政策將為雙向貿易帶來很大的挑戰。

03/ col 共同、一起 + later 邊 + al ……的

collateral [kə'lætərəl]

形 附屬的、並行的

延伸片語 **collateral damage** 腦部受損

▶ He suffered from **collateral damage** after the car accident.

在那場車禍後，他的腦部受損了。

04 equi 平等、相等 + later 邊 + al ……的

equilateral [ˌikwɪˈlætərəl] 形 等邊的

延伸片語 **equilateral triangle** 等邊三角型

▶ The children are asked to pick out the **equilateral triangle** from the three pictures.
孩子們被要求從三張圖中挑出等邊三角形。

05 tri 三 + later 邊 + al ……的

trilateral [ˈtraɪˈlætərəl] 形 有三邊的

延伸片語 **trilateral commission** 三邊委員會

▶ The name of the **trilateral commission** came from the place they held the meeting.
這場三邊會議的名稱來自於會議舉辦的地點。

06 uni 單一的 + later 邊 + al ……的

unilateral [ˌjunɪˈlætərəl] 形 單方的、單方面的

延伸片語 **unilateral contract** 單方合約

▶ Marriage is not simply a **unilateral contract**.
婚姻並不是什麼單純的單方合約。

❝ 還有更多與「later」同語源的字根所延伸的單字 ❞

quadrilateral（四個邊的）	四邊的
laterad （邊的＋向）	向邊地

lect 字根篇 收集、選擇

🎧 *Track 063*

瞭解這個字根，你就能學會以下單字：

❶ collect
❷ elect
❸ election
❹ intellect
❺ recollect
❻ select

01 col 共同、聚 + lect 收集、選擇

collect [kə`lɛkt] 動 採集、集合

延伸片語 **collect data** 收集資訊

▶ The company has its own way of **collecting data**.
那家公司自有一套蒐集資訊的方式。

02 e 外 + lect 收集、選擇

elect [ɪ`lɛkt] 動 推舉、推選

延伸片語 **elect as president** 選為總統

▶ In which year was he **elected as president**?
他是哪年被選為總統的？

03 e 外 + lect 收集、選擇 + ion 性質

election [ɪ`lɛkʃən] 名 選舉

延伸片語 **presidential election** 總統選舉

▶ Did you vote in the last **presidential election**?
你上次的總統選舉有投票嗎？

04 intel 裡、內 + lect 收集、選擇

intellect ['ɪntl̩ˌɛkt] 名 知識份子、知識

延伸片語 **high intellect** 高知識

▶ He is a man with **high intellect** but very little social skills.
他是個高知識份子，但不怎麼擅長社交

---

05 re 再 + col 共同、聚 + lect 收集、選擇

recollect [ˌrɛkəˈlɛkt] 動 回憶、使憶起

延伸片語 **vaguely recollect** 模糊地想起

▶ I can only **vaguely recollect** the day I had the car accident.
我只能依稀記得我出車禍的那一天。

---

06 se 分 + lect 收集、選擇

select [səˈlɛkt] 動 挑選、選拔

延伸片語 **select committee** 特別委員會

▶ The police formed a **select committee** to investigate this murder.
警方組成了特別委員會來調查這起謀殺案。

❝ 還有更多與「lect」同語源的字根所延伸的單字 ❞

lect 的變化型：leg、lig	
elegant （向外挑選的狀態）	精緻的
eligible （可被選出的）	合適的人選
legion （聚集的情況）	眾多

leg 字根篇 指定、法律

🔊 *Track 064*

瞭解這個字根，你就能學會以下單字：

❶ delegate　　❹ legate
❷ illegal　　　❺ legality
❸ legal　　　　❻ privilege

---

01 de 源自某地 + leg 指定、法律 + ate 一項行為

delegate [ˈdɛləgɪt] 勔 委託、委派

延伸片語 **walking delegate** 工會代表

▶ These workers prepared to complain to the **walking delegate** next week.
這些工人準備下星期向工會代表抱怨。

---

02 il 不、否 + leg 指定、法律 + al ……的

illegal [ɪˈligl] 圈 違法的、非法的

延伸片語 **illegal immigrant** 非法移民

▶ There are a lot of **illegal immigrants** from Mexico in this town.
這個小鎮裡有許多來自墨西哥的非法移民。

---

03 leg 指定、法律 + al ……的

legal [ˈligl] 圈 合法的、正當的

延伸片語 **legal holiday** 法定假日

▶ You can't make us to work on **legal holidays**.
你不能強迫我們在法定假日上班。

04 | leg 指定、法律 + ate 做……的人

legate [lɪˋget] 图 使節、大使

延伸片語 **Rome legate** 羅馬大使

▶ The person in this painting is the **Rome legate.**
畫中的人是羅馬大使。

05 | leg 指定、法律 + ality 名詞字尾

legality [lɪˋgæləti] 图 合法性

延伸片語 **legality of abortion** 墮胎的合法性

▶ The **legality of abortion** is still a controversial subject.
墮胎的合法性依然是個很有爭議性的議題。

06 | privi 個人 + leg 指定、法律 + e

privilege [ˋprɪvlɪdʒ] 图 特權、給……優待

延伸片語 **executive privilege** 行政官員豁免權
（行政官員可拒絕出席法庭作證的特權）

▶ The mayor was absent again. He really shouldn't abuse his **executive privileges.**
市長又缺席了。他真的不該一直不當使用他的行政官員豁免權。

還有更多與「leg」同語源的字根所延伸的單字

leg 的變化型：legis	
legislate （法律＋動詞字尾）	立法
legislature （帶來法律的地方）	立法機構
legislation （關於法律的行為）	法律的訂定

lev 字根篇 舉、輕

🔊 *Track 065*

瞭解這個字根，你就能學會以下單字：

❶ alleviate　　　❹ lever
❷ alleviation　　❺ levity
❸ elevate

01 al 向、朝 + lev 舉、輕 + iate 進行一項行為

alleviate [əˈlivɪˌet] 動 減輕

延伸片語 **alleviate pain** 減緩疼痛

▶ What pills can I take to alleviate the pain?
我該吃什麼藥來減輕疼痛呢？

02 al 向、朝 + lev 舉、輕 + iation 名詞字尾

alleviation [əˌlivɪˈeʃən] 名 緩和、緩解

延伸片語 **poverty alleviation** 濟貧

▶ Their poverty alleviation efforts did not make much difference in the end.
他們為濟貧所做的努力最後並沒有多大的成效。

03 e 外 + lev 舉、輕 + ate 進行一項行為

elevate [ˈɛləˌvet] 動 上升、舉起

延伸片語 **elevated highway** 高架公路

▶ This elevated highway has been built for over seven years.
這條高架公路已經建造超過七年時間。

04 `lev 舉、輕` + `er 表「物」`

lever [ˈlɛvɚ] 名 槓桿

延伸片語 **gear lever** 換檔桿

▶ It's weird that the **gear lever** doesn't work.
這換檔桿壞了，真令人不解。

---

05 `lev 舉、輕` + `ity 名詞字尾`

levity [ˈlɛvətɪ] 名 輕浮的舉動

延伸片語 **bring levity** 帶來一點輕鬆的感覺

▶ He tried to **bring levity** to the serious situation
by making a few jokes.
他說了幾個笑話，試圖讓嚴肅的狀況變得輕鬆一些。

> " 還有更多與「lev」同語源的字根所延伸的單字 "

lev 的變化型：levi、lieve

relieve （再次變輕）	減輕、緩和

line 字根篇 線條

🔊 *Track 066*

瞭解這個字根，你就能學會以下單字：

❶ baseline
❷ coastline
❸ delineate
❹ guideline
❺ pipeline
❻ underline

01 base 基礎 + line 線條

baseline [ˈbeslaɪn] 名 基線、底線

延伸片語 **baseline management** 基線管理

▶ **Baseline management** is an important part of management.
基線管理是管理很重要的一環。

02 coast 海岸 + line 線條

coastline [ˈkostlaɪn] 名 海岸線

延伸片語 **coastline view** 海岸線的風景

▶ We booked a restaurant with an amazing **coastline view**.
我們訂了一間可看到海岸線風景的餐廳。

03 de 完全 + line 線條 ate 使……成為

delineate [dɪˈlɪnɪˌet] 動 描述、描寫

延伸片語 **delineate sth.** 描繪某東西

▶ This novel **delineates the life of Hitler**.
這本小說描繪了希特勒的一生。

04 guide 指導、指南 + line 線條

guideline [ˈgraɪdˌlaɪn] 名 指導方針

延伸片語 **an economic guideline** 經濟方針

▶ Businesses don't always follow the government's **economic guideline**.
企業並不一定會遵從政府釋出的經濟方針。

05 pipe 管線 + line 線條

pipeline [ˈpaɪpˌlaɪn] 名 導管

延伸片語 **pipeline system** 管線系統

▶ The bathroom is leaking. There might be something wrong with the **pipeline system**.
浴室在漏水，可能管線系統有什麼問題。

06 under 底部 + line 線條

underline [ˌʌndɚˈlaɪn] 動 在……底下劃線

延伸片語 **underline words** 在字的下面畫線

▶ You can **underline the words** you're not sure about and look them up later.
如果看到不太懂的字，可以加底線，待會再查意思。

還有更多與「line」同語源的字根所延伸的單字

lineal （線條的）	直系的
lifeline （生命的線條）	生命線
hairline （如頭髮一般的線條）	極細的織物
sideline （旁邊的線）	邊線、旁線

lingu 字根篇 語言、舌頭

🎧 *Track 067*

瞭解這個字根，你就能學會以下單字：

❶ bilingual
❷ lingual
❸ linguist
❹ linguistic
❺ monolingual
❻ sublingual

01 bi 雙 + lingu 語言、舌頭 + al ……的

bilingual [baɪˈlɪŋgwəl] 形 雙語的

延伸片語 **bilingual school** 雙語學校

▶ Julia decided to send her daughter to a **bilingual school**.
茱莉亞決定將她女兒送去雙語學校。

02 lingu 語言、舌頭 + al ……的

lingual [ˈlɪŋgwəl] 形 語言的、舌的

延伸片語 **lingual braces** 舌側矯正器

▶ **Lingual braces** are a good choice for those who don't want others to see that they're wearing braces.
舌側矯正器是不想讓別人看到自己戴牙套的人們一個不錯的選擇。

03 lingu 語言、舌頭 + ist 人

linguist [ˈlɪŋgwɪst] 名 語言學家

延伸片語 **modern linguist** 現代的語言學家

▶ Some **modern linguists** believe that children learn languages faster than adults.
一些現代的語言學家相信，孩子學語言比成人更快速。

04 lingu 語言、舌頭 + ist 人 + ic 學科

linguistic [lɪŋˋgwɪstɪk] 形 語言學的

延伸片語 **linguistic feature** 語言學上的特色

▶ One of the **linguistic features** of Cantonese is its many tones.

粵語在語言學上的一個特色就是有很多的聲調。

05 mono 單一 + lingu 語言、舌頭 + al ……的

monolingual [ˌmɑnoˋlɪŋgwəl] 形 單一語言的

延伸片語 **monolingual country** 只使用單一語言的國家

▶ In a **monolingual country**, people do not have the need to learn a second language if they don't plan to leave their hometowns.

在使用單一語言的國家，人們如果不打算離開家，就沒有學習第二種語言的需求。

06 sub 下面 + lingu 語言、舌頭 + al ……的

sublingual [sʌbˋlɪŋgwəl] 形 舌下的

延伸片語 **sublingual allergy drops** 舌下抗過敏滴劑

▶ Please read the instructions before you use the **sublingual allergy drops**.

使用舌下抗過敏滴劑請先閱讀使用方法。

還有更多與「lingu」同語源的字根所延伸的單字

trilingual （三＋語言的）	三語的
lingo （關於語言的事物）	方言，專有名詞

liter 字根篇
字母

🔊 *Track 068*

瞭解這個字根，你就能學會以下單字：

❶ alliterate
❷ literal
❸ literary
❹ literate
❺ transliterate

01 al 向、朝 + liter 字母 + ate 使……成為

alliterate [ə'lɪtə.ret] 動 押頭韻

延伸片語 **alliterate nicely** 漂亮地押了頭韻

▶ The poem doesn't rhyme, but it **alliterates nicely**.
這首詩沒有押尾韻，但漂亮地押了頭韻。

02 liter 字母 + al ……的

literal ['lɪtərəl] 形 逐字的、照字面的

延伸片語 **literal language** 文學語言（作家用語）

▶ This novel is full of **literal language**.
這本小說充滿文學語言。

03 liter 字母 + ary ……領域的

literary ['lɪtə.rɛrɪ] 形 文學的

延伸片語 **literary film** 文藝片

▶ Jack likes both **literary films** and horror films.
傑克喜歡文藝片也喜歡恐怖片。

04 **liter** 字母 + **ate** 有……性質的

literate [ˈlɪtərɪt] 圖 有讀寫能力的

延伸片語 a literate person 一個有讀寫能力的人

▶ A literate person should be able to understand what is written here.

有讀寫能力的人應該能夠看懂這裡所寫的字。

05 **trans** 穿越 + **liter** 字母 + **ate** 使……成為

transl**iter**ate [trænsˈlɪtəˌret] 圖 翻譯

延伸片語 transliterate to English 翻譯成英文

▶ Can you transliterate this letter to English for me?

妳能幫我翻譯這封英文信嗎?

❝ 還有更多與「liter」同語源的字根所延伸的單字 ❞

liter 的變化型:litera

literature (字母的)	文學
illiterate (不識字母的)	文盲
literati (與字母為伍的人)	文人
obliteration (反+字母+行為)	刪除、刪去

loc
字根篇
地方、地點

🔵 *Track 069*

瞭解這個字根，你就能學會以下單字：

❶ local
❷ location
❸ locate
❹ collocate
❺ dislocate
❻ relocate

---

01 loc 地方、地點 + al ……的

local [ˈlokl] 形 本地的

延伸片語 local call 市內通話

▶ I only make **local calls** because they're cheaper.
我只撥市內通話，因為比較便宜。

---

02 loc 地方、地點 + ation 結果、行為

location [loˈkeʃən] 名 位置、場所

延伸片語 Location-Based Service
行動定位服務（LBS）

▶ Our mobiles are too old to have **Location-Based Services** installed.
我們的行動電話太老舊了，所以無法安裝行動定位服務。

---

03 loc 地方、地點 + ate 進行一項行為

locate [loˈket] 動 座落於、設置於

延伸片語 located on 座落於……

▶ The new pasta store is **located on** Fuxing street.
這間新的義大利麵店位於復興街上。

---

04 col 聚、共同 + loc 地方、地點 + ate 進行一項行為

collocate [ˈkɑləket] 動 佈置、排列

延伸片語 **collocate with** 與……共同排列，共同出現

▶ Words that **collocate with** each other tend to appear together.
搭配詞也就是常共同出現的單字。

05 dis 分 + loc 地方、地點 + ate 進行一項行為

dislocate [ˈdısləket] 動 弄亂、移動位置

延伸片語 **dislocate an arm** 手臂脫臼

▶ The child **dislocated his arm** when playing outside.
那個孩子在外面玩的時候手臂脫臼了。

06 re 再、又 + loc 地方、地點 + ate 進行一項行為

relocate [riˈloket] 動 移動、重新設置

延伸片語 **relocate to** 遷移到某處

▶ The company has **relocated to** another building.
公司遷移到另一棟大樓去了

還有更多與「loc」同語源的字根所延伸的單字

locus （地方、地點）	所在地
localize （使……地方化）	在地化
locale （地方的）	現場、場所
allocate （將東西設置好）	分配、配置

log 字根篇 說、言

🔘 *Track 070*

瞭解這個字根，你就能學會以下單字：

❶ analogy
❷ eulogistic
❸ eulogize
❹ eulogy
❺ neologism
❻ philology

01/ **ana 相同** + **log 說、言** + **y 名詞字尾**

analogy [ə`nælədʒɪ] 图 相似、類似

延伸片語 **by analogy with** 運用類比

▶ The teacher explained the movement of light **by analogy with** that of water.
老師透過對水的運動的類比來解釋光的運動。

02/ **eu 美好的** + **log 說、言** + **istic ……的**

eulogistic [juljə`dʒɪstɪk] 彤 讚頌的

延伸片語 **eulogistic poem** 讚頌的詩

▶ He wrote a **eulogistic poem** to praise God.
他寫了一首讚頌的詩讚美神。

03/ **eu 美好的** + **log 說、言** + **ize 動詞字尾**

eulogize [`juljə`dʒaɪz] 動 稱讚

延伸片語 **eulogize sb.** 稱讚某人

▶ He always **eulogizes his wife** in front of others.
他總是當著大家面前大力讚揚自己的太太。

04 eu 美好的 + log 說、言 + y 名詞字尾

eulogy [ˈjulədʒɪ] 名 頌辭

延伸片語 **eulogy to sb.** 讚頌某人

▶ There is a book full of **eulogies to God** in this museum.
這間博物館裡有一本書滿載神的讚頌。

05 neo 新 + log 說、言 + ism 詞語

neologism [niˈɑləˌdʒɪzəm] 名 新詞

延伸片語 **English neologism** 英語新詞

▶ **English neologisms** have mushroomed in this century.
英語新詞在這個世紀大量出現。

06 philo 喜歡 + log 說、言 + y 名詞字尾

philology [fɪˈlɑlədʒɪ] 名 語言學、文學

延伸片語 **history of philology** 文學的歷史

▶ Have you taken classes on the **history of philology**?
你有上過文學史的課嗎？

❝ 還有更多與「log」同語源的字根所延伸的單字 ❞

log 的變化型：logue

prologue（在前面的話）	開場白
monologue（單獨一個人在說）	獨角戲
dialogue（在……之間的談話）	對話
catalogue（下方＋言）	產品型錄

loqu 字根篇 說

🔊 *Track 071*

瞭解這個字根，你就能學會以下單字：

❶ colloquial
❷ eloquence
❸ grandiloquent
❹ obloquy
❺ soliloquy
❻ somniloquy

01/ col 共同 + loqu 說 + ial 形容詞字尾

colloquial [kəˋlokwɪəl] 形 口語的

延伸片語 colloquial language 白話文

▶ This book is written in colloquial language.
這本書是以白話文書寫的。

02/ e 出 + loqu 說 + ence 名詞字尾

eloquence [ˋɛləkwəns] 名 口才

延伸片語 in a flow of eloquence 滔滔不絕、口若懸河

▶ The narrator talked on and on in a flow of eloquence.
旁白滔滔不絕地講個不停。

03/ grandi 很大的 + loqu 說 + ent 表狀態

grandiloquent [grænˋdɪləkwənt] 形 誇張的

延伸片語 grandiloquent words 誇大的言詞

▶ The candidate tried to attract people's attention with grandiloquent words.
該候選人試圖以誇大的言詞吸引群眾的注意。

ob 反對 + **loqu** 說 + **y** 名詞字尾

obloquy [ˈɑbləkwɪ] 名 破口大罵

延伸片語 **a stream of obloquy** 一連串的謾罵

▶ The man endured the woman's **stream of obloquy** in silence.
男子默默地承受女子一連串的謾罵。

soli 單一的 + **loqu** 說 + **y** 名詞字尾

soliloquy [səˈlɪləkwɪ] 名 自言自語

延伸片語 **soliloquy of spirit** 心靈的獨白

▶ Hamlet's **soliloquy of spirit** is my favorite part of this book. 哈姆雷特心靈獨白那一段是這本書中我最愛的部分。

somni 睡眠 + **loqu** 說 + **y** 名詞字尾

somniloquy [sɑmˈnɪləkwɪ] 名 說夢話

延伸片語 **engage in somniloquy** 說夢話

▶ A person who **engages in somniloquy** is one who talks in his sleep. 說夢話的人，換句話說，就是一邊睡一邊講話的人。

❝ 還有更多與「loqu」同語源的字根所延伸的單字 ❞

loqu 的變化型：locu

multiloquence（多話的狀態）	冗長
loquacity（說的話很多）	多話
allocution（方向＋說話）	訓示
circumlocution（說話拐彎抹角）	說話婉轉

179

manu 字根篇 手

🔊 *Track 072*

瞭解這個字根，你就能學會以下單字：

❶ manual　　　　❸ manufacturer
❷ manufacture　　❹ manuscript

01 manu 手 + al 形容詞字尾

manual [ˈmænjʊəl] 形 手工的

延伸片語 **manual alphabet** 手語字母

▶ The deaf use the manual alphabet to spell words.
失聰者以手語字母拼字。

02 manu 手 + fact 製作 + ure 事物

manufacture [ˌmænjəˈfæktʃə] 動 製作

延伸片語 **manufactured by...** 被⋯⋯製作的

▶ This car is manufactured by a Japanese factory.
這台車是一家日本工廠製造的。

03 manu 手 + factur 製作 + er 人

manufacturer [ˌmænjəˈfæktʃərə]
名 製造商

延伸片語 **original equipment manufacturer**
初始設備製造廠商

▶ The original equipment manufacturer has stopped producing this component.
初始設備製造廠商已經停止生產這個零件。

04 manu 手 + script 寫

manuscript [`mænjə,skrɪpt] 名 原稿

延伸片語 **manuscript writing** 手稿寫作

▶ His **manuscript writing** is too messy for me to read.

他的手稿寫作太潦草了，我看不懂。

" 還有更多與「manu」同語源的字根所延伸的單字 "

manu 的變化型：main

manicure （手的照顧）	修指甲
maneuver （用手操作）	策劃
manacles （把手可移動的範圍縮小）	手銬
maintain （手一直握著）	保持
manumit （讓手可以移動）	解放奴隸
manner （手部＋行為）	舉止動作

mand 字根篇 命令

🔊 *Track 073*

瞭解這個字根，你就能學會以下單字：

❶ command　　❹ demand
❷ commander　　❺ mandate
❸ countermand　　❻ remand

01

com 加強語氣 + mand 命令

command [kə`mænd] 動 命令

延伸片語 **second-in-command**
　　　副指揮官；副主管

▶ Zack, the **second-in-command**, will take over Mr. Lin's job.
副主管柴克將會接管林先生的職務。

02

com 加強語氣 + mand 命令
+ er 人

commander [kə`mændə] 名 指揮官

延伸片語 **commander-in-chief**
　　　總司令；最高統帥

▶ Mr. Chen is the **commander-in-chief** of our company.
陳先生是我們公司的最高統帥。

03

counter 逆 + mand 命令

countermand [ˌkaʊtə`mænd]
動 撤回（命令或訂單）

延伸片語 **countermand an order** 收回成命

▶ In ancient China, emperors seldom **countermanded their orders** because it would harm their prestige. 古中國皇帝甚少收回成命，因為這樣有損威信。

de 否定 + mand 命令

demand [dɪˋmænd] 動 要求

延伸片語 **by popular demand** 由於眾人的要求

▶ The restaurant is going to open a new branch in town **by popular demand**.
應眾人要求，該餐廳將在城裡開一家分店。

 mand 命令 + ate 使……變成

mandate [ˋmændet] 名 命令

延伸片語 **under a mandate** 根據命令

▶ They tore down this dangerous building **under a mandate**.
他們奉命拆掉這棟危樓。

re 回、返 + mand 命令

remand [rɪˋmænd] 動 還押

延伸片語 **remand home** 青少年拘留所

▶ Jeff was kept in the **remand home** for robbing a store.
傑夫因為搶劫店家而被關進少年拘留所。

❝ 還有更多與「mand」同語源的字根所延伸的單字 ❞

demandable （要求＋能夠的）	可要求的
commandable （命令＋能夠的）	可指揮的
commandment（命令＋名詞字尾）	戒律
demander （發命令的人）	請求者

memor 字根篇 記憶

🔊 *Track 074*

瞭解這個字根，你就能學會以下單字：

❶ commemorate ❹ memorial
❷ immemorial ❺ memorize
❸ memorable ❻ memory

01 com 共同、聚合 + memor 記憶 + ate 動詞字尾

commemorate [kə`mɛmə,ret] 图 紀念

延伸片語 commemorate victory 慶祝勝利

▶ To **commemorate our team's victory**, we had a party at the coach's house.
為了慶祝球隊勝利，我們在教練家開了派對。

02 im 否 + memor 記憶 + ial ……的

immemorial [,ɪmə`mɔrɪəl] 形 遠古的

延伸片語 time immemorial 遠古時代

▶ The wall-painting has been there since **time immemorial**.
這壁畫從遠古時代一直存在至今。

03 memor 有記憶 + able 能夠的

memorable [`mɛmərəbl] 形 難忘的

延伸片語 memorable event 難忘的事件

▶ Winning the paegent is the most **memorable event** in my life.
贏得選美比賽是我人生中最難忘的一件事。

memor 記憶 ＋ **ial** ……的

memor**ial** [mə'morɪəl] 名 紀念物

延伸片語 memorial hospital　紀念醫院

▶ The millionaire built a **memorial hospital** in memory of his mother.
該百萬富翁興建了一座紀念醫院以紀念他的母親。

---

 memor 記憶 ＋ **ize** 動詞字尾

memor**ize** ['mɛmə,raɪz] 動 背熟

延伸片語 memorize a word　背單字

▶ It is easier to **memorize a new word** if you can use it in a sentence.
將單字使用在句子中能更容易背熟單字。

---

 memor 記憶 ＋ **y** 名詞字尾

memor**y** ['mɛmərɪ] 名 回憶

延伸片語 in memory of　紀念

▶ They erected a statue **in memory of** this national hero.
他們樹立一座雕像以紀念這位民族英雄。

" 還有更多與「memor」同語源的字根所延伸的單字 "

memor 的變化型：memo、mem

remember（再一次記得）	記住
rememberable（能夠被一再想起的）	值得回憶的
memo（關於記憶的）	備忘錄
memento（關於回憶的東西）	紀念品

migr 字根篇 遷移

🔘 *Track 075*

瞭解這個字根，你就能學會以下單字：

❶ emigrant
❷ immigrant
❸ migrant
❹ migrate
❺ migratory
❻ transmigration

01 e 出 + migr 遷移 + ant 人

emigrant [`ɛməgrənt] 名 移居國外者

延伸片語 **emigrant laborer** 外移勞工

▶ Owing to the domestic recession, the number of **emigrant laborers** has increased.
由於國內經濟蕭條，外移勞工是越來越多了。

02 im 入 + migr 遷移 + ant 人

immigrant [`ɪməgrənt] 名 (外來) 移民

延伸片語 **illegal immigrant** 非法移民

▶ Those **illegal immigrants** were sent back to their own countries.
那些非法移民已被遣返回國。

03 migr 遷移 + ant 人

migrant [`maɪgrənt] 名 移民

延伸片語 **migrant worker** 民工、打工仔

▶ David is a **migrant worker** who moves from place to place for job opportunities.
大衛是個哪裡有工作就往哪裡去的打工仔。

04 migr 遷移 + ate 使……變成

migrate [`maɪˌgret] 動 遷移

延伸片語 **migrate to** 遷移至某地

▶ Many people **migrated to** the United States in hopes for a better life.
許多人為了追求更好的生活而移居美國。

05 migr 遷移 + atory ……的

migratory [`maɪgrəˌtorɪ]
形 有遷居習慣的

延伸片語 **migratory bird** 候鳥

▶ Black-faced spoonbills are a kind of **migratory bird**.
黑面琵鷺是一種候鳥。

06 trans 轉 + migr 遷移 + ation 名詞字尾

transmigration [ˌtrænsmaɪ`greʃən] 名
移居、輪迴

延伸片語 **transmigration of the soul** 靈魂轉世

▶ Tibetans as well as Egyptians believe in the **transmigration of the soul**.
西藏人和埃及人都相信靈魂轉世。

還有更多與「migr」同語源的字根所延伸的單字

immigrate （入＋遷移＋變成）	（從國外）移入（國內定居）
emigrate （出＋遷移＋變成）	（從國內）移居國外
immigration （遷移＋名詞字尾）	移民

mit/miss 送 字根篇

🎵 *Track 076*

瞭解這個字根，你就能學會以下單字：

❶ admit
❷ emit
❸ intermit
❹ missile
❺ submit
❻ transmit

01 ad 向、朝 + mit 送

admit [əd`mɪt] 動 承認

延伸片語 **admit a mistake** 承認錯誤

▶ He finally **admitted his mistake** and apologized.
他終於承認了錯誤，並道歉了。

02 e 外 + mit 送

emit [ɪ`mɪt] 動 發射

延伸片語 **emit exhaust** 排放廢氣

▶ The factory was fined for **emitting exhaust** that caused serious pollution.
該工廠因排放廢氣造成嚴重空氣污染而被罰鍰。

03 inter 在……中間 + mit 送

intermit [ˏɪntɚ`mɪt] 動 中斷

延伸片語 **intermit for** 為了……稍作暫停

▶ Let's **intermit** the meeting **for** lunch.
我們暫停會議，吃個中飯吧。

04 miss 送 + ile 物體

missile [ˈmɪsl̩] 名 導彈

延伸片語 antiaircraft missile 防空飛彈

▶ The military launched an antiaircraft missile just now.
軍方剛剛發射了防空飛彈。

05 sub 下方 + mit 送

submit [səbˈmɪt] 動 遞交

延伸片語 submit to 屈服於；繳交……

▶ Please submit this form to the lady over there.
請把這張表單交給那邊的小姐。

06 trans 穿越 + mit 送

transmit [trænsˈmɪt] 動 傳送

延伸片語 transmit disease 傳播疾病

▶ Mosquitoes can transmit diseases such as dengue fever.
蚊子會傳播登革熱等疾病。

" 還有更多與「mit/miss」同語源的字根所延伸的單字 "

mit / miss 的變化型：mise

surmise （上方＋送）	臆測、推測
premise （先前＋送）	前提

mort 字根篇 死

🔊 Track 077

瞭解這個字根，你就能學會以下單字：

❶ immortal
❷ mortal
❸ mortality
❹ mortgage
❺ mortician
❻ mortuary

01 im 不、否 + mort 死 + al ……的

immortal [ɪˋmɔrtl] 形 不死的

延伸片語 immortal music 不朽的音樂

▶ The immortal music of Mozart is worth hearing countless times.
莫札特不朽的樂曲真是百聽不厭。

02 mort 死 + al ……的

mortal [ˋmɔrtl] 形 致命的

延伸片語 mortal sin 死罪；不可饒恕的大罪

▶ It is believed that people who commit mortal sins will be sent to hell.
人們認為犯下不可饒恕之大罪的人會下地獄。

03 mort 死 + ality 名詞字尾

mortality [mɔrˋtælətɪ] 名 死亡率

延伸片語 infant mortality rate 嬰兒死亡率

▶ The infant mortality rate in Africa is rather high.
非洲的嬰兒死亡率相當高。

04 mort 死 + gage 抵押物品

mortgage [ˈmɔrgɪdʒ] 名 抵押品

延伸片語 **mortgage loan** 抵押貸款

▶ Mark works like a dog in order to pay off his home **mortgage loan**.
為了還清房屋貸款，馬克拚了命地工作。

05 mort 死 + ic 屬於……的 + ian 人

mortician [mɔrˈtɪʃən] 名 殯葬業人員

延伸片語 **nature's mortician** 自然界的殯葬師

▶ The sexton beetle is called **nature's mortician**, for it does the cleanup when small creatures die.
塞克斯頓甲蟲因為會清理小生物死後的屍體而被稱為自然界的殯葬師。

06 mort 死 + uary 場所

mortuary [ˈmɔrtʃʊɛrɪ] 名 太平間

延伸片語 **mortuary makeup artist** 太平間化妝師

▶ More and more people want to become a **mortuary makeup artist** because it pays well.
因為薪水高，越來越多人想當太平間化妝師。

還有更多與「mort」同語源的字根所延伸的單字

mort 的變化型：morb

| morbid （死病的狀態） | 病態的 |
| morbidity （死病＋名詞字尾） | 不健全 |

mot 動

字根篇

🔊 *Track 078*

瞭解這個字根，你就能學會以下單字：

❶ commotion
❹ motion
❷ emotion
❺ motive
❸ locomotive
❻ motor

01 com 共同 + mot 動 + ion 名詞字尾

commotion [kə`moʃən] 名 騷動

延伸片語 make a commotion about nothing
無理取鬧

▶ Jason is making a commotion about nothing again.
傑森又在無理取鬧了。

02 e 外 + mot 動 + ion 名詞字尾

emotion [ɪ`moʃən] 名 情緒

延伸片語 with emotion 感慨地、富情感的

▶ The graduate representative delivered a speech of thanks with emotion.
畢業生代表感慨地致感謝詞。

03 loco 地方、地點 + mot 動 + ive 有……傾向

locomotive [͵lokə`motɪv] 名 火車頭

延伸片語 steam locomotive 蒸氣火車頭

▶ The Museum of Transport is having an exhibition of steam locomotives.
交通博物館正推出蒸氣火車頭展覽。

04 mot 動 + ion 名詞字尾

motion [`moʃən] 名 動作

延伸片語 slow motion 慢動作

▶ The video showed the car crash in slow motion.
這影片將車禍以慢動作播放。

05 mot 動 + ive 有……傾向

motive [`motɪv] 名 動機

延伸片語 ulterior motive 隱藏的動機

▶ He has been really nice to me all of a sudden. Is there an ulterior motive?
他突然對我很好，難道有隱藏的動機嗎？

06 mot 動 + or 物品

motor [`motɚ] 名 馬達

延伸片語 motor neurone disease 神經性肌無力症

▶ Stephen Hawking was diagnosed with motor neurone disease when he was twenty.
史蒂芬霍金在二十歲的時候被診斷罹患神經性肌無力症。

還有更多與「mot」同語源的字根所延伸的單字

mot 的變化型：move、mote、mob、mov

demote （往下移動）	降級
promote （向上移動）	提升
remote （返、再＋移動）	遠的
mobile （能夠動的）	能移動的

nat 字根篇 出生

🎵 *Track 079*

瞭解這個字根,你就能學會以下單字:

❶ denature
❷ natal
❸ native
❹ nature
❺ prenatal
❻ postnatal

01 de 分 + nat 出生 + ure 性質

denature [di`netʃə] 動 改變……的性質

延伸片語 **denature protein** 蛋白質變異

▶ Heat is one of the factors that can **denature** proteins.
高溫是導致蛋白質變異的其中一個因素。

02 nat 出生 + al ……的

natal [`netl] 形 出生的

延伸片語 **natal chart** 個人星盤;本命星盤

▶ The fortune teller foretold Peter's fortune according to his **natal chart**.
算命師根據彼得的本命星盤預言他的命運。

03 nat 出生 + ive 形容詞字尾

native [`netɪv] 形 當地的

延伸片語 **native speaker** 母語人士

▶ Sally speaks English like a **native speaker**.
莎莉英文說得跟母語一樣的好。

04/ nat 出生 + ure 性質

nature [`netʃɚ`] 图 自然、本性

延伸片語 **the call of nature** 上廁所

▶ The girl ran off to answer **the call of nature** as soon as the bell rang.
鐘聲一響，那個女生就奔去上廁所了。

05/ pre 前、先 + nat 出生 + al ……的

prenatal [pri`netl`] 圀 出生以前的

延伸片語 **prenatal period** 產前階段

▶ It is normal for an expecting mother to be nervous during the **prenatal period**.
準媽媽在產前階段會緊張是很正常的。

06/ post 在……之後 + nat 出生 + al ……的

postnatal [post`netl`] 圀 產後的

延伸片語 **postnatal depression** 產後憂鬱症

▶ Daisy has been suffering from **postnatal depression** after giving birth to her first child.
黛西生下第一個孩子後就一直為產後憂鬱症所苦。

" 還有更多與「nat」同語源的字根所延伸的單字 "

nat 的變化型：nate

connate （伴隨著出生的事物）	天賦的
innate （裡＋出生）	與生俱來的
supernatural （超越自然的）	超自然的
cognate （共同出生）	同起源的

195

neg 字根篇 否定

🔊 *Track 080*

瞭解這個字根，你就能學會以下單字：

❶ abnegate   ❹ neglect
❷ negate   ❺ neglectable
❸ negative   ❻ renegade

01 ab 離開 + neg 否定 + ate 使……成為

abnegate [ˈæbnɪˌget] 勔 放棄（權力）

延伸片語 **abnegate responsibility** 推卸責任

▶ It's a shame everyone concerned tried to **abnegate their responsibilities**.
相關者全都想推卸責任，真是讓人遺憾。

02 neg 否定 + ate 使……成為

negate [nɪˈget] 勔 否定

延伸片語 **negate a contract** 合約無效

▶ The fact that he lied about his age **negated the contract**.
他謊報年齡使得合約無效。

03 neg 否定 + ative 形容詞字尾

negative [ˈnɛgətɪv] 形 負的

延伸片語 **negative thought** 負面思維

▶ Don't let your **negative thoughts** influence your life.
別讓負面思維左右你的人生。

04 neg 否定 + lect 挑選

neglect [nɪg`lɛkt] 動 忽視

延伸片語 **neglect one's duty** 怠忽職守

▶ He was fired for **neglecting his duty**.
他因怠忽職守而被開除。

05 neg 否定 + lect 挑選 + able 能夠……的

neglectable [nɪg`lɛktəbl] 形 可忽視的

延伸片語 **neglectable duty** 不重要的職務

▶ Some people think that an assistant manager is a **neglectable duty**, but it's not.
有些人認為襄理是不重要的職務，其實不然。

06 re 返 + neg 否定 + ade 進行某行為的人

renegade [`rɛnɪ͵ged] 名 叛徒

延伸片語 **turn renegade** 變節；叛變

▶ It is hard to believe that such a loyal person would **turn renegade**.
很難相信像他那麼忠誠的人竟然會叛變。

還有更多與「neg」同語源的字根所延伸的單字

negligible （能夠否定的）	可被忽略的
renege （再否定）	拒絕
negation （否定＋名詞字尾）	否定
abnegator （離開＋否定＋人）	放棄的人

197

nom(in) 字根篇
名字

🔊 Track 081

瞭解這個字根，你就能學會以下單字：

❶ binomial
❷ denominate
❸ ignominy
❹ nominal
❺ nominate
❻ polynomial

01 bi 雙、二 + nom 名字 + ial ……的

binomial [baɪˋnomɪəl] 形 二名制的

延伸片語 binomial theorem 二項式定理

▶ You can solve this math problem with the binomial theorem.
你可以用二項式定理解這道數學題目。

02 de 往下 + nomin 名字 + ate 使……成為

denominate [dɪˋnɑməˌnet] 動 為……命名

延伸片語 denominate number 名數

▶ The "10" in "10 ounces" is a denominate number.
十盎司裡面的「十」是一個名數。

03 ig 不、無 + nomin 名字 + y 名詞字尾

ignominy [ˋɪɡnəˌmɪnɪ] 名 恥辱

延伸片語 ignominy of being... 被……的恥辱

▶ He will never forget the ignominy of being humiliated in public.
他永遠不會記被公開羞辱的恥辱。

04 nomin 名字 + al ……的

nominal [`namən!] 形 名義上的

延伸片語 **nominal price** 名目價格；票面價格

▶ What you see on the quotation are **nominal prices**, not the real prices.
你在報價單上看到的是標價，而非實際價格。

05 nomin 名字 + ate 使……成為

nominate [`namə,net] 動 提名

延伸片語 **nominate someone as...**

提名某人為……

▶ They decided to **nominate** Gary **as** their class leader.
他們決定提名蓋瑞當班長。

06 poly 多 + nom 名字 + ial ……的

polynomial [,palɪ`nomɪəl] 形 （數）多項式的

延伸片語 **polynomial expression** 多項式

▶ The first step to solve this math problem is to simplify the **polynomial expressions**.
要解這道數學題的第一個步驟就是先簡化這個多項式。

" 還有更多與「nom(in)」同語源的字根所延伸的單字 "

misnomer （錯誤＋名字）	誤稱
ignominious （不、否＋名字的）	可恥的
nomenclature （將名字列入表單的）	命名法則
nominative （名字＋形容詞字尾）	被提名的

norm

字根篇
規範

🔊 Track 082

瞭解這個字根，你就能學會以下單字：

❶ abnormal   ❹ normalize
❷ enormous   ❺ subnormal
❸ normal   ❻ supernormal

01 ab 離開 + norm 規範 + al ……的

abnormal [æbˋnɔrml] 形 反常的

延伸片語 **abnormal behavior** 異常行為

▶ Parents should be aware of any **abnormal behavior** from their children.
父母必須注意孩子們任何的異常行為。

02 e 出 + norm 規範 + ous ……的

enormous [ɪˋnɔrməs] 形 巨大的

延伸片語 **enormous expenses** 龐大的開支

▶ His couldn't afford the **enormous medical expenses** with his salary.
他的薪水負擔不起這項龐大的醫藥費。

03 norm 規範 + al ……的

normal [ˋnɔrml] 形 正常的

延伸片語 **normal school** 師範學校

▶ He goes to a **normal school** because he wants to become a teacher.
因為想當老師，所以他上師範學校。

norm 規範 + **al** ……的 +
ize 使……成為

normalize ['nɔrml͵aɪz] 動 使……正常化

延伸片語 **normalize audio** 修正音檔

▶ By **normalizing the audio**, he made the song sound much better.
把音檔修正後，他讓這首歌變得好聽多了。

---

sub 在……之下 + **norm** 規範
+ **al** ……的

subnormal [sʌbˈnɔrml] 形 不及正常的

延伸片語 **subnormal intelligence** 智力偏低

▶ The boy is of **subnormal intelligence**, but his artistic skills are amazing. 那個男孩智力偏低，但他的藝術技術卻極為驚人。

---

super 在……之上 + **norm** 規範
+ **al** ……的

supernormal [͵supɚˈnɔrml] 形 非凡的

延伸片語 **supernormal phenomenon** 超凡現象

▶ That is a kind of **supernormal phenomenon** that scientists cannot explain.
那是一種科學家無法解釋的超凡現象。

還有更多與「norm」同語源的字根所延伸的單字

| norm （規範） | 基準 |
| enormity （超出規範外的） | 極大 |

not

字根篇

寫、標示

🔊 *Track 083*

瞭解這個字根，你就能學會以下單字：

❶ annotate　　❹ notary
❷ connotation　❺ notice
❸ notable　　　❻ notify

---

01 an 添加 + not 標示 + ate 動詞字尾

annotate [ˈænoˌtet] 動 注釋

延伸片語 **annotate on** 為……做詮釋

▶ Jack had to **annotate on** the pages of the book in case he forgot what some passages meant. 傑克必須為書頁做註解，以免他忘記文章段落的意思。

---

02 con 共同 + not 標示 + ation 行為、結果

connotation [ˌkɑnəˈteʃən] 名 言外之意

延伸片語 **underlying connotation** 隱含的言外之意

▶ When she said "I'm fine", the **underlying connotation** is that she's mad. 她說「我沒事」的時候，隱含的言外之意就是她根本在生氣。

---

03 not 寫、標示 + able 能夠……的

notable [ˈnotəbl] 形 顯著的

延伸片語 **notable difference** 顯著差異

▶ I can't see any **notable difference** between the twin brothers. 我看不出這兩個雙胞胎兄弟的顯著差異。

---

04 | not 寫、標示 + ary 人

notary [ˈnotərɪ] 名 公證人

延伸片語 **notary public** 公證人

▶ The contract is ineffective if you don't sign it in the presence of a **notary public**.
這份合約若非在公證人面前簽署，即屬無效。

---

05 | not 寫、標示 + ice 狀態

notice [ˈnotɪs] 動 注意到

延伸片語 **notice of delivery** 提貨通知單

▶ You will receive a **notice of delivery** as soon as we confirm your remittance.
匯款一經確認，您就會立刻收到提貨通知單。

---

06 | not 寫、標示 + ify 使……成為

notify [ˈnotə͵faɪ] 動 通知

延伸片語 **notify sb. of sth.** 將某事通知某人

▶ This letter is to **notify you of** the expiration of your membership.
這封信件是要通知您，您的會員資格已經期滿了。

❝ 還有更多與「not」同語源的字根所延伸的單字 ❞

not 的變化型：note

connote （共同的標記）	暗示
notate （標記號的動作）	以符號標記
footnote （腳＋標記）	註腳
endnote （結尾＋標記）	附註

nov 字根篇
新

🎧 *Track 084*

瞭解這個字根，你就能學會以下單字：

❶ innovate
❷ nova
❸ novel

❹ novelty
❺ novice
❻ renovate

01 in 入 + nov 新 + ate 使……成為

innovate [`ɪnə͵vet] 勔 創新

延伸片語 **ability to innovate** 創新的能力

▶ The manager wants our new recruits to have the **ability to innovate**.
經理希望我們的新員工都能有創新的能力。

02 nov 新 + a 中文

nova [`novə] 图 新星

延伸片語 **bossa nova** 巴莎諾瓦（森巴舞曲與摩登爵士混合的音樂）

▶ **Bossa nova** is my favorite kind of music to listen to on a lazy afternoon.
在慵懶的下午，我最喜歡聽巴莎諾瓦。

03 nov 新 + el ……的

novel [`nɑvl] 图 小說

延伸片語 **romance novel** 羅曼史小說

▶ It took me two weeks to finish this **romance novel**.
我花了兩星期才看完這本羅曼史小說。

04 nov 新 + el ……的 + ty 名詞字尾

novelty [ˈnɑvḷtɪ] 名 新奇

延伸片語 **novelty account** 只使用一次的新帳號
▶ He made a **novelty account** to post spam on the website.
他為了在網站上發廢文而辦了一個只用一次的新帳號。

05 nov 新 + ice 人

novice [ˈnɑvɪs] 名 新手

延伸片語 **a novice at...** ……的初學者
▶ Jimmy is a **novice at** photography.
吉米是攝影的初學者。

06 re 再 + nov 新 + ate 使……成為

renovate [ˈrɛnəˌvet] 動 翻新

延伸片語 **renovate a house** 整修房子
▶ The group of friends spent four months **renovating the house**.
那群朋友花了四個月整修房子。

還有更多與「nov」同語源的字根所延伸的單字

novelty （新的＋名詞字尾）	新奇
novelist （創造新穎的人）	小說家
innovation （新進的東西）	新產品

part 字根篇
部分

🔊 *Track 085*

瞭解這個字根，你就能學會以下單字：

❶ apart
❷ counterpart
❸ depart
❹ impart
❺ partial
❻ partner

01 a 朝向 + part 部分

apart [ə`part] 形 分開的

延伸片語 **grow apart from someone** 與某人逐漸疏遠

▶ Jenny **grew apart from** her friends after she got married.
珍妮結婚之後就與朋友逐漸疏遠了。

02 counter 相對的 + part 部分

counterpart [`kauntɚ͵part] 名 配對的人、物

延伸片語 **overseas counterpart** 境外同業

▶ Peter is in charge of business with his company's **overseas counterparts**.
彼得負責處理境外同業往來之業務。

03 de 轉移 + part 部分

depart [dɪ`part] 動 離開

延伸片語 **depart from** 從……離開

▶ When will he **depart from** New York?
他什麼時候離開紐約？

04 im 在……內 + part 部分

impart [ɪm`pɑrt] **勔** 告知

延伸片語 **impart knowledge** 授業

▶ **Imparting knowledge** to students is the main responsibility of teachers.
老師的主要職責就是傳授學生知識。

05 part 部分 + ial 形容詞字尾

partial [`pɑrʃəl] **形** 局部的

延伸片語 **be partial to/towards sb./sth.** 偏愛某人（事）

▶ She's **partial to** macaroons.
她偏愛吃馬卡龍。

06 part 部分 + ner 人

partner [`pɑrtnɚ] **图** 夥伴

延伸片語 **partner in crime** 共犯

▶ The police arrested the man as well as his **partners in crime**.
警方將他以及他的同夥都予以逮捕。

" 還有更多與「part」同語源的字根所延伸的單字 "

participate （拿取部分的行為）	參與
particular （部分＋與……有關＋性質）	獨有的
partake （拿了部分）	參與
compart （將相同的分為一部分）	分隔
departure （移轉部分）	啟程

pass 字根篇 走過、通道

🎧 *Track 086*

瞭解這個字根，你就能學會以下單字：

❶ bypass
❷ overpass
❸ password
❹ surpass
❺ trespass
❻ underpass

01 by 旁邊 + pass 通道

bypass [`baɪˌpæs] 名 旁道

延伸片語 **bypass surgery** 繞道手術

▶ He underwent **bypass surgery** because of a heart problem.
因為心臟有問題，他做了心臟繞道手術。

02 over 上方 + pass 通道

overpass [ˌovɚˋpæs] 名 天橋

延伸片語 **highway overpass** 高架橋

▶ The **highway overpass** shortens the distance between the city area and the suburbs.
這座高架橋縮短了市區與郊區的距離。

03 pass 走過 + word 字

password [`pæsˌwɝd] 名 密碼

延伸片語 **invalid password** 密碼錯誤

▶ You can't log in with an **invalid password**.
你不能用錯誤的密碼登入。

04 sur 上面 + pass 走過

surpass [sɚˋpæs] **動 勝過**

延伸片語 surpass someone in 在某方面勝過某人

▶ Mary **surpasses her colleagues in** French proficiency.
瑪莉的法文能力比她同事強。

---

05 tres 越過 + pass 走過

trespass [ˋtrɛspəs] **動 入侵**

延伸片語 trespass on 濫用（他人的時間、幫助等）

▶ We won't stay long so that we don't **trespass on** your time.
因為不想打擾你，所以我們不會久留。

---

06 under 下方 + pass 走過、通道

underpass [ˋʌndɚ͵pæs] **名 地下道**

延伸片語 through the underpass 通過地下道

▶ Just go **through the underpass** and you'll see it in front of you.
通過地下道，前面就是了。

還有更多與「pass」同語源的字根所延伸的單字

impasse （不＋走過、通道）	死路、僵局
passport （通過＋港口）	護照
impassable （不、否＋能夠通行的）	無法通過的

ped / pod 字根篇 足

🎧 *Track 087*

瞭解這個字根，你就能學會以下單字：

❶ expedition
❷ pedagogy
❸ pedal
❹ podiatry
❺ podium
❻ tripod

01 ex 外 + ped 足 + ition 名詞字尾

expedition [ˌɛkspɪˈdɪʃən] 名 探險隊

延伸片語 **go on an expedition** 探險、考察

▶ It is Max's dream to **go on an expedition** to the Everest.
馬克斯的夢想就是能夠遠征聖母峰。

02 ped 足 + agogy 學科

pedagogy [ˈpɛdəˌgodʒɪ] 名 教育學

延伸片語 **radical pedagogy** 激進教育學

▶ The professor was expelled from school for advocating **radical pedagogy**.
該教授因為提倡激進教育而被學校開除。

03 ped 足 + al 的

pedal [ˈpɛdl̩] 名 踏板

延伸片語 **brake pedal** 煞車踏板

▶ He didn't push on the **brake pedal** on time and thus crashed into the fence.
他沒有即時踩煞車踏板，因此撞到了籬笆。

04 pod 足 + iatry 醫療

podiatry [po`daɪətrɪ] 名 足病學

延伸片語 equine podiatry 馬足病學

▶ Her father is not only a veterinarian but also an expert on equine podiatry.
她父親不僅是一個獸醫，還是個馬足病學專家。

05 pod 足 + ium 處所

podium [`podɪəm] 名 講台

延伸片語 lecturing podium 講課用的講台

▶ The professor walked up to the lecturing podium and began to speak.
教授走到講桌並開始授課。

06 tri 三 + pod 足

tripod [`traɪpɑd] 名 三腳架

延伸片語 telescope tripod 望遠鏡三腳架

▶ He bought a new telescope tripod for his giant telescope.
他為那個巨型望遠鏡買了一個新的望遠鏡三腳架。

還有更多與「ped」同語源的字根所延伸的單字

ped 的變化型：pode、pus、pede

pedestrian （行走的人）	行人
impede （把腳伸進去）	妨礙
centipede （有百隻腳的）	蜈蚣
octopus （八隻腳的）	章魚

pend 字根篇
懸掛、費用

🎵 *Track 088*

瞭解這個字根，你就能學會以下單字：

❶ append
❷ depend
❸ expend
❹ pendant
❺ perpend
❻ suspend

01 ap 增加 + pend 懸掛

append [ə`pɛnd] 動 附加

延伸片語 **append to** 附加於……

▶ You need to **append an annotation** to this passage.
你必須為這段文章加一個註解。

02 de 分離 + pend 懸掛

depend [dɪ`pɛnd] 動 依賴

延伸片語 **depend on** 倚靠；取決於……

▶ Whether we can go camping **depends on** the weather.
我們能不能去露營得視天氣狀況而定。

03 ex 出 + pend 費用

expend [ɪk`spɛnd] 動 花費

延伸片語 **expend... in something/on somebody** 在……上花費

▶ It is not worth **expending your energy in something as boring as this.**
這麼無聊的事，不值得你花精神在它身上。

04 pend 懸掛 + ant 物品

pendant [ˈpɛndənt] 名 墜飾

延伸片語 **jade pendant** 玉墜

▶ This jade pendant was a gift from my mother-in-law.
這個玉墜子是我婆婆送給我的。

05 per 透徹、徹底 + pend 懸掛

perpend [pɚˈpɛnd] 動 仔細考慮

延伸片語 **perpend stone** 穿牆石

▶ The two stonemasons are considering locking the wall in place with a perpend stone.
這兩個石匠打算用一個穿牆石來固定這面牆。

06 sus 下方 + pend 懸掛

suspend [səˈspɛnd] 動 暫停

延伸片語 **be suspended from school** 休學

▶ Steven was suspended from school because of his poor health condition.
史帝芬因為健康狀況不佳而必須休學。

" 還有更多與「pend」同語源的字根所延伸的單字 "

pend 的變化型：pens、pense、pond

pension（費用的性質）	津貼
expense（向外的花費）	費用
dispense（被分開懸掛）	分配
dispensable（不被分開懸掛的）	不必要的

plic 字根篇 折疊

🔊 *Track 089*

瞭解這個字根，你就能學會以下單字：

❶ complicity　　　　❹ implicit
❷ duplicate　　　　 ❺ replicate
❸ explicit　　　　　❻ supplicate

---

01 com 共同 + plic 折疊 + ity 名詞字尾

complicity [kəmˈplɪsətɪ] 名 共犯

延伸片語 **complicity in** 共謀某事

▶ He was arrested for his **complicity in** a fraud.
他因為涉嫌共謀詐欺而被逮捕。

---

02 du 二重 + plic 折疊 + ate 使……成為

duplicate [ˈdjupləkɪt] 動 使……複雜化

延伸片語 **in duplicate** 一式兩份的

▶ Both sides have to sign the contract in duplicate.
雙方都必須簽署一只一式兩份的合約。

---

03 ex 向外 + plic 折疊 + it ……的

explicit [ɪkˈsplɪsɪt] 形 清楚的

延伸片語 **explicit instruction** 明確指示

▶ They'll never know what to do without **explicit instructions**.
沒有明確的指示，他們永遠不知道該怎麼做。

04 im 內 + plic 折疊 + it ……的

implicit [ɪmˈsplɪsɪt] 形 含蓄的

延伸片語 implicit trust 絕對信任

▶ Susan has **implicit trust** in her husband.
蘇珊對她老公有絕對的信任。

05 re 再 + plic 折疊 + ate 使……成為

replicate [ˈrɛplɪˌket] 動 複製

延伸片語 replicate oneself 自我複製

▶ A virus can **replicate itself**.
病毒會自我複製。

06 sup 下 + plic 折疊 + ate 使……成為

supplicate [ˈsʌplɪˌket] 動 懇求

延伸片語 supplicate... for... 為某事而求某人

▶ The boy **supplicated his mother for** permission to go camping.
男孩懇求媽媽允許他去露營。

" 還有更多與「plic」同語源的字根所延伸的單字 "

plic 的變化型：pli、ple、ply、plex

complex （共同摺疊、疊在一起）	複雜的
apply （朝向某方向摺疊）	應用
multiplex （多摺的）	多元的
duplex （二＋折）	二重的

polit 字根篇
政治、城市

🔊 *Track 090*

瞭解這個字根，你就能學會以下單字：

❶ geopolitics
❷ impolitic
❸ politburo
❹ politic
❺ politics
❻ politician

---

01 geo 地理 + polit 政治 + ics 學科

geopolitics [ˌdʒio`pɑlɪtɪks] 名 地緣政治學

延伸片語 **an expert of geopolitics** 地緣政治學專家

▶ He is not only a skilled politician but also **an expert of geopolitics**.

他不僅是個老練的政治家，同時也是個地緣政治學專家。

---

02 im 不 + polit 政治 + ic 屬於……的

impolitic [ɪm`pɑlətɪk] 形 不當的

延伸片語 **an impolitic approach to...** 處理……的方法失策

▶ What happened was **an impolitic approach to** a sensitive issue.

這是處理敏感議題的不當舉動。

---

03 polit 政治 + buro 局

politburo [pɑ`lɪtbjuro] 名 政治局

延伸片語 **The Central Politburo of the Communist Party of China** 中國中央政治局

▶ It is the **Central Politburo of the Communist Party of China** that oversees China.

管理中國的是中共中央政治局。

04 polit 政治 + ic 與……相關的

politic [`palə,tɪk] 形 精明的

延伸片語 **politic matter** 政治事務

▶ She has no interest in **politic matters**.
她對政治事務沒有興趣。

05 polit 政治 + ics 學科

politics [`palətɪks] 名 政治學

延伸片語 **party politics** 政黨政治

▶ Theirs is a country of **party politics**.
他們是一個政黨政治的國家。

06 polit 政治 + ic 與……相關的

+ ian 人

politician [,palə`tɪʃən] 名 政客

延伸片語 **politician's lies** 政客的謊言

▶ People are getting sick of those **politicians' lies**.
人民已經越來越厭倦那些政客的謊言了。

" 還有更多與「polit」同語源的字根所延伸的單字 "

polit 的變化型：polic、polis

policy（具政治性質的事）	政策
metropolis（如母親一般的都市）	首都
necropolis（充滿屍體的城市）	大墓地
police（與政治相關的人）	警察

pos(e) 字根篇 放置

🔊 *Track 091*

瞭解這個字根，你就能學會以下單字：

❶ composer
❷ deposit
❸ decompose

❹ expose
❺ oppose
❻ propose

01 com 共同、聚 + pos 放置 + er 人

composer [kəmˋpozɚ] 名 作曲家

延伸片語 **music composer** 音樂作曲家

▶ Beethoven is one of the most remarkable **music composers** in history.
貝多芬是史上最卓越的音樂作曲家之一。

02 de 往下 + pos 放置 + it 走動

deposit [dɪˋpɑzɪt] 名 押金

延伸片語 **safe deposit** 保險箱

▶ The woman keeps all her jewelry in the **safe deposit**.
婦人將她所有的首飾都放在保險箱裡。

03 de 除去 + com 共同、聚 + pose 放置

decompose [͵dikəmˋpoz] 動 分解

延伸片語 **decompose... into...**
將……分解為……

▶ Bacteria can **decompose organic matter into** water and carbon dioxide.
細菌會將有機物分解為水和二氧化碳。

04 ex 外 + pose 放置

expose [ɪkˈspoz] 勔 暴露

延伸片語 **expose... to...** 使……接觸……

▶ Don't smoke when there are others around so that you won't **expose them to second-hand smoke**.
有別人在的時候不要吸菸，才不會讓他們接觸到二手菸。

05 op 相反 + pose 放置

oppose [əˈpoz] 勔 反對

延伸片語 **be opposed to** 反對……

▶ The villagers **are opposed to** building a new nuclear power plant in the village.
村民反對在村裡興建新的核電廠。

06 pro 往前 + pose 放置

propose [prəˈpoz] 勔 求婚

延伸片語 **propose a toast** 提議為……乾杯

▶ He **proposed a toast** to the prize winner.
他提議為得獎者乾杯。

❝ 還有更多與「pos(e)」同語源的字根所延伸的單字 ❞

depose（往下放）	罷黜
reposit（放回去）	使……回復
interpose（放在……之間）	打岔、插話
transpose（換放的位置）	換位置

pot 字根篇 能力

🔊 *Track 092*

瞭解這個字根，你就能學會以下單字：

❶ impotence
❷ impotent
❸ omnipotent
❹ potency
❺ potent
❻ potential

01 im 不 + pot 能力 + ence 名詞字尾

impotence ['ɪmpətəns] 名 使不上力

延伸片語 **male impotence** 男性陽痿

▶ **Male impotence** is a common trouble of many middle-aged men.
陽痿是許多中年男性共通的問題。

02 im 不 + pot 能力 + ent ……的

impotent ['ɪmpətənt] 形 使不上力的

延伸片語 **impotent rage** 無濟於事的憤怒

▶ Calm down. **Impotent rage** cannot solve the problem.
冷靜下來。無濟於事的憤怒並無法解決問題。

03 omni 全 + pot 能力 + ent ……的

omnipotent [ɑm'nɪpətənt] 形 萬能的

延伸片語 **the Omnipotent** 全能者（指上帝）

▶ They thanked **the Omnipotent** for giving them food and residence.
他們感謝上帝賜給他們食物與居所。

04 pot 能力 + ency 名詞字尾

potency [ˈpotn̩sɪ] 名 力量

延伸片語 male potency 男性雄風

▶ He took a Viagra in order to recover his **male potency**.
他服了一顆威而剛以重振男性雄風。

05 pot 能力 + ent ⋯⋯的

potent [ˈpotn̩t] 形 有效的

延伸片語 potent tea 濃茶

▶ He drank a cup of **potent tea** in order to stay clear-headed.
他喝了一杯濃茶以保持頭腦清醒。

06 pot 能力 + ent ⋯⋯的 + ial ⋯⋯的

potential [pəˈtɛnʃəl] 名 潛能

延伸片語 dancing potential 跳舞的天份

▶ Lily has **dancing potential**, but she needs a teacher to train her.
莉莉有跳舞的天份，但她需要一位老師訓練她。

❝ **還有更多與「pot」同語源的字根所延伸的單字** ❞

plenipotentiary （完全有能力的）	有全權的
potentate （有能力的人）	當權者

priv(e)

字根篇

私有、個人

🎧 *Track 093*

瞭解這個字根，你就能學會以下單字：

❶ deprive
❷ privacy
❸ private
❹ privilege
❺ privy

---

01 de 去除 + prive 私有、個人

deprive [dɪˋpraɪv] **動** 奪取……；使喪失

延伸片語 deprive of 剝奪

▶ His father's death almost **deprived him of** his will to live.
他父親過世的事實讓他幾乎不想活了。

---

02 priv 個人 + acy 名詞字尾

privacy [ˋpraɪvəsɪ] **名** 隱私

延伸片語 right of privacy 隱私權

▶ Everyone should respect another person's **right of privacy**.
每個人都應該尊重他人的隱私權。

---

03 priv 私有、個人 + ate ……的

private [ˋpraɪvɪt] **形** 私人的

延伸片語 private school 私立學校

▶ My sister goes to a **private girls' high school**.
我妹妹就讀於一間私立女子中學。

04

priv 私有 + **ilege** 法律

privilege [ˋprɪvlɪdʒ] 名 特權

延伸片語 **diplomatic privilege** 外交特權

▶ Both ambassadors and envoys enjoy **diplomatic privileges**.
大使或是使節都享有外交特權。

05

priv 私有、個人 + **y** ……的

privy [ˋprɪvɪ] 形 私人的

延伸片語 **be privy to...** 對……知情

▶ None of them **is privy to** the details of the contract.
他們之中沒有人知道合約的內容細節。

❝ 還有更多與「priv(e)」同語源的字根所延伸的單字 ❞

underprivileged （享有的特權不足的）	窮困的
privatize （使成為私人的）	使私人化
privileged （與個人有關之法律的）	享特權的
privatization （私人化的）	民營化

pur(e) 字根篇 純淨、清

🔘 *Track 094*

瞭解這個字根，你就能學會以下單字：

❶ impure   ❹ purism
❷ impurity   ❺ purist
❸ purify   ❻ purity

01 im 不 + pure 純淨、清

impure [ɪmˈpjʊr] 形 不純的

延伸片語 **impure thoughts** 壞念頭

▶ The man had some **impure thoughts** when he saw the girl.
男人看到那個女孩就起了壞念頭。

02 im 不 + pur 純淨、清 + ity 名詞字尾

impurity [ɪmˈpjʊrətɪ] 名 雜質

延伸片語 **remove impurities** 除去雜質

▶ The water is only drinkable after we **remove its impurities** and boil it.
這水得在我們除去其雜質並煮沸後才能喝。

03 pur 純淨、清 + ify 使……化

purify [ˈpjʊrəˌfaɪ] 動 淨化

延伸片語 **purify water** 淨水

▶ This machine is used to **purify water**.
這機器是用來淨水的。

04 pur 純淨、清 + ism 主義

purism [`pjʊrɪzəm] 名 純粹主義

延伸片語 **linguistic purism** 語言純化

▶ People who advocate linguistic purism believe that it's necessary to ban dialects.
提倡語言純化的人認為有必要禁用方言。

05 pur 純淨、清 + ist 人

purist [`pjʊrɪst] 名 純粹主義者

延伸片語 **purist movement** 純化運動

▶ The leaders of the art purist movement refuse to be characterized as a certain type of artist.
藝術純化運動的領袖拒絕被歸類為任何一特定類型的藝術家。

06 pur 純淨 + ity 名詞字尾

purity [`pjʊrətɪ] 名 純潔

延伸片語 **ethnic purity** 民族統一性、種族純化

▶ To maintain ethnic purity, mixed marriages are forbidden in that country.
為了維護民族統一性，該國禁止異族聯姻。

" 還有更多與「pur(e)」同語源的字根所延伸的單字 "

pur(e) 的變化型：puri

puritan （信奉純淨學說的人）	清教徒的
purge （使……純淨）	潔淨
expurgate （為潔淨把事物向外除）	刪除
purgative （清潔的動作）	清洗的

pute 字根篇 考慮、估計、剪去

🎵 *Track 095*

瞭解這個字根，你就能學會以下單字：

❶ compute
❹ disrepute
❷ depute
❺ impute
❸ dispute
❻ repute

---

01 **com 共同、一起** + **pute 估計**

compute [kəm`pjut] 動 計算

延伸片語 **beyond compute** 難以估計

▶ The loss caused by the fire accident is **beyond compute**.
火災造成的損失難以估計。

---

02 **de 向下** + **pute 考慮**

depute [dɪ`pjut] 動 委託

延伸片語 **be deputed as...** 受委託擔任某職

▶ Mr. Davis **was deputed as** the minister of foreign affairs.
戴維斯先生受邀擔任外交部長一職。

---

03 **dis 除去** + **pute 考慮**

dispute [dɪ`spjut] 名 爭辯

延伸片語 **beyond dispute** 無疑地

▶ It's **beyond dispute** that he is one of the best musicians of our time.
他無疑是現代最厲害的音樂家之一。

04 **dis** 不 + **re** 再 + **pute** 考慮

disrepute [ˌdɪsrɪˋpjut] 名 壞名聲

延伸片語 **fall into disrepute** 聲譽掃地

▶ The presidential candidate **fell into disrepute** because of the scandal.
該總統候選人因為醜聞而聲譽掃地。

05 **im** 裡、內 + **pute** 考慮

impute [ɪmˋpjut] 動 歸罪於

延伸片語 **impute... to...** 將……歸咎於……

▶ The restaurant manager **imputed their poor business** to the bad weather.
餐廳經理將生意不好歸咎於惡劣的天氣。

06 **re** 再、重新 + **pute** 考慮

repute [rɪˋpjut] 名 名聲

延伸片語 **of international repute** 享有國際聲譽的

▶ Leoh Ming Pei is a famous architect **of international repute**.
貝聿銘是個享有國際聲譽的名建築師。

❝ 還有更多與「pute」同語源的字根所延伸的單字 ❞

computable （計算＋能夠……的）	可計算的
disputable （不算已深思熟慮過的）	有討論空間的
amputate （在周圍切）	切去（手、腳等等）
reputable （名聲＋能夠……的）	有名的

rect 字根篇 指導、直

🔊 *Track 096*

瞭解這個字根，你就能學會以下單字：

❶ correct   **❹** rectangle
❷ direct   **❺** rectify
❸ erect   **❻** rector

01 / cor 一併 + rect 直

correct [kəˋrɛkt] 形 正確的

延伸片語 all present and correct 全體到齊

▶ All present and correct! Now we can take the road.
全體到齊！現在我們能出發了。

02 / di 分開 + rect 指導

direct [dəˋrɛkt] 動 指引

延伸片語 direct action 直接行動

▶ As the negotiation with the employers came to nothing, they decided to take direct action.
既然與資方的協商沒有結果，他們決定採取直接行動。

03 / e 往上 + rect 直

erect [ɪˋrɛkt] 動 豎起

延伸片語 stand erect 站得筆直

▶ The soldiers on guard all stood erect.
站崗的士兵們各個站得筆直。

04 rect 直 + angle 角

rectangle [rɛk`tæŋg!] 名 長方形

延伸片語 **oriented rectangle** 斜置矩形

▶ Having been given three coordinates, the students were asked to find the fourth coordinate of the **oriented rectangle**.
學生們必須以已知的三個座標找出該斜置矩形的第四個座標。

05 rect 指導 + ify 使……成為

rectify [`rɛktə͵faɪ] 動 矯正

延伸片語 **rectify a mistake** 矯正錯誤

▶ It is more important to **rectify a mistake** than to punish someone for it.
矯正錯誤比懲罰錯誤來得重要。

06 rect 指導 + or 人

rector [`rɛktɚ] 名 教區長

延伸片語 **honorary Lord Rector** 榮譽校長

▶ They have elected Mr. Robinson as the **honorary Lord Rector** of the university.
他們已經推選羅賓森先生擔任該大學的榮譽校長一職。

還有更多與「rect」同語源的字根所延伸的單字

misdirect （錯誤的指導）	誤導
insurrection （不受指導的）	叛亂
resurrect （再次導正現狀）	復興
rectifiable （能夠再被指導的）	可糾正的

reg 字根篇 命令、統治

Track 097

瞭解這個字根，你就能學會以下單字：

❶ regal
❷ regent
❸ region
❹ regional
❺ regular
❻ regicide

01 reg 統治 + al ……的

regal [ˋrig!] 形 王室的

延伸片語 regal attire 帝王服飾

▶ The king looked quite awe-inspiring in regal attire.
身穿帝王服飾的國王看起來十分有威嚴。

02 reg 統治 + ent 人

regent [ˋridʒənt] 名 主政者

延伸片語 prince regent 攝政王

▶ George IV used to serve as prince regent from 1811 until his accession to the throne.
喬治四世在 1811 年至他登基前，曾任攝政王一職。

03 reg 統治 + ion 關係

region [ˋridʒən] 名 地域

延伸片語 in the region 大約、差不多，在某一範圍內

▶ This is the only bakery in the region.
這是這一帶唯一一家麵包店。

04/ **reg 統治** + **ion 關係** + **al……的**

regional [ˈridʒən!] 形 區域性的

延伸片語 **regional committee** 地區委員會

▶ The **regional committee** this year will be held in the beginning of July.
今年的地區委員會將在七月初舉行。

05/ **reg 統治** + **ular 有……性質的**

regular [ˈrɛɡjələ] 形 規律的

延伸片語 **regular customer** 常客

▶ He's a **regular customer** of this bar.
他是這家酒吧的常客。

06/ **reg 國王** + **i** + **cide 殺**

regicide [ˈrɛdʒəˌsaɪd] 名 弑君

延伸片語 **be charged with regicide** 被控弑君罪

▶ The man **was charged with regicide**, even though there was no evidence against him.
那個男人被控犯了弑君罪，雖然明明就沒有證據證明他有罪。

❝ 還有更多與「reg」同語源的字根所延伸的單字 ❞

irregular （不聽命令的）	不規律的
deregulate （除去命令的動作）	解除對……的管制
regulator （統治的物）	調節器
regality （關於統治的事物）	王權

rupt 字根篇 破

🔊 *Track 098*

瞭解這個字根，你就能學會以下單字：

❶ abrupt　　　　❹ erupt
❷ bankrupt　　　❺ interrupt
❸ corrupt　　　　❻ rupture

01 ab 離開 + rupt 破

abrupt [ə`brʌpt] 形 突然的

延伸片語 **come to an abrupt stop** 突然停止

▶ The car **came to an abrupt stop** and two men jumped out.
這台車忽然停止，兩個男人跳了出來。

02 bank 銀行 + rupt 破

bankrupt [`bæŋkrʌpt] 動 破產

延伸片語 **go bankrupt** 破產

▶ The company **went bankrupt** within three weeks.
這家公司在三週內就破產了。

03 cor 共同 + rupt 破

corrupt [kə`rʌpt] 形 腐敗的

延伸片語 **a corrupt life** 墮落的生活

▶ Seeing his son leading **a corrupt life** made the old father distressed.
看兒子過著墮落的生活讓老父親憂心痛苦。

04 e 外 + rupt 破

erupt [ɪˋrʌpt] 動 （火山）爆發

延伸片語 **about to erupt** 即將爆發

▶ The residents are evacuated as the volcano was **about to erupt**.
火山要爆發了，於是居民都被疏散了。

05 inter 在……中間 + rupt 破

interrupt [ˌɪntəˋrʌpt] 動 打岔

延伸片語 **interrupt... with...** 以……打斷某人或某事

▶ The boy **interrupted the two women's conversation with** a scream.
男孩以尖叫聲打斷了兩個女人的談話。

06 rupt 破 + ure 行為

rupture [ˋrʌptʃə] 動 破裂

延伸片語 **rupture strength** 抗破裂的力量

▶ Textiles with greater **rupture strength** are less likely to be ripped apart.
抗破裂的力量較大的布料比較不容易被撕裂。

" 還有更多與「rupt」同語源的字根所延伸的單字 "

irrupt （進入＋破）	侵入
disrupt （分開＋破）	打亂
corruption （一併被破壞）	墮落
disruptive （分開＋破＋有……傾向的）	具分裂性的

scend 字根篇 攀爬、上升

🎧 *Track 099*

瞭解這個字根，你就能學會以下單字：

❶ ascend
❷ ascendant
❸ condescend
❹ descend
❺ descendant
❻ transcend

---

01 a 向 + scend 攀爬、上升

ascend [əˋsɛnd] 動 攀升

延伸片語 **ascend to the throne** 登上王位

▶ The crown prince **ascended to the throne** at a very young age.
那個王儲在年紀很輕的時候就登上王位了。

---

02 a 向 + scend 攀爬、上升 + ant 形容詞字尾

ascendant [əˋsɛndənt] 形 上升的

延伸片語 **ascendant trend** 上升中的趨勢

▶ Homeschooling has become an **ascendant trend** in this country.
在這個國家，在家自學已成了一個上升中的趨勢。

---

03 con 全 + de 向下 + scend 攀爬

condescend [ˌkɑndɪˋsɛnd] 動 屈就、降低身段

延伸片語 **condescending words** 表現出優越感的字眼

▶ His **condescending words** made the whole team mad.
他自以為優越的話語讓整個小組都很不悅。

04 **de 向下** + **scend 攀爬**

descend [dɪˋsɛnd] 動 下降

延伸片語 **descend to...** 墮落到……地步

▶ They couldn't believe that their son would **descend to** drug abuse.
他們無法相信他們的兒子竟然會墮落到濫用毒品這個地步。

---

05 **de 往下** + **scend 上升** + **ant 人**

descendant [dɪˋsɛndənt] 名 後代

延伸片語 **a descendant of...** 某人的後裔

▶ The woman claimed that she was **a descendant of** Confucius.
女子聲稱自己是孔子的後裔。

---

06 **trans 穿越** + **scend 攀爬**

transcend [trænˋsɛnd] 動 超越

延伸片語 **transcend the limits** 超越限制

▶ Only when you **transcend the limits** and are able to think outside the box can you become creative.
唯有超越限制、天馬行空地想像，才能發揮創意。

還有更多與「scend」同語源的字根所延伸的單字

transcendent（超越的）	卓越的
ascendancy（有攀升的性質）	支配地位

sci 字根篇 知道

🎧 *Track 100*

瞭解這個字根，你就能學會以下單字：

❶ conscience
❷ conscious
❸ nescient
❹ omniscient
❺ prescient
❻ science

01

con 共同、聚 + **sci** 知道 + **ence** 狀態

conscience [ˈkɑnʃəns] 名 良心

延伸片語 **conscience-stricken** 受良心譴責的

▶ The robber felt **conscience-stricken** after knocking the old lady to the ground.
搶匪在把老太太撞到地上之後感到良心不安。

02

con 共同、聚 + **sci** 知道 + **ous** ……的

conscious [ˈkɑnʃəs] 形 有意識的

延伸片語 **health-conscious** 注重健康的

▶ My grandma is quite **health-conscious**. She exercises regularly despite being 99.
我奶奶非常注重健康。儘管已經 99 歲，依舊規律運動。

03

ne 不、否 + **sci** 知道 + **ent** ……的

nescient [ˈnɛʃɪənt] 形 無知的

延伸片語 **be nescient of** 對……無知

▶ I have to admit that I **am totally nescient** of contemporary literature.
我必須承認我對當代文學一無所知。

04 omni 全部 + sci 知道 + ent ……的

omniscient [ɑmˋnɪʃənt] 形 無所不知的

延伸片語 **an omniscient deity** 全知的神

▶ The Buddha is considered **an omniscient deity**.
佛陀被認為是無所不知的神。

05 pre 先前 + sci 知道 + ent ……的

prescient [ˋprɛʃənt] 形 預知的

延伸片語 **prescient move** 有先見之明的舉動

▶ He sold the apartment before house prices dropped. It was definitely a **prescient move**.
他在房價下跌之前賣掉公寓，真是有先見之明。

06 sci 知道 + ence 名詞字尾

science [ˋsaɪəns] 名 科學

延伸片語 **science fiction** 科幻

▶ The movie is based on a famous **science fiction** novel.
這部電影乃是取材於一本著名的科幻小說。

❝ 還有更多與「sci」同語源的字根所延伸的單字 ❞

sci 的變化形：scio

unconscious （沒有意識的）	不省人事的
subconscious （下＋意識的）	潛意識的
consciousness （有意識）	清醒
conscientious （知道的多的、全都知道的）	盡職的

scribe 字根篇
寫

🔊 *Track 101*

瞭解這個字根,你就能學會以下單字:

❶ ascribe　　　　❹ inscribe
❷ circumscribe　　❺ prescribe
❸ describe　　　　❻ subscribe

01 a 在 + scribe 寫

ascribe [ə`skraɪb] 勔 將……歸因於

延伸片語 **ascribe something to** 將某事歸因於……

▶ Most scientists **ascribe the climate change to** global warming.
大部分科學家將氣候變遷歸因於地球暖化。

02 circum 周圍 + scribe 寫

circumscribe [`sɝkəm͵skraɪb] 勔 限制

延伸片語 **circumscribe a circle** 做外切圓

▶ The teacher is demonstrating how to **circumscribe a circle** around a given triangle.
老師正在示範如何在題目的三角形上做一個外切圓。

03 de 加強 + scribe 寫

describe [dɪ`skraɪb] 勔 描述

延伸片語 **describe... as...** 將……稱為……

▶ He **described the movie as** a snoozefest.
他把這部電影描述成一部相當好睡的無聊片子。

04 in 裡面 + scribe 寫

inscribe [ɪnˋskraɪb] 動 寫

延伸片語 **inscribed on** 被寫在……上

▶ I can't read the words **inscribed on** the statue.
我看不出雕像上面寫的字。

05 pre 先、前 + scribe 寫

prescribe [prɪˋskraɪb] 動 （開）處方

延伸片語 **prescribe for** 為某人開藥方

▶ The doctor cannot **prescribe for** you until he knows what your problem is.
醫生要知道你的問題所在才能幫你開藥方。

06 sub 在……底下 + scribe 寫

subscribe [səbˋskraɪb] 動 訂閱

延伸片語 **subscribe to** 同意；支持

▶ I don't **subscribe to** your point of view.
我不同意你的看法。

還有更多與「scribe」同語源的字根所延伸的單字

scribe 的變化形：scrib、script

manuscript （親手寫的東西）	原稿
postscript （後來才寫上的）	附錄
superscribe （寫在……上面）	寫上地址與姓名
transcribe （穿越＋寫）	抄寫

sect 字根篇 切割

🔊 *Track 102*

瞭解這個字根，你就能學會以下單字：

❶ bisect
❷ dissect
❸ intersect

❹ section
❺ transect
❻ vivisect

---

01 bi 二 + sect 切割

bisect [baɪ'sɛkt] 動 分為二

延伸片語 **bisect a line** 等分線

▶ Even a ten-year-old student knows that we can use a compass to bisect a line.
即使是十歲的學生也知道可以用圓規來做等分線。

---

02 dis 分 + sect 切割

dissect [dɪ'sɛkt] 動 剖析

延伸片語 **dissect a frog** 解剖青蛙

▶ The students dissected a frog in order to study its internal parts in science class.
學生們在自然課上解剖青蛙以認識其內部組織。

---

03 inter 在……裡面 + sect 切割

intersect [ˌɪntə'sɛkt] 動 貫穿

延伸片語 **intersect with** 相交、交叉

▶ The Zhongxiao Road intersects with the Dunhua South Road.
忠孝路和敦化南路有相交。

04 sect 切割 + ion 名詞字尾

section [ˈsɛkʃən] **名** 部分

延伸片語 residential section 住宅區

▶ The prices of the houses in the residential section of the city are always a lot higher.
都市住宅區的房價往往要高出許多。

05 tran 穿過 + sect 切割

transect [trænˈsɛkt] **動** 橫切

延伸片語 line transect method 樣線法；截線抽查法

▶ The line transect method is often used to estimate the amount of residue present on the soil surface.
樣線法時常用來預測土壤表層殘餘物質的數量。

06 vivi 活的 + sect 切割

vivisect [ˌvɪvəˈsɛkt] **動** 活體解剖

延伸片語 vivisect animals 動物活體解剖

▶ It is considered cruel and unethical to vivisect animals.
活體解剖動物是殘忍而且不道德的。

還有更多與「sect」同語源的字根所延伸的單字

insect （內部好似被切割成好幾部分）	昆蟲
intersection （在……中間切割）	十字路口
resect （加強語氣＋切割）	割去
sector （切割成一部分一部分的）	部門

sequ 字根篇 跟隨

🔊 *Track 103*

瞭解這個字根，你就能學會以下單字：

❶ consequence   ❹ sequence
❷ consequent   ❺ subsequent
❸ obsequious

01 con 共同、聚 + sequ 跟隨 + ence 名詞字尾

consequence [ˈkɑnsəˌkwɛns] 名 結果

延伸片語 **of no consequence** 無足輕重

▶ He is only a man **of no consequence**.
他只是個無足輕重的小人物。

02 con 共同、聚 + sequ 跟隨 + ent ⋯⋯的

consequent [ˈkɑnsəˌkwɛnt] 形 隨結果發生的

延伸片語 **consequent to...** 因⋯⋯的結果而起的

▶ It is believed that the climate change is **consequent to** global warming.
大家都認為氣候變遷是地球暖化引起的。

03 ob 到 + sequ 跟隨 + ious 形容詞字尾

obsequious [əbˈsikwɪəs] 形 奉承的

延伸片語 **obsequious flattery** 阿諛之詞

▶ Jack's **obsequious flattery** pleased his boss to no end.
傑克的阿諛諂媚之詞讓他老闆樂不可支。

04 sequ 跟隨 + ence 名詞字尾

sequence [ˈsikwəns] 名 接續

延伸片語 **a sequence of** 一連串的……

▶ After interviewing **a sequence of** applicants, the interviewers were all tired.
在面試了一連串的應徵者後，所有面試官都累了。

05 sub 在……下面 + sequ 跟隨 + ent ……的

subsequent [ˈsʌbsɪˌkwɛnt] 名 後繼

延伸片語 **subsequent to** 在……之後

▶ On the day **subsequent to** their divorce, he married another woman.
就在他們離婚的第二天，他就娶了另一個女子。

❝ 還有更多與「sequ」同語源的字根所延伸的單字 ❞

sequ 的變化形：secu、sue、sec、secut

consecutive（共同緊跟的）	接續的
execute （外＋跟隨）	實行
persecute （要求某人徹底跟隨）	迫害
second （跟隨的性質）	第二的
ensue （加強跟隨）	接踵而來的

sert 字根篇
參加

🔊 *Track 104*

瞭解這個字根，你就能學會以下單字：

❶ assert
❷ assertion
❸ desert
❹ insert
❺ reassert

---

01 **as 向、朝** + **sert 參加**

assert [əˋsɝt] 動 聲稱

延伸片語 **assert oneself** 堅持自己的主張

▶ People who know how to **assert themselves** usually communicate their ideas to others better.
懂得堅持自己主張的人通常較能將意見傳達給他人。

---

02 **as 向、朝** + **sert 參加** + **ion 名詞字尾**

assertion [əˋsɝʃən] 名 聲明

延伸片語 **self-assertion** 自我主張

▶ Those with **self-assertion** are more attractive than those who have no definite views of their own.
有自我主張的人比沒有主見的人來得有魅力多了。

---

03 **de 不、除去** + **sert 參加**

desert [ˋdɛzət] 名 沙漠

延伸片語 **desert town** 沙漠小城

▶ The people who live in that **desert town** see rain only once or twice a year.
住在那個沙漠小城的人一年只見到雨一兩次。

04 **in** 裡、內 + **sert** 參加

insert [ɪn`sɜt] 動 插入

延伸片語 **insert... in / into / between** 添寫、嵌入

▶ This story book will be more interesting to children if we **insert more illustrations into** it.
這本故事書若是嵌入多一點插圖就會更吸引孩童們。

05 **re** 再、又 + **as** 向、朝 + **sert** 參加

reassert [riə`sɜt] 動 再次斷言

延伸片語 **reassert itself** 重新發揮作用

▶ She didn't buy the designer bag because her will power **reasserted itself** in the end.
由於最後她的自制力發揮作用，她並沒有買下那個名牌包。

還有更多與「sert」同語源的字根所延伸的單字

sert 的變化形：seri

serial（一直參加的）	連續的
exert（逼著參加）	施（壓力）
series（一直加進來）	系列、續（集）

serv(e) 字根篇 服務

🎧 *Track 105*

瞭解這個字根，你就能學會以下單字：

❶ conserve
❷ deserve
❸ preserve
❹ reserve
❺ subservient
❻ servitude

01 con 共同、聚 + serve 服務

conserve [kən`sɝv] 動 保存

延伸片語 **fruit conserve** 水果蜜餞

▶ The hostess served her guests with her homemade cranberry **fruit conserve**.
女主人為賓客端上她自製的小紅莓水果蜜餞。

02 de 去除 + serve 服務

deserve [dɪ`zɝv] 動 應得（賞、罰）

延伸片語 **get what one deserves** 罪有應得

▶ To the satisfaction of everyone, the bully finally **gets what he deserves**.
那個惡棍總算罪有應得，真是大快人心。

03 pre 事前 + serve 服務

preserve [prɪ`zɝv] 動 保存

延伸片語 **preserve... from...** 保護某物免於……

▶ Salt **preserves meat from** rotting.
鹽能保存肉類，使其免於腐壞。

04 | re 加強 + serve 服務

reserve [rɪˋzɝv] 勔 保留

延伸片語 **in reserve** 儲用、儲備

▶ It is important to have some money **in reserve**.
有一些備用的錢是很重要的。

05 | sub 下 + serv 服務 + ient 形容詞字尾

subservient [səbˋsɝvɪənt] 厊 卑屈的

延伸片語 **subservient to...** 對……卑躬屈膝

▶ The man says that he will never be **subservient to** anyone no matter what.
那個人説他絕不會對任何人卑躬屈膝。

06 | serv 服務 + i + tude 名詞字尾

servitude [ˋsɝvəˏtjud] 名 奴役狀態

延伸片語 **in servitude** 被奴役

▶ Some people spent their lives **in servitude**.
有些人一輩子被奴役。

> 還有更多與「serv(e)」同語源的字根所延伸的單字

servile （與服務有關的）	低下的、奴役的
service （服務）	幫助、效勞

sid(e) 字根篇 坐

🔊 *Track 106*

瞭解這個字根，你就能學會以下單字：

❶ assiduous
❷ dissident
❸ president
❹ preside
❺ reside
❻ residue

---

01 as 加強 + sid 坐 + uous 形容詞字尾

assiduous [ə`sɪdʒʊəs] 形 勤勞的

延伸片語 **assiduous attempts** 刻苦努力

▶ All her teachers are impressed by her **assiduous attempts** to learn.
她所有的師長都對她刻苦努力的學習態度印象深刻。

---

02 dis 分開 + sid 坐 + ent 人

dissident [`dɪsədənt] 名 異議者

延伸片語 **dissident voice** 持不同意見者的聲音

▶ A good leader should be tolerant to **dissident voices**.
一個好的領導者應能包容不同意見者的聲音。

---

03 pre 前面 + sid 坐 + ent 人

president [`prɛzədənt] 名 總統

延伸片語 **vice president** 副總統

▶ The **vice president** took the president's position after the president was assassinated.
副總統在總統被刺殺後繼任總統的職位。

04 pre 前方 + side 坐

preside [prɪˋzaɪd] 動 主掌

延伸片語 **preside at / over** 主持、負責

▶ Jonathan is going to **preside at** the next weekly meeting.

強納森將要主持下一次的週會。

05 re 返、回 + side 坐

reside [rɪˋzaɪd] 動 定居

延伸片語 **reside in** 居住於

▶ My grandparents **reside in** Shanghai.

我的祖父母住在上海。

06 re 回、返 + sid 坐 + ue 物品

residue [ˋrɛzəˌdju] 名 殘餘

延伸片語 **the residue of food** 食物殘渣

▶ She always scraped **the residue of food** from the plates before doing the dishes.

她總是在洗碗盤前先將盤子上的食物殘渣刮掉。

還有更多與「sid(e)」同語源的字根所延伸的單字

subside（在下方坐）	沒落
subsidy（下面＋坐＋名詞字尾）	補貼金
insidious（坐在裡面的）	狡詐的
resident（一再回去坐的人）	居民

sign

字根篇

記號、標記

🔊 *Track 107*

瞭解這個字根，你就能學會以下單字：

❶ assign
❷ consign
❸ design
❹ designate
❺ resign
❻ signify

01

as 向、朝 + **sign** 記號、標記

assign [ə`saɪn] 動 分派

延伸片語 **assign... to...** 將……分派給……

▶ The intern was **assigned to** the stockroom.
該實習生被派到倉庫工作。

02

con 加強 + **sign** 標記

consign [kən`saɪn] 動 委託

延伸片語 **consign... to...** 將……委託給……

▶ The mother **consigned her son to** a relative.
那個媽媽將兒子委託給一個親戚。

03

de 往下 + **sign** 記號

design [dɪ`zaɪn] 動 設計

延伸片語 **interior design** 室內設計

▶ He quit his lawyer job and went into **interior design**.
他辭去了律師的工作，開始從事室內設計。

04

de 往下 + **sign** 記號 + **ate** 進行一項行為

designate [ˈdɛzɪɡˌnet] 動 指派

延伸片語 the... designate ……指定人選

▶ As the minister designate, John attracts attention wherever he goes.
身為部長的指定人選，約翰無論到哪兒都是眾人焦點。

05

re 返、再 + **sign** 標記

resign [rɪˈzaɪn] 動 辭職

延伸片語 resign to one's fate 聽天由命

▶ Mary lived a tough life but she never resigned to her fate.
瑪莉生活艱困，卻從不聽天由命。

06

sign 記號 + **ify** 使……成為

signify [ˈsɪɡnəˌfaɪ] 動 有……的意思

延伸片語 signify nothing 沒有任何象徵意義

▶ His words signified nothing. Don't read too much into it.
他講的話沒什麼象徵意義，不要想太多。

" 還有更多與「sign」同語源的字根所延伸的單字 "

sign （某人做標記）	簽名
signal （記號的）	訊號、暗號
cosign （一起做標記）	聯合簽署保證
assignment （被分派到的東西）	課外作業

sist 字根篇 抵擋、站立

🎧 *Track 108*

瞭解這個字根，你就能學會以下單字：

❶ assist
❷ consist
❸ insist
❹ persist
❺ resist
❻ subsist

01 as 向、朝 + sist 站立

assist [əˋsɪst] 動 幫忙

延伸片語 **assist in** 在……協助

▶ He **assisted** his professor **in** his research.
他協助他的教授做研究。

02 con 共同、聚 + sist 站立

consist [kənˋsɪst] 動 由……組合而成

延伸片語 **consist of** 由……組合而成

▶ My family **consists of** my dad, my mom, my brother and me.
我的家庭由父母、哥哥和我組成。

03 in 內 + sist 抵擋

insist [ɪnˋsɪst] 動 堅持

延伸片語 **insist on doing...** 堅持繼續做……

▶ No matter what others say, he **insists on going** alone.
無論大家怎麼説，他還是堅持要自己前往。

04/ per 貫穿 + sist 抵擋

persist [pə`sɪst] 勯 堅持

延伸片語 persist in 堅持

▶ He persisted in trying to make friends with the cat even though the cat continued to ignore him.

他堅持要試著跟這隻貓作朋友，雖然這隻貓完全不領情。

05/ re 加強 + sist 抵擋

resist [rɪ`zɪst] 勯 反抗

延伸片語 resist disease 抵抗疾病

▶ You should strengthen your immunity in order to resist diseases.

你應該增強你的免疫力以抵抗疾病。

06/ sub 下 + sist 站立

subsist [səb`sɪst] 勯 生存

延伸片語 subsist on 靠……活下去

▶ It is a disaster that the survivors from the shipwreck had to subsist on the dead bodies of their companions.

船難的倖存者必須吃同伴的屍體才能生存下去，真是人間慘劇。

還有更多與「sist」同語源的字根所延伸的單字

desist （解除站立的狀態）	停止
assistant （站在旁邊的人）	助手
persistent （能夠始終站立著的）	持久的
exist （往外抵擋）	生存

soci 字根篇 交際、陪伴

🎵 *Track 109*

瞭解這個字根,你就能學會以下單字:

❶ antisocial
❷ associate
❸ consociate
❹ dissociate
❺ sociable
❻ social

01 anti 反 + soci 交際 + al ……的

antisocial [ˌæntɪˋsoʃəl] 形 反社會的

延伸片語 **antisocial personality disorder** 反社會人格症候群

▶ The boy has **antisocial personality disorder** and doesn't like to talk to people.
那個男孩有反社會人格症候群,不喜歡跟別人講話。

02 as 向、朝 + soci 交際 + ate 使……成為

associate [əˋsoʃɪet] 動 聯想

延伸片語 **associate professor** 副教授

▶ Dr. Lin is an **associate professor** of Anthropology in Harvard University.
林博士是哈佛大學的人類學副教授。

03 con 共同、聚 + soci 交際 + ate 使……成為

consociate [kənˋsoʃɪet] 動 聯合

延伸片語 **consociate member** 合夥人

▶ We were introduced to all the **consociate members** of his business at the reception.
他在招待會上把我們介紹給他事業上的合夥人。

04 dis 不、否 + soci 陪伴 + ate 使……成為

dissociate [dɪˈsoʃˌet] 動 分開

延伸片語 dissociate oneself from... 否認與……有關係

▶ All his friends **dissociated themselves from** him after he committed murder.
他殺了人後，所有的朋友馬上撇清與他之間的關係。

05 soci 交際 + able 能夠……的

sociable [ˈsoʃəbl] 形 善交際的

延伸片語 a sociable chat 社交性的談話

▶ Making new friends is not that hard. A **delightful sociable chat** is a good start.
交新朋友並不難，一場愉快的社交性談話就是個好的開始。

06 soci 交際 + al ……的

social [ˈsoʃəl] 形 社會的

延伸片語 social climber 攀龍附鳳者、攀附權貴向上爬者

▶ A **social climber** like him won't give up on the opportunity to marry a rich woman. 他那種攀龍附鳳的傢伙不會放棄娶有錢女人的機會。

❝ 還有更多與「soci」同語源的字根所延伸的單字 ❞

soci 的變化形：socio

sociology （社會學科的）	社會學
sociologist （與社會學有關的人）	社會學家
sociopolitical （社會學＋政治的）	社會政治的

solv(e) 字根篇 釋放

🔊 *Track 110*

瞭解這個字根，你就能學會以下單字：

❶ absolve
❷ dissolve
❸ dissolvable
❹ resolve
❺ solvent
❻ solver

01 ab 離開 + solve 釋放

absolve [əbˋsɑlv] 動 寬恕

延伸片語 absolve sb. from sth. 宣告……無罪；赦免…的罪

▶ All prisoners were absolved from their crimes.
所有犯人都被免除了他們的罪責。

02 dis 不、除去 + solve 釋放

dissolve [dɪˋzɑlv] 動 溶解

延伸片語 dissolve into laughter 忍不住笑起來

▶ The girls dissolved into laughter when hearing the joke.
女孩們聽到那個笑話忍不住笑了起來。

03 dis 不、除去 + solv 釋放 + able 能夠……的

dissolvable [dɪˋzɑlvəbl] 形 可溶解的

延伸片語 dissolvable stitches 可分解的手術用縫線

▶ Dissolvable stitches have gradually replaced traditional stitches in modern surgeries.
可分解的手術用縫線已經漸漸在現代手術中取代了傳統縫線。

04 re 再 + solve 釋放

resolve [rɪ`zɑlv] 動 解決

延伸片語 **resolve to...** 決心做……

▶ Helen **resolved to** job-hop to that computer company for a higher salary.
海倫決心為了較高的薪水跳槽到那家電腦公司去。

05 solv 釋放 + ent 狀態

solvent [`sɑlvənt] 名 解決方法

延伸片語 **solvent abuse** 吸食強力膠

▶ Their only son died of **solvent abuse** at the age of 17.
他們的獨子在十七歲時因過量吸食強力膠而死。

06 solv 釋放 + er 人

solver [`sɑlvɚ] 名 解決者

延伸片語 **solver of problem** 解決問題者

▶ Who was the **solver of this difficult problem**?
誰是解決了這個難題的人？

❝ 還有更多與「solv(e)」同語源的字根所延伸的單字 ❞

solv(e) 的變化形：solu、solute

dissolute （去除限制、全然釋放）	放蕩的
resolute （從釋放的狀態返回）	堅定
soluble （可以解除的）	可被溶解的
absolute （遠離＋釋放）	絕對的

son 字根篇 聲音

🔊 *Track 111*

瞭解這個字根，你就能學會以下單字：

❶ consonant
❷ dissonant
❸ resonate
❹ sonata
❺ sonic
❻ unison

01

con 共同、聚 + **son 聲音** + **ant 容詞字尾**

consonant [ˈkɑnsənənt] 形 一致的

延伸片語 **voiceless consonant** 無聲子音

▶ "p" is a **voiceless consonant** while "b" is a voiced consonant.

「p」是無聲子音，而「b」是有聲子音。

02

dis 不、否 + **son 聲音** + **ant 形容詞字尾**

dissonant [ˈdɪsənənt] 形 不一致的

延伸片語 **dissonant chord** 不和諧的和絃

▶ The **dissonant chords** that he's playing sound really uncomfortable.

他彈出的不和諧和絃聽起來真不舒服。

03

re 回、返 + **son 聲音** + **ate 使**

resonate [ˈrɛzəˌnet] 動 (使) 回響

延伸片語 **resonate with...** 充滿

▶ The whole church **resonated with** the beautiful sound of the choir's singing.

整個教堂充滿了唱詩班的美麗歌聲。

04 **son** 聲音 + **ata** 曲子

sonata [sə`natə] 名 奏鳴曲

延伸片語 **piano sonata** 鋼琴奏鳴曲

▶ Jennifer played a **piano sonata** to entertain the guests after dinner.
珍妮佛在晚餐後彈了一曲鋼琴奏鳴曲以饗賓客。

05 **son** 聲音 + **ic** ……的

sonic [`sɑnɪk] 形 音速的

延伸片語 **sonic barrier** 音障

▶ Do you know that the first flyer to officially break the **sonic barrier** was Chuck Yeager?
你知道第一個正式突破音障的飛行者是查克伊格嗎？

06 **uni** 統一 + **son** 聲音

unison [`junəsn] 名 齊奏

延伸片語 **in unison** 一致、同時

▶ "What? Are you crazy?" John and Benny yelled **in unison**.
「什麼？你瘋了嗎？」約翰和班尼異口同聲地大喊。

❝ 還有更多與「son」同語源的字根所延伸的單字 ❞

sonorous （聲音大的）	（聲音）響亮的
supersonic （超越聲音的）	超音速的
assonance （朝同方向的聲音）	諧音
soniferous （帶來聲音的）	傳聲的

spect 字根篇 看

🔊 Track 112

瞭解這個字根，你就能學會以下單字：

❶ conspectus
❷ inspect
❸ prospect
❹ respect
❺ retrospect
❻ spectator

01 con 一同 + spect 看 + us 物品

conspectus [kən'spɛktəs] 名 要領

延伸片語 conspectus methodology 大綱方法論

▶ The conspectus methodology plays an important role in collection development and collection evaluation.

大綱方法論在館藏發展及館藏評鑑中佔有重要地位。

02 in 內、裡 + spect 看

inspect [ɪn'spɛkt] 動 視察

延伸片語 inspect... for... 為……進行審查

▶ The doctor inspected the patient carefully for lesions.

醫生為尋找病灶仔細檢查病人。

03 pro 往前 + spect 看

prospect ['prɑspɛkt] 名 前景

延伸片語 prospect of... 對……的期盼

▶ Linda is excited about the prospect of seeing her twin sister whom she has never met.

琳達對於即將見到未曾謀面的雙胞胎姐姐感到相當興奮。

04 re 再 + spect 看

respect [rɪˋspɛkt] **動** 尊敬

延伸片語 **have respect for** 尊敬（某人）

▶ He has a lot of respect for the local volunteers.
他非常尊敬當地的志工們。

05 retro 往後 + spect 看

retrospect [ˋrɛtrəˏspɛkt] **名** 回溯

延伸片語 **in retrospect** 回顧；追溯往事

▶ Their married life seems pretty unhappy in retrospect.
他們的婚姻生活回想起來似乎很不幸福。

06 spect 看 + ator 人

spectator [spɛkˋtetə] **名** 目擊者

延伸片語 **spectator sport** 群眾愛看的運動

▶ Baseball is a spectator sport in this country.
棒球在這個國家是一個群眾愛看的運動。

" 還有更多與「spect」同語源的字根所延伸的單字 "

spect 的變化形：spec、spic

despicable（讓人看不起的）	低劣的，令人討厭的
despise（往下看）	瞧不起，討厭
perspicacious（看穿的）	有領悟力的
specimen（讓人看的物品）	樣本

spir(e) 字根篇 呼吸

🔵 *Track 113*

瞭解這個字根，你就能學會以下單字：

❶ aspirate
❷ aspire
❸ conspiracy
❹ inspire
❺ perspire
❻ respire

01 a 向、朝 + spir 呼吸 + ate 使……成為

aspirate [ˈæspəˌret] 動 吐氣

延伸片語 **aspirate the bone marrow** 骨髓穿刺

▶ The doctor decided to **aspirate the patient's bone marrow** in order to make correct diagnosis.
為了做正確的診斷，醫生決定為病人做骨髓穿刺。

02 a 向、朝 + spire 呼吸

aspire [əˈspaɪr] 動 嚮往

延伸片語 **aspire to** 渴望

▶ He used to **aspire to** become a singer.
他以前渴望成為歌手。

03 con 共同 + spir 呼吸 + acy 名詞字尾

conspiracy [kənˈspɪrəsɪ] 名 共謀

延伸片語 **conspiracy theory** 陰謀論

▶ This professor is interested in **conspiracy theories** and often posts about them online.
這個教授對陰謀論很感興趣，經常在網路上發表關於這個話題的文章。

04 in 往內 + spire 呼吸

inspire [ɪn'spaɪr] 勔 激發靈感

延伸片語 inspire... in someone 使人產生某種感覺

▶ The encouraging letter from his father inspired confidence in John.
父親所寫的鼓勵信件激起了約翰的信心。

---

05 per 全部 + spire 呼吸

perspire [pə'spaɪr] 勔 出汗

延伸片語 perspiring hands 出汗的手

▶ His perspiring hands really bother him.
手會出汗這件事讓他很困擾。

---

06 re 再 + spire 呼吸

respire [rɪ'spaɪr] 勔 呼吸

延伸片語 respire oxygen 呼吸氧氣

▶ The new species we discovered respires oxygen like humans.
我們發現的新品種和人類一樣呼吸氧氣。

❝ 還有更多與「spir(e)」同語源的字根所延伸的單字 ❞

spir(e) 的變化形：spiro

conspire （一起呼吸）	共謀
expire （往外呼吸）	吐氣
spirit （呼吸＋走動）	靈魂
spirograph （呼吸＋寫）	呼吸運動紀錄器

struct 字根篇 建造

🔊 Track 114

瞭解這個字根，你就能學會以下單字：

❶ construct   ❹ obstruct
❷ destruct   ❺ structure
❸ infrastructure   ❻ superstructure

01 con 一同 + struct 建造

construct [kən'strʌkt] 勔 建構

延伸片語 construct a website 建購網站

▶ This is a book which teaches you how to **construct a website**.
這是一本教你如何建購網站的書。

02 de 去除 + struct 建造

destruct [dɪ'strʌkt] 形 破壞的

延伸片語 self-destruct 自毀、自爆

▶ The computer program was designed to **self-destruct** when it is hacked.
這個程式的設計是當電腦被入侵時便會自毀。

03 infra 下面 + struct 建造 + ure 名詞字尾

infrastructure ['ɪnfrə,strʌktʃə]
名 公共建設

延伸片語 national infrastructure 國家基礎建設

▶ The lack of **national infrastructure** in this country is a result of the government being quite poor.
因為政府沒什麼錢，所以國家基礎建設非常缺乏。

04/ **ob** 反 + **struct** 建造

obstruct [əb`strʌkt] 動 阻斷（道路等）

延伸片語 **obstruct the way** 擋路

▶ Try not to **obstruct the way** of the moving workers.
盡量不要擋到搬家工人的路。

05/ **struct** 建造 + **ure** 名詞字尾

structure [`strʌktʃə] 名 結構

延伸片語 **interior structure** 內部結構

▶ The building is famous for its **interior structure**.
這個建築物以其內部結構而聞名。

06/ **super** 在……之上 + **struct** 建造 + **ure** 名詞字尾

superstructure [`supə͵strʌktʃə]
名 上層建築

延伸片語 **base and superstructure** 社會底層
與上層結構的關係

▶ The professor discussed the **base and superstructure** in India with the students in class. 教授與學生在課堂上討論印度社會底層
與上層結構之關係。

> ❝ 還有更多與「struct」同語源的字根所延伸的單字 ❞

struct 的變化形：stru

construe （一起建造）	分析
misconstrue （錯誤的解釋）	誤解
instrument （幫助建構的東西）	工具，器具
destructible （破壞＋能夠……的）	易被摧毀的

tain 字根篇 握

🔊 *Track 115*

瞭解這個字根，你就能學會以下單字：

❶ attain   ❹ obtain
❷ contain   ❺ retain
❸ maintain   ❻ sustain

01 at 加強 + tain 握

attain [əˋten] 動 達成

延伸片語 **attain a height of...** 達到……的高度

▶ It's shocking that the ten-year-old boy has already **attained a height of** 180 centimeters.
這個十歲男孩已經達到 180 公分高了，真是嚇人。

02 con 共同 + tain 握

contain [kənˋten] 動 包含

延伸片語 **self-contained** 獨立的；自給的

▶ It is a small but **self-contained** country.
它是個面積小卻能自給自足的國家。

03 main 手部 + tain 握

maintain [mənˋten] 動 維持

延伸片語 **maintain good relations with...**
與……保持良好關係

▶ It is important to **maintain good relations with** your neighbors.
與鄰居保持良好關係是很重要的。

04/ ob 反、對向 + tain 握

obtain [əb`ten] 圓 獲取

延伸片語 **obtain information** 獲取資訊

▶ A good spy should be able to **obtain information** without being noticed.
一個優秀的間諜應該要能在不被注意到的狀況下獲取資訊。

05/ re 返、回 + tain 握

retain [rɪ`ten] 圓 保持

延伸片語 **retain a memory of...** 保有……的記憶

▶ I still **retain a clear memory of** my childhood.
我們仍對童年時光有著清晰的記憶。

06/ sus 底下 + tain 握

sustain [sə`sten] 圓 承擔

延伸片語 **be sustained by facts** 有事實證明

▶ I won't believe a theory that **isn't sustained by facts**.
我不會相信沒有事實證明的假說。

還有更多與「tain」同語源的字根所延伸的單字

tain 的變化形：ten、tin

pertinacious （完全握住的）	固執的
tenable （握＋能夠的）	可維持的
tenacious （有握住的性質的）	緊握不放的
tenant （握住、持有的人）	承租人

tend 字根篇 伸

🔊 *Track 116*

瞭解這個字根，你就能學會以下單字：

❶ attend
❷ contend
❸ distend
❹ extend
❺ intend
❻ tendency

---

01 at 向、朝 + tend 伸

attend [ə'tɛnd] 勔 參加

延伸片語 **attend to** 照料

▶ Gary has to **attend to** his sick brother and therefore can't come to the party.
蓋瑞必須照顧生病的弟弟，所以不能來參加派對。

---

02 con 共同、一起 + tend 伸

contend [kən'tɛnd] 勔 競爭

延伸片語 **contend with** 對付、處理

▶ The customer center has to **contend with** complaints from their customers.
顧客服務中心必須處理顧客的抱怨和投訴。

---

03 dis 分散 + tend 伸

distend [dɪ'stɛnd] 勔 膨脹

延伸片語 **distended tummy** 腹部腫脹

▶ The child with a **distended tummy** is seriously undernourished.
那個腹部腫脹的小孩有嚴重的營養不良。

04 ex 往外 + tend 伸

extend [ɪkˈstɛnd] 動 擴張

延伸片語 extend one's hand in greeting
伸出手表示歡迎

▶ The man **extended his hands in greeting** when he welcomed his guests.
男子迎接賓客時,伸出手表示歡迎。

05 in 裡、內 + tend 伸

intend [ɪnˈtɛnd] 動 想要

延伸片語 intend to... 打算做……

▶ I had **intended to** get up early today, but the alarm didn't go off.
我今天本來打算早起的,但鬧鐘沒響。

06 tend 伸 + ency 名詞字尾

tendency [ˈtɛndənsɪ] 名 趨勢

延伸片語 a tendency towards sth.
偏好……;有……的傾向

▶ Jack has a **tendency towards** eating sweet food.
傑克偏好吃甜食。

" 還有更多與「tend」同語源的字根所延伸的單字 "

tend 的變化形:tens、tent、tense

intensive (向內伸的)	加強的、密集的
extensive (往外伸的)	廣泛的
contention (一起伸張)	爭辯
attentive (向某方向伸的)	注意力集中的

test 字根篇 證據

🔊 *Track 117*

瞭解這個字根，你就能學會以下單字：

❶ attest
❷ contest
❸ detest

❹ protest
❺ testate
❻ testify

01 at 向、朝 + test 證據

attest [əˈtɛst] 動 證明

延伸片語 **attest to** 證明

▶ He is the only person to **attest to** the truth of this statement.

他是唯一能證明這點是否真實的人。

02 con 一同 + test 證據

contest [ˈkɑntɛst] 動 競爭

延伸片語 **singing contest** 歌唱比賽

▶ I won a **singing contest** in my school back when I was young.

我年輕時曾贏過學校的歌唱比賽。

03 de 去除 + test 證據

detest [dɪˈtɛst] 動 痛恨

延伸片語 **detest doing...** 憎恨做某事

▶ Sarah **detests babysitting** her sister's children.

莎拉討厭幫她姊姊帶小孩。

04 pro 往前的 + test 證據

protest [prəˈtɛst] **名 反抗**

延伸片語 **protest rally** 抗議大會

▶ The workers who got laid off decided to stage a **protest rally**.
被裁員的工人決定舉行抗議大會。

05 test 證據 + ate 具……性質的

testate [ˈtɛstet] **形 留有遺囑的**

延伸片語 **to die testate** 死時已留有遺囑

▶ A person who **dies testate** can keep his children from fighting over his property.
一個死時留有遺囑的人可讓子孫免於爭奪財產。

06 test 證據 + ify 動詞字尾

testify [ˈtɛstəˌfaɪ] **動 證實**

延伸片語 **testify to** 證明

▶ I can **testify to** his words.
我可以證明他所說的為真。

還有更多與「test」同語源的字根所延伸的單字

testament （具證據的性質）	證據
attestor （提出證明的人）	證人
contestable （一起作證＋能夠的）	可爭辯的

thesis 字根篇 放置

🌀 *Track 118*

瞭解這個字根，你就能學會以下單字：

❶ antithesis
❷ hypothesis
❸ metathesis
❹ photosynthesis
❺ synthesis
❻ paraenthesis

---

01 anti 反 + thesis 放置

antithesis [æn`tɪθəsɪs] 名 對照

延伸片語 **the antithesis of good and evil** 善惡之間的對立

▶ The director wants to **emphasize on the antithesis of good and evil** in this film.
導演希望在這部片中強調善惡之間的對立。

---

02 hypo 底下 + thesis 放置

hypothesis [haɪ`pɑθəsɪs] 名 假設

延伸片語 **based on a hypothesis** 假設的

▶ His whole paper was **based on a hypothesis**.
他的論文全篇都是基於一個假說。

---

03 meta 轉變 + thesis 放置

metathesis [mə`tæθəsɪs] 名 轉換

延伸片語 **metathesis reaction** 交換反應

▶ It is hard to explain what the **metathesis reaction** is to someone who's not good at chemistry.
要向一個不擅長化學的人解釋何謂交換反應是很困難的一件事。

04 photo 光 + syn 聚集 + thesis 放置

photosynthesis [ˌfotəˈsɪnθəsɪs]
名 光合作用

延伸片語 **photosynthesis process** 光合作用過程

▶ In the **photosynthesis process**, light energy is converted into chemical energy.
光能在光合作用的過程中轉換成化學能。

05 syn 聚集 + thesis 放置

synthesis [ˈsɪnθəsɪs] 名 綜合

延伸片語 **speech synthesis** 語音合成

▶ With **speech synthesis**, a robot can speak human languages.
有了語音合成技術，機器人就會說人類的語言了。

06 par 側邊 + en 在……裡面 + thesis 放置

parenthesis [pəˈrɛnθəsɪs] 名 括弧

延伸片語 **add parentheses** 加上括弧

▶ You should **add parentheses** to this part of the sentence.
這個句子的這個部分應該加上括弧才對。

❝ 還有更多與「thesis」同語源的字根所延伸的單字 **❞**

prosthesis （增加＋放置）	人工器官
metathesize （變換位置）	（字）換位

273

ton(e)

字根篇
聲音

 Track 119

瞭解這個字根，你就能學會以下單字：

❶ atonal
❷ intonation
❸ intone
❹ tonal
❺ monotonous

01 a 沒、無 + ton 聲音 + al ……的

atonal [e`tonl] 形 【音】不成調性的

延伸片語 **atonal music** 無調性音樂

▶ **Atonal music** can actually sound good even if the name suggests otherwise.
雖然「無調性音樂」這個名字聽起來不太悅耳，但其實無調性音樂也有可能蠻好聽的。

02 in 在……內部 + ton 聲音 + ation 名詞字尾

intonation [ˌɪntoˋneʃən] 名 聲調

延伸片語 **musical intonation** 悅耳的語調

▶ The children recite the poems with **musical intonation**.
孩童們以悅耳的語調朗誦詩歌。

03 in 在……內部 + tone 聲音

intone [ɪnˋton] 動 詠唱

延伸片語 **intone the anthem** 吟詠讚美詩

▶ Everyone was overwhelmed by the beautiful voice **intoning the anthems**.
所有人都被吟詠讚美詩的美麗歌聲感動得不得了。

04

ton 聲音 ＋ **al** ……的

tonal [ˋtonl] 形 音調的

延伸片語 **a tonal language** 有音調的語言

▶ **A tonal language** such as Chinese is difficult for a foreigner to learn.

一個像中文這樣有音調的語言，對外國人來說很難學。

05

mono 單一 ＋ **ton** 聲音 ＋ **ous** ……的

monotonous [məˋnɑtənəs] 形 無聊的、沒變化的

延伸片語 **monotonous diet** 單調的飲食

▶ He is sick of the **monotonous diet** in the school cafeteria.

他厭倦了學校餐廳的單調飲食。

❝ 還有更多與「ton(e)」同語源的字根所延伸的單字 ❞

baritone （重的聲音）	男中音
overtone （超過範圍的聲音）	泛音
semitone （半的＋聲音）	（音樂）半音程
undertone （底下的聲音）	潛在的含義

tort 字根篇 扭曲

🔊 *Track 120*

瞭解這個字根，你就能學會以下單字：

❶ contort
❷ distort
❸ extort
❹ retort
❺ tortuous
❻ torture

01 con 一起 + tort 扭曲

contort [kənˋtɔrt] 動 扭曲

延伸片語 **contorted with fury** 因暴怒而扭曲

▶ The man's face was **contorted with fury** when he found his son stealing his money.
發現兒子偷錢讓男人的臉因暴怒而扭曲。

02 dis 離開 + tort 扭曲

distort [dɪsˋtɔrt] 動 扭曲（事實等）

延伸片語 **distort the facts** 歪曲事實

▶ He totally **distorted the facts** when describing what happened.
他在描述發生了什麼事時，完全歪曲了事實。

03 ex 出 + tort 扭曲

extort [ɪkˋstɔrt] 動 敲詐

延伸片語 **extort... from...** 向……敲詐、勒索

▶ The man tried to **extort a great amount of money from** the successful businessman.
那男人試圖向那個成功的生意人勒索一大筆錢。

04 re 再、返 + tort 扭曲

retort [rɪ'tɔrt] 勔 反駁

延伸片語 **retort pouch** 真空殺菌調理包;蒸煮袋

▶ The food company makes a fortune by selling their products in **retort pouches**.
該食品公司以調理包販售他們的產品而發了大財。

05 tort 扭曲 + uous 形容詞字尾

tortuous ['tɔrtʃʊəs] 刡 繞圈子的

延伸片語 **tortuous colon** 曲折的結腸

▶ The doctor uses a colonoscopy to inspect the patient's **tortuous colon**.
醫生用結腸鏡檢視病人彎彎曲曲的結腸。

06 tort 扭曲 + ure 行為

torture ['tɔrtʃɚ] 勔 折磨

延伸片語 **under torture** 受到酷刑、折磨

▶ Frank confessed to false charges **under torture**.
法蘭克被屈打成招。

還有更多與「tort」同語源的字根所延伸的單字

torment(扭轉+名詞字尾)	痛苦
extortioner(出+扭曲+人)	敲詐的人

tract 字根篇 拉

🎵 *Track 121*

瞭解這個字根，你就能學會以下單字：

❶ attract　　　　❹ extract
❷ contract　　　　❺ retract
❸ distract　　　　❻ subtract

01 at 向 + tract 拉

attract [əˈtrækt] 動 吸引

延伸片語 **opposites attract** 異性相吸

▶ The reason shy Nathan is friends with loud Peter is that **opposites attract**.
害羞奈森跟大聲公彼得是好朋友，是因為異性相吸。

02 con 共同 + tract 拉

contract [ˈkɑntrækt] 名 合約

延伸片語 **sign a contract** 簽合約

▶ Did you read everything carefully before **signing the contract**?
你簽合約之前有把所有內容仔細看過嗎？

03 dis 分開 + tract 拉

distract [dɪˈstrækt] 動 使……分心

延伸片語 **distract... from...** 使從……分心

▶ The noise from the street **distracted the boy from** his book.
街上的吵鬧聲使男孩無法專心看書。

04

ex 往外 + tract 拉

ex**tract** [ɪk`strækt] 勔 提煉

延伸片語 **extract from** 提煉；摘選

▶ The story that he told you was **extracted from** this book.
他所告訴你的故事是從這本書摘選出來的。

05

re 回、返 + tract 拉

re**tract** [rɪ`trækt] 勔 撤銷

延伸片語 **retract a promise** 食言

▶ It is unwise to believe a man who tends to **retract his promises**.
相信一個老是食言的人是很愚蠢的。

06

sub 在……下面 + tract 拉

sub**tract** [səb`trækt] 勔 刪減

延伸片語 **subtract from** 從……減去

▶ **Subtract seven from** twelve and you get five.
十二減七等於五。

❝ 還有更多與「tract」同語源的字根所延伸的單字 ❞

tractable（能夠被拉動的）	溫馴的
protract（往前拉）	延長
tractor（用來拉的物品）	牽引機
detract（往下拉）	貶損

turb 字根篇 攪動

🔊 *Track 122*

瞭解這個字根，你就能學會以下單字：

❶ disturb
❷ perturb
❸ turbid
❹ turbine
❺ turbulence
❻ turmoil

01 dis 分開 + turb 攪動

isturb [dɪs`tɜb] 動 打亂

延伸片語 **disturb sb's sleep** 擾人清夢

▶ Turn down the radio so that it won't **disturb your father's sleep**.
將收音機音量關小免得打擾你爸爸睡覺。

02 per 橫過 + turb 攪動

perturb [pɚ`tɜb] 動 使……心煩

延伸片語 **perturbed at / about sth.** 對……感到焦慮不安

▶ I'm a bit **perturbed about** the strange noise coming from outside.
外面傳來的奇怪聲音讓我感到焦慮不安。

03 turb 攪動 + id ……狀態的

turbid [`tɜbɪd] 形 混亂

延伸片語 **turbid stream** 濁流

▶ Fish can hardly live in this **turbid stream**.
魚兒難以在這條混濁的溪流中生存。

turb 攪動 + **ine** 名詞字尾

turbine [ˋtɝbɪn] 名 渦輪機

延伸片語 **wind turbine** 風力渦輪發電機

▶ **Wind turbines** are widely used in generating electricity in wind farms.
風車農場使用大量的風力發電機來發電。

 turb 攪動 + **ulence** 名詞字尾

turbulence [ˋtɝbjələns] 名 騷動

延伸片語 **go through turbulence** 通過亂流

▶ We felt the plane vibrating violently when it was **going through turbulence**.
當飛機飛過亂流時，我們感到飛機劇烈地震動。

turb 攪動 + **moil** 翻騰

turbmoil [ˋtɝmɔɪl] 名 混亂

延伸片語 **in turmoil** 一片混亂

▶ Egypt is **in turmoil** now.
埃及現在一片混亂。

❞ 還有更多與「turb」同語源的字根所延伸的單字 ❞

turb 的變化形：tumb

| tumble（被攪動的） | 摔倒 |

ven(e)

字根篇
來

🔊 *Track 123*

瞭解這個字根，你就能學會以下單字：

❶ contravene
❷ convene
❸ convention
❹ intervene
❺ provenance
❻ revenue

01 / contra 反 + vene 來

contravene [ˌkɑntrəˋvin] 動 違反
（法律、規定）

延伸片語 **contravene military disciplines**
違反軍紀

▶ Those who **contravene military disciplines**
will be seriously punished.
違反軍紀者將受嚴厲懲處。

02 / con 一併 + vene 來

convene [kənˋvin] 動 集合、集會

延伸片語 **convene a meeting** 召集會議

▶ The director **convened an emergency meeting**
to discuss what countermeasures to take.
主任召開緊急會議以籌商對策。

03 / con 一併 + ven 來 + tion 名詞字尾

convention [kənˋvɛnʃən] 名 大會、集會

延伸片語 **traditional convention** 傳統習俗

▶ Giving out red envelopes during Lunar New
Year is a **traditional convention**.
發紅包是農曆新年的一項傳統習俗。

04 inter 在……中間 + vene 來

intervene [ˌɪntɚˈvin] 動 介入、干預

延伸片語 **intervene between** 調停兩者之間

▶ The teacher **intervened between** the two students before they started fighting.
老師在兩位學生打起來之前出來調停。

05 pro 往前 + ven 來 + ance 名詞字尾

provenance [ˈprɑvənəns] 名 出處、由來

延伸片語 **provenance exploration** 種源勘探

▶ After decades of **provenance exploration**, the tribe finally found the origin of their ancestors.
在幾十年的種源勘探後，該部落終於找出他們祖先的出身。

06 re 回、返 + ven 來 + ue 量

revenue [ˈrɛvənju] 名 收入、歲收

延伸片語 **annual revenue** 年營業收入

▶ The **annual revenue** of that company was thirty million dollars last year.
那家公司去年的年營業額為三千萬。

還有更多與「ven(e)」同語源的字根所延伸的單字

ven(e) 的變化形：vent

event （前＋來）	事件
prevent （事前＋來）	防止
advent （朝向這邊來）	來到
circumvent （周圍＋來）	包圍

vert 字根篇 轉

🔊 Track 124

瞭解這個字根，你就能學會以下單字：

❶ controvert
❷ convert
❸ divert
❹ invert
❺ pervert
❻ avert

01 contro 相反 + vert 轉

controvert [ˋkɑntrəˌvɝt] 勔 爭辯、駁斥

延伸片語 a petition to controvert 抗辯請願書

▶ If you wish to make a rebuttal, you need to file a petition to controvert in seven days.
如果你想提出抗辯，就必須在七天內提出抗辯請願書。

02 con 一併 + vert 轉

convert [kənˋvɝt] 勔 轉變

延伸片語 convert to... 改變（宗教信仰）

▶ After the accident, he converted to Buddhism.
在那場意外之後，他就改信佛教了。

03 di 分開 + vert 轉

divert [daɪˋvɝt] 勔 轉向、改變信仰

延伸片語 divert from... 使分心

▶ The loud noise from the street diverted the students from the class.
街上傳來的吵鬧聲讓學生們上課分心。

04 in 裡面 + vert 轉

invert [ɪn`vɜt] 勔 使……倒置、顛倒

延伸片語 invert sugar 轉化糖

▶ My mother always uses invert sugar to make ice cream.
我媽媽總是用轉化糖來做冰淇淋。

---

05 per 貫穿 + vert 轉

pervert [pɚ`vɜt] 勔 使……墮落、腐敗

延伸片語 perverted person 猥褻的人

▶ He doesn't look like a perverted person, but you never know.
他看起來並不像猥褻的人啊，但誰知道呢？

---

06 a 朝向 + vert 轉

avert [ə`vɜt] 勔 避開

延伸片語 avert eyes from 把視線轉開

▶ I had to avert my eyes from the car accident.
我把視線移開，不敢看車禍現場。

> ❝ 還有更多與「vert」同語源的字根所延伸的單字 ❞

vert 的變化形：verse、vers

anniversary（固定一年轉來一次的）	週年紀念日
averse（離開＋轉）	不同意的
diverse（多轉的）	多變化的
reverse（反轉）	倒轉的

viv(e)

字根篇
活、生存

🔊 *Track 125*

瞭解這個字根，你就能學會以下單字：

❶ convivial
❷ revival
❸ revive
❹ survive
❺ vivacious
❻ vivisect

---

01 con 一同 + viv 活 + ial ……的

convivial [kən`vɪvɪəl] 形 歡愉的

延伸片語 convivial nature 歡樂愉快的天性

▶ The woman is attractive not because of her beauty but of her convivial nature.
那女子的魅力在於她歡樂愉快的天性，而非她的美貌。

---

02 re 再、又 + viv 活 + al ……的

revival [rɪ`vaɪvl] 名 復甦、再生

延伸片語 revival meeting 復興佈道會

▶ Mary, a religious Christian, met her significant other in a revival meeting.
虔誠的基督徒瑪莉，在一場復興佈道會上認識了她的另一半。

---

03 re 再、又 + vive 活

revive [rɪ`vaɪv] 動 復活、重生

延伸片語 revive the dead 使死人復活

▶ The psychic claimed that he had the power to revive the dead.
那個通靈者聲稱他有能使死人復活的能力。

04/ sur 於……之上 + vive 生存

survive [sə'vaɪv] 動 生還、倖存

延伸片語 **fight to survive** 為了生存而奮鬥

▶ This book is about people **fighting to survive** during the drought.
這本書講的是旱災時人們為了生存而奮鬥的故事。

05/ viv 活 + acious ……的

vivacious [vaɪ'veʃəs] 形 活潑的、有朝氣的

延伸片語 **a vivacious girl** 有朝氣的女孩

▶ Jenny, **a vivacious girl**, is the most popular student in this class.
珍妮是個有朝氣的女孩,她是這個班上最受歡迎的學生。

06/ vivi 活 + sect 切割

vivisect [ˌvɪvə'sɛkt] 動 活體解剖

延伸片語 **vivisect animals** 動物活體解剖

▶ It is considered cruel and unethical to **vivisect animals**.
活體解剖動物是殘忍而且不道德的。

" 還有更多與「viv(e)」同語源的字根所延伸的單字 **"**

viv(e) 的變化形:vit

| vitamin(生存+胺) | 維他命 |
| vital(活的) | 充滿活力的 |

學了這麼多的字根，想必你能夠看懂的單字肯定大幅增加囉！快來看看以下這三篇文章，比較看看，比起瞭解字根之前的你，現在的你是不是更能輕鬆地看懂落落長的文章內容了呢？如果有不太懂的地方，也要記得翻回去看看喔！

❶ The Elevator Test: A Social Experiment
電梯測驗：一個社會實驗

Researchers have been conducting an ingenious "Elevator Test" all around the city, in which a group of seemingly unrelated persons who happen to be taking the same elevator begin to, for no visible reason, crouch down and stand up again right away, looking completely calm as they do so. These seemingly unrelated persons are, however, actually actors, and in every elevator there is but one innocent, unsuspecting test subject who has no idea what's going on.

The results of the test are quite hilarious—nine times out of ten, the test subject, not wanting to be the odd one out, reacted by crouching down and standing up along with the others, despite having no idea why. Specialists believe that this kind of behavior has a lot to do with humans not wanting to cause discord in social situations, or not wanting to feel excluded from social groups. Humans are, they explain, much more easily influenced by their perception of others than we think.

This experiment was carried out multiple times in different locations, and the recurring finding was that the test subjects, from egocentric-looking divas to diffident little boys, copied the others' movements despite there being no apparent reason for a quick crouching exercise. Quite interesting, don't you think?

中文翻譯

研究人員這一陣子在全市各地舉行了一個相當有創意的「電梯測驗」。這個測驗的內容就是：一群看似無關、只是剛好搭到同一台電梯的人，忽然毫無理由地蹲下又立刻站起來，而且從頭到尾表情都非常平靜。然而，這些其實無關的人士都是演員，而每台電梯中都只有一個完全搞不清楚狀況、只是剛好搭到這台電梯的無辜人士。

測驗的結果非常歡樂，十次有九次實驗對象都不想跟別人不一樣，因此做出了和其他人一樣蹲下又起立的反應，雖然他們根本不知道為什麼要這樣做。專家認為，會出現這種行為是因為人類不希望在社交場合造成不和諧、或者不希望被社交團體孤立。專家說明，人類比我們想的更容易被對其他人的認知給影響。

這個實驗辦了很多次、地點都不同，但一直出現同樣的結果。實驗對象無論是看起來自我中心的女王型人物或膽怯的小男孩，都會模仿其他人的動作，雖然他們實在看不出來大家為何要突然起立蹲下。很有趣，不是嗎？

詳細解析

這篇文章好長，到底在講什麼呢？有一些比較簡單的單字我們看得懂，像是「Elevator Test」是「電梯測驗」。可是電梯測驗到底有什麼重要？測出來的結果又有什麼含意？就從每段的關鍵字來推理看看吧！

第一句出現了 ingenious 這個比較困難的單字。我們學過字根「gen」，意思是「起源、產生」。從句子中看來，

ingenious 是用來形容 Elevator Test 的，那麼到底是什麼形容詞和「起源、產生」有關呢？原來，靈感的「起源」就是需要創意，而 ingenious 這個字的意思就「有創造力的、有創意的」。於是我們從第一句就能判斷，這個「電梯測驗」很有創意。

光是知道這個測驗很創新還不夠，我們總要知道這個測驗的結果有什麼含意。第二段出現了 discord、exclude 這些單字，而且上下文出現了否定的「not」，也就是說，專家認為這個測驗的結果顯示，人們「不想要」discord 和 exclude。這兩個字到底是什麼意思？我們學過了字首「dis-」（相反的），也學過字根「cord」（心），既然意為「和心相反的」，可知 discord 肯定是個「不和諧」、「不順心」的字。我們也學過字首「ex-」（向外）和字根「clude」（關閉），既然意為「關閉在外」，可知 exclude 肯定式個和「孤立」、「排除」有關的單字。因此，我們便可以推測出這個測驗的結果告訴我們，人們不想要造成不和諧的感覺，也不喜歡被孤立。

接下來，文中又提到 influence 和 perception 兩個字。我們學過字根「flu」（流），而 influence 的意思就是「被別人影響了而產生流動改變」；我們也學過字根「cept」（取得），而 perception 的意思則是「取得資訊」，也就是「認知」。於是，我們就知道這個測驗能夠表示「人們會被認知到的資訊所影響而做出改變」。

最後一段中，提到「各種不同的 location」、recur、egocentric、diffident 這些單字。我們學過字根 loc 的意思是「地點」，location 其實就是 loc 加上名詞字尾，也就是說這個單字的意思就是「地點」，而且是「名詞」。我們也學過字根「cur」的意思是「跑」，加上字首「re-」（再），可知 recur 有「再度跑出來、再度發生」的意思。字根「ego」（自我）我們也學過，加上表達「中心的」的「centric」，意為「自我中心的」。字根「fid」（相信）我們也學過，加上表達「不」的「dif」，意為「缺乏自信的」。綜合看來，就可以知道這段的大意是：「這個電梯實驗在各種不同的地點都施行過，無論對象是自我中心的人，還是缺乏自信的人，同樣的情況都再度發生（結果很一致）」。

這麼一來，我們對於電梯測驗就有基本的瞭解了：這個測驗的結果告訴我們，人們容易被認知到的資訊影響、改變行動，而之所以會這樣，是因為不希望造成不和諧、不希望被孤立。這個測驗無論是在哪個地點、針對怎樣的對象，做出來的結果都是很一致的。是不是很全面呢？只要

認真學習字根，就能從幾個字推斷出文章完整的大意囉！

★字根 gen 更詳細的說明，請見 p.134
　字首 dis- 更詳細的說明，請見 p.040
　字根 cord 更詳細的說明，請見 p.096
　字首 ex- 更詳細的說明，請見 p.046
　字根 clude 更詳細的說明，請見 p.094
　字根 flu 更詳細的說明，請見 p.126
　字根 cept 更詳細的說明，請見 p.086
　字根 loc 更詳細的說明，請見 p.174
　字根 cur(r) 更詳細的說明，請見 p.100
　字根 ego 更詳細的說明，請見 p.110
　字根 fid 更詳細的說明，請見 p.116

❷ Letter of Complaint
抗議信函

Dear Sirs,

I have been a loyal subscriber of your eight-p. m. dramas ever since I could remember and I really hate to complain, but your newest show, "House of Liars", is simply horrible. It's so horrible my husband dislocated his shoulder while watching it. Literally! Your show made someone dislocate his shoulder! It's that bad! Think about it!

Let me give you an example. On last night's episode, Mr. and Mrs. Linton (you know, the main couple) were fighting over something trivial, and then Mrs. Linton pulled out a lighter and ignited the carpet. The house was on fire, everyone was screaming, the children were making a commotion, and at this important juncture, Mr. Linton was sitting there, admiring the cactus.

Yes, you read it right—the house was burning down, and he was in it, gazing fondly at a plant. I don't know, don't you think this is a bit of an insult towards the audience's intellect? Did whoever wrote the manuscript write it when asleep, and neglected to read it over before submitting it? It sure feels like it. Don't get me wrong, I do think it's great that you're trying out an innovative storytelling style, and I appreciate the fact that the show isn't simply a duplicate of past dramas, but really, you should work on making your scenes make sense.

Sincerely Yours,
Mandy Grey

中文翻譯

您好：

我從有記憶以來就是貴公司八點檔戲劇的忠實訂戶。我實在不想抱怨，但您最新的節目〈騙子之家〉實在是太糟了，糟到我老公看著看著肩膀就脫臼了。是真的脫臼了！貴公司的節目害觀眾肩膀脫臼耶！真的有這麼糟！自己想想看！

我來舉個例子。昨晚的節目中，林頓先生與太太（就是主角夫妻）在吵一些芝麻蒜皮的小事，說時遲那時快，林頓太太拿出了一個打火機，把地毯點燃了。房子於是燒了起來，大家都在尖叫，孩子們都在喧鬧，就在這千鈞一髮的重要時刻，林頓先生就坐在那邊，觀賞仙人掌。

是的，你沒看錯，房子都要燒掉了，他人還坐在起火的房子裡，欣喜地玩賞植物。我是不知道啦，你不覺得這對觀眾的智商是一種侮辱嗎？寫這劇本原稿的人是不是在睡夢中寫稿，然後忘了檢查就交稿了？感覺應該是這樣啊！別誤會，我是覺得你們願意嘗試創新的表現風格，這樣很棒，也很開心看到你們的新戲跟以前的戲劇並非如出一轍，但你們真的應該盡量把劇情寫得合理一些。

誠摯地，
曼蒂・格雷

詳細解析

這是一封信件，信件題型無論是在大小測驗中都很容易碰到喔！這封信的寫信人說了很多事，我們要如何去蕪存菁找到信的主要內容呢？現在就一段一段開始看吧！

第一段說到寫信者是該電視頻道八點檔的忠實觀眾，這似乎是稱讚，然而後面立刻提到了她老公「dislocate」肩膀的事。他的肩膀到底怎麼了呢？我們學過字首「dis-」是「不」的意思，而我們也學過字根「loc」代表「地點」。組合起來看可知老公的肩膀已經「不在原本的地點上了」，也就是「脫臼」了。看個八點檔看到肩膀脫臼，這的確很嚴重，想當然寫信者對於這件事不會太開心，於是我們可以判斷這不是一封稱讚的信，反而是寫來抗議節目很糟。

節目有多糟？第二段舉了一段很瞎的劇情以佐證。我們不需要知道詳細的情節，但大概掃過去就會發現 ignite、commotion、juncture 等關鍵字。我們學過「ign」這個字根，意思是「火」，ignite 是表示「點火」的單字；我們也學過「mot」這個字根，意思是「動」，commotion 是表示「騷動」的單字；我們還學過「junct」這個字根，意思是「連接」，juncture 是表示「（兩段劇情間連接的）關鍵時刻」。於是，從這三個字中我們知道劇情包含了點火、騷動、還有精彩的關鍵時刻，聽起來果然很混亂，難怪老公會看到肩膀脫臼。

接下來，寫信者提到了 manuscript 這個字。我們學過「scrib」這個字根，意思是「寫」，而 manuscript 是名詞，可以猜測它的意思應該是「寫出來的東西」，也就是「稿子」、「原稿」。看來寫信者要開始批評寫稿的人了！她說寫稿的人「neglect」稿子，就「submit」了它。是什麼意思呢？我們學過字根「neg」是「否定」的意思，而字根「mit」是「送出」的意思，也就是說寫稿人根本沒看稿子，就送出去了。看來她是在罵寫稿人員不認真，才會寫出不合理的劇情。

不過，別以為這封信就一路負面到底，轉折要來了！寫信者稱讚了該劇「innovative」、又不是「duplicate」。這兩個字的意思是什麼呢？我們學過「nov」這個字根有「新」的意思，而字根「plic」有「折疊、複製」的意思；於是就可以知道這部劇充滿新意，而且不是「複製之前的節目」，這些都是可取的地方，可以看出這封信的寫信者並非從頭罵到尾，還是稍微講了一點好話。

看到這邊，對這封信的內容想必很瞭解了吧！我們只剖析了幾個單字，就能得到這麼多的訊息，所以說字根真的是很重要的喔。

★字首 dis- 更詳細的說明，請見 p.040
字根 loc 更詳細的說明，請見 p.174
字根 ign 更詳細的說明，請見 p.152
字根 mot 更詳細的說明，請見 p.192
字根 cept 更詳細的說明，請見 p.086
字根 junct 更詳細的說明，請見 p.158
字根 scrib 更詳細的說明，請見 p.238
字根 neg 更詳細的說明，請見 p.196
字根 mit 更詳細的說明，請見 p.188
字根 nov 更詳細的說明，請見 p.204
字根 plic 更詳細的說明，請見 p.214

❸. Vincent Abbadelli's Debut Album
文森・阿巴得利的出道專輯

One of this week's newest releases that you definitely do not want to miss is Vincent Abbadelli's debut album, Dreamer. This aspiring young composer has tons of potential, and seems to effortlessly churn out refreshing new melodies that are not only pleasing to the ear but also capable of retaining long-term interest, so that listeners keep coming back for more.

The title track, Dreamer, for example, is one that I'd seriously consider a contender of the year's best song, and this year has only barely begun. Sure, purists would complain that it has no structure and seems to be all over the place; and true, it is indeed no conventional sonata. Nevertheless, the song, despite its lack of a set form, manages to evoke emotions of every sort, and I simply adored the looping drum sequences, the sound of heavy rain in the background, and the abrupt ending. It shocked me when I heard it for the first time—but I'd be quite happy to be shocked many times more!

Overall, this is one album I'd really recommend you to check out. Leave your comments underneath; I'd love to hear what you think, what your favorite song in the album is, etc.

中文翻譯

你絕不能錯過的本週最新大碟之一就是文森．阿巴得利的出道專輯《夢想家》。這位年輕、有理想的作曲家非常有天分，似乎能夠毫不費力地不斷寫出充滿新意的旋律，不但悅耳而且還能夠持續吸引興趣，讓聽眾們願意一遍又一遍地聽。

舉例來說，專輯同名歌曲〈夢想家〉就是一首我覺得可以競爭年度最佳歌曲的好歌，而今年也才剛開始而已。沒錯，有些純粹主義者可能會抱怨這首歌沒有一個固定的形式，似乎亂來一氣，而這確實也不是一首傳統的奏鳴曲。然而，雖然這首歌缺乏一個固定的形式，卻能夠引出各式各樣的情緒，我愛極了鼓的循環的節奏、背景裡傾盆大雨的聲音、還有超級突然的結尾。我第一次聽的時候真是嚇了一跳，但這首歌太讚了，我很樂意再多嚇幾跳！

整體來說，我真的很推薦你們聽聽看這張專輯。請在下面留言，我很想聽聽大家的想法、以及你們最喜歡這張專輯的哪首歌等等。

詳細解析

這篇文章是「樂評」，要推薦一張專輯。當然，別人喜歡的專輯不見得就是你的菜，所以即使對方推薦，身為讀者的你自然還是會希望更瞭解專輯的內容與特色，才能決定是不是值得一聽。現在就從關鍵字來看看這到底是一張怎樣的專輯吧！

第一段中出現了 aspiring、potential、effortlessly 這些字眼來描述這張專輯的作曲人。我們學過字根「spir(e)」是「呼吸」的意思,而加上了表達「朝向」的「a」, aspiring 就變成了「朝向某個方向呼吸」、也就是「有某個方向的志向」的意思;我們也學過字根「pot」是「能力」的意思,而 potential 這個單字就表示「潛能」;我們還學過字根「fort」是「力量」的意思,後面搭配了意為「沒有」的字尾「-less」,可知 effortlessly 的意思應是「毫不費力地」。於是,我們知道這位作曲人志向遠大,又很有潛力,還能毫不費力地寫出新歌。

瞭解了作曲者的狀況後,那他的歌又如何呢?接下來提到他的音樂能夠「retain」興趣,我們學過「tain」這個字根,意思是「握」,可知這些歌曲能夠「把握住、維持」興趣。後面還說,這首歌是「年度最佳歌曲」的「contender」。這個字是什麼意思呢?我們學過字根「tend」是「伸」的意思,而字首「con-」表示「共同」,既然「共同伸向某個方向」,可知 contender 應該就含有「競爭者」的含意。於是,可以判斷文章的作者覺得這位作曲家的歌曲有資格「競爭」年度最佳歌曲,這些都是很大的稱讚吧!

但作者再怎麼稱讚,歌曲不合你口味的話,你也不會想去找來聽。後面就大概提到了這首歌有哪些特色。首先出現了 purist 這個字,字根 pur(e) 是「純淨」的意思,後面搭配表示「者、人」的字尾「-ist」,可知這個單字表示「純粹主義者」。原來,純粹主義者覺得這首歌沒有「structure」,也不是「conventional sonata」。這是什麼意思呢?字根「struct」是「建造」的意思,可知 structure 是代表「結構」的單字;字根「ven(e)」有「來」的意思,加上表示「共同」的字首「con-」,可知 conventional 是代表「共同聚集的、眾人認可的、傳統的」的單字;字根「son」是「聲音」的意思,加上意為「曲子」的「ata」,可知 sonata 是代表「奏鳴曲」的單字。綜合起來看,就知道這首歌不重視形式,不夠傳統,也不是奏鳴曲。這時,喜歡固定形式傳統類型歌曲的讀者就能明白:無論作者如何推薦這張專輯,我都不需要找來聽了,因為這裡面的歌曲肯定不是我喜歡的。

相反地,如果你正好就喜歡一些自由奔放、沒有固定形式的歌曲,就可以聽聽文章作者的意見,找這張專輯來聽了。作者後來提到了鼓(drum)的「sequence」和很「abrupt」的結尾。我們學過「sequ」這個字根是「跟隨」的意思,而 sequence 這個單字用在描述音樂時,就表示「一個音跟隨著另一個音的『一段節奏、一段旋律』」。我們也學過「rupt」這個字根是「破」的意思,而 abrupt

這個單字則表示「突然的」（畢竟東西會「破」，通常都很「突然」）。這麼一來，我們就知道這首歌鼓的部分有一段段循環的節奏，而且歌曲結束得很突然。

你喜歡這一類的歌曲嗎？那麼太好了，快去找這張專輯來聽吧！在選擇要聽哪些歌、閱讀樂評的時候，就靠著對字根的認識快速抓到重點，鎖定自己喜歡的歌吧！

★字根 spir(e) 更詳細的說明，請見 p.262
　字根 pot 更詳細的說明，請見 p.220
　字根 fort 更詳細的說明，請見 p.130
　字尾 -less 更詳細的說明，請見 p.336
　字根 tain 更詳細的說明，請見 p.266
　字根 tend 更詳細的說明，請見 p.268
　字根 pur(e) 更詳細的說明，請見 p.224
　字根 struct 更詳細的說明，請見 p.264
　字根 ven(e) 更詳細的說明，請見 p.282
　字根 son 更詳細的說明，請見 p.258
　字根 sequ 更詳細的說明，請見 p.242
　字根 rupt 更詳細的說明，請見 p.232

Part 3

. . . .

字尾篇
Suffixes

ability

字尾篇

具有……性質、
可……性

🔊 Track 126

瞭解這個字尾，你就能學會以下單字：

❶ amiability
❷ attainability
❸ capability
❹ inevitability
❺ negotiability
❻ vulnerability

---

01 ami 喜歡 + ability 具有……性質

amiability [ˌemɪəˋbɪlətɪ] 名 和藹、可愛

延伸片語 **virtues of amiability** 和藹的美德

▶ Mother Teresa was a great person with all **virtues of amiability**.
德蕾莎修女是個擁有所有和藹美德的偉大人物。

---

02 attain 獲得 + ability 可……性

attainability [əˌtenəˋbɪlətɪ] 名 可獲得、可達到

延伸片語 **attainability of drugs** 毒品的可得性

▶ It is reported that the **attainability of drugs** is increasing in campuses.
據報導，在校園內越來越容易取得毒品了。

---

03 cap 拿取 + ability 具有……性質

capability [ˌkepəˋbɪlətɪ] 名 能力、才能

延伸片語 **capability of...** 做某事的才能

▶ We're looking for someone who has the **capability of** managing a branch office.
我們在徵求擁有管理一間分公司能力的人才

04 inevit 必然 + ability 具有……性質

inevitability [ɪnˌɛvətə'bɪlətɪ] 名 不可逃避性、必然性

延伸片語 **inevitability of life** 生命的必然性

▶ To go through birth, aging, illnesses and death is the **inevitability of life**.
經歷生老病死是生命必然之事。

05 negoti 協商 + ability 可……性

negotiability [nɪˌgoʃɪə'bɪlətɪ] 名 可協商性

延伸片語 **lack of negotiability** 缺乏協商性

▶ My mother doesn't like shopping online because of its **lack of negotiability**.
我媽媽不喜歡線上購物，因為線上購物不能議價。

06 vulner 弱點 + ability 具有……性質

vulnerability [ˌvʌlnərə'bɪlətɪ] 名 罩門、弱點

延伸片語 **critical vulnerability** 嚴重漏洞

▶ Unrestrained gun trade is a **critical vulnerability** of the public security in that country.
不限制槍枝交易是該國治安的嚴重漏洞。

還有更多與「ability」同語源的字尾所延伸的單字

與 ability 同含義的字尾：ibility

accessibility （可接近性的）	容易接近、可親
edibility （食用+具有……性質）	可食性
flexibility （彎曲+可……性）	彈性、靈活度
possibility （可能+可……性）	可能性

able 字尾篇 可……的、能夠……的

🎧 Track 127

瞭解這個字尾，你就能學會以下單字：

❶ adorable
❷ changeable
❸ formidable
❹ honorable
❺ negotiable
❻ inevitable

01

ador 可愛、敬重 + able 可……的

adorable [ə`dorəbl] 形 可人的、可愛的

延伸片語 **adorable child** 可愛的小孩

▶ The adorable child began to cry after he dropped his ice cream.
那個可愛的小孩把冰淇淋弄掉到地上以後就哭了。

02

change 變更 + able 能夠……的

changeable [`tʃendʒəbl] 形 不定的、善變的

延伸片語 **changeable climate** 多變的氣候

▶ I can never get used to the changeable climate in London.
我永遠也無法習慣倫敦多變的氣候。

03

formid 可怕的 + able 可……的

formidable [`fɔrmɪdəbl] 形 可畏的

延伸片語 **formidable opponent** 勁敵

▶ He is a formidable opponent who shouldn't be underestimated.
他是一個不容小覷的勁敵。

04 honor 榮譽 + able 可……的

honorable ['ɑnərəbl] 形 光榮的、高貴的

延伸片語 **honorable mention** 榮譽獎

▶ An **honorable mention** was given to those who tried hard but didn't win a prize.
雖然努力卻沒得獎的人們都獲頒了榮譽獎。

05 negoti 協商 + able 能夠……的

negotiable [nɪ'goʃɪəbl] 形 可協商的

延伸片語 **negotiable share** 可流通股份

▶ Mr. Wang holds the largest number of **negotiable shares** in that company.
王先生擁有那家公司最多的可流通股份。

06 inevit 不可避免 + able 能夠……的

inevitable [ɪn'ɛvətəbl] 形 無法避免的、必然的

延伸片語 **inevitable result** 必然的結果

▶ Their divorce is an **inevitable result** of his infidelity.
他們會離婚是他的不忠所造成的必然結果。

❝ 還有更多與「able」同語源的字尾所延伸的單字 ❞

與 able 同含義的字尾：ible、ile

seducible （誘惑的）	易受誘惑的
conductible （能夠傳導的）	可傳導的

age

字尾篇
狀況、行為、集合、性質

🎧 *Track 128*

瞭解這個字尾，你就能學會以下單字：

bandage
❷ cleavage
❸ marriage
❹ storage
❺ usage
❻ wreckage

---

01 band 用帶捆 + age 性質

bandage [`bændɪdʒ] 名 繃帶、束縛

延伸片語 **bandage up** 包紮起來

▶ The nurse bandaged up his injured arm roughly.
護士大略地將他受傷的手臂包紮起來。

---

02 cleav 劈開 + age 狀況

cleavage [`klivɪdʒ] 名 裂開、分裂

延伸片語 **exposed cleavage** 乳溝外露

▶ Everyone stared at the woman's exposed cleavage in awe as she walked past.
這個女人經過時，大家都讚嘆地看向她外露的乳溝。

---

03 marri 結婚 + age 行為

marriage [`mærɪdʒ] 名 婚姻

延伸片語 **marriage bureau** 婚姻介紹所

▶ Thanks to the marriage bureau, my aunt finally found her Mr. Right.
感謝婚姻介紹所，讓我姑姑終於找到她的真命天子。

04 stor 儲存 + age 行為

storage ['storɪdʒ] **動** 儲存、存放

延伸片語 **storage battery** 蓄電池

▶ The **storage battery** needs to be re-charged.
這個蓄電池必須充電了。

05 us 使用 + age 行為

usage ['jusɪdʒ] **名** 使用方法

延伸片語 **ill-usage** 錯誤使用；濫用

▶ The damage to this machine is apparently caused by **ill-usage**.
這機器的損壞明顯是因為使用錯誤所造成。

06 wreck 失事 + age 集合

wreckage ['rɛkɪdʒ] **名**（飛機、船等）失事、遭難

延伸片語 **plane wreckage** 飛機殘骸

▶ The rescuers had to drag out the dead bodies of the victims from the **plane wreckage**.
救難人員必須從飛機殘骸中將罹難者的遺體拉出來。

" 還有更多與「age」同語源的字尾所延伸的單字 "

shortage（短少的狀態）	短缺
appendage（附加的性質）	附加物
mileage（公里的性質）	英里數
breakage（毀壞的行動）	壞損

al 字尾篇 行動、屬於……的

🔘 *Track 129*

瞭解這個字尾，你就能學會以下單字：
- ❶ approval
- ❷ criminal
- ❸ personal
- ❹ refusal
- ❺ retrieval
- ❻ survival

01 approv 證明 + al 行動

approval [ə'pruvl] 名 認可、贊同

延伸片語 **with one's approval** 在某人的批准下

▶ Ted can visit his children once a week **with** his ex-wife's **approval**.
在前妻的同意下，泰德每星期可以探望孩子們一次。

02 crimin 犯罪 + al 行動

criminal ['krɪmənl] 形 犯罪的、違法的

延伸片語 **criminal offence** 犯罪行為

▶ In their country, damaging property isn't considered a **criminal offence**.
在該國，毀壞資產不算是犯罪行為。

03 person 人 + al 屬於……的

personal ['pɜsnl] 形 個人的、私人的

延伸片語 **personal life** 私生活

▶ My **personal life** is none of your business.
我的私生活不關你的事。

refus 拒絕 + **al** 行動

refusal [rɪˈfjuzl̩] 图 拒絕

延伸片語 **in refusal** 表示拒絕地

▶ The woman frowned **in refusal**.
女子皺眉表示拒絕。

---

retriev 收回 + **al** 行動

retrieval [rɪˈtrivl̩] 图 恢復、拿回

延伸片語 **data retrieval** 回復資料

▶ Even if your computer is broken, you can still ask experts for help with **data retrieval**.
就算你的電腦壞了，還是可以請專家幫你把電腦裡的資料抓回來。

---

survive 生存 + **al** 行動

survival [sɚˈvaɪvl̩] 图 倖存

延伸片語 **survival kit** 救生背包

▶ You'd better have a **survival kit** ready because you never know when you're going to need it.
你最好準備一個救生背包，因為你永遠不知道何時會需要用到它。

❝ **還有更多與「al」同語源的字尾所延伸的單字** ❞

與 al 同含義的字尾：ial

financial （屬於財政的）	金融的
presidential （屬於總統的）	總統的
racial （屬於種族的）	種族的
commercial （屬於商業的）	商業的

ance 字尾篇 表「性質」或「狀態」

🔊 Track 130

瞭解這個字尾，你就能學會以下單字：

❶ attendance
❷ extravagance
❸ fragrance
❹ ignorance
❺ reluctance
❻ resistance

---

01 attend 參加 + ance 狀態

attendance [ə'tɛndəns] 名 參加、出席

延伸片語 perfect attendance 全勤

▶ The only perfect attendance award of this semester goes to Amy.
這學期唯一一個全勤獎的得獎人是艾咪。

---

02 extravag 性質 + ance 狀態

extravagance [ɪk'strævəgəns] 名 鋪張、浪費

延伸片語 live a life of extravagance 過著鋪張浪費的生活

▶ She lives a life of extravagance despite not making a lot of money.
雖然她賺得不多，還是過著鋪張浪費的生活。

---

03 fragr 芳香的 + ance 性質

fragrance ['fregrəns] 名 芳香、香氣

延伸片語 flower fragrance 花香

▶ Where does the smell of flower fragrance come from?
這花香到底是哪裡飄來的？

04 ignor 忽視 + ance 性質

ignorance [ˈɪɡnərəns] 名 忽視、忽略

延伸片語 **in ignorance of...** 對……不知情

▶ It is sad that the old man is **in complete ignorance** of his son's death.

令人悲傷的是，老人對兒子的死一無所知。

05 reluct 不情願的 + ance 性質

reluctance [rɪˈlʌktəns] 名 不甘願、勉強

延伸片語 **reluctance in...** 不願做某事

▶ Mary showed **reluctance in** lending Peter money.

瑪莉看來似乎不太願意借彼得錢。

06 resist 抵抗 + ance 狀態

resistance [rɪˈzɪstəns] 名 反抗、抵抗

延伸片語 **passive resistance** 消極抵抗

▶ She carried out a hunger strike as a **passive resistance**.

她以絕食抗議來做消極抵抗。

還有更多與「ance」同語源的字尾所延伸的單字

與 ance 同含義的字尾：ancy、cy、sy

vibrancy （震動的狀態）	震動
pregnancy （懷孕的狀態）	懷孕
accuracy （準確的性質）	正確性
idiosyncrasy （個人的習性）	特質

ant 字尾篇
做某事的人

🎧 *Track 131*

瞭解這個字尾，你就能學會以下單字：

❶ applicant
❷ assistant
❸ defendant
❹ immigrant
❺ inhabitant
❻ participant

---

01 applic 申請 + ant 做某事的人

applicant ['æpləkənt] 图 申請者

延伸片語 **job applicant** 求職者

▶ More than 3,000 **job applicants** crowded into the site of the recruiting seminar.
超過三千名求職者湧入徵才說明會會場。

---

02 assist 協助 + ant 做某事的人

assistant [ə'sɪstənt] 图 助理、助手

延伸片語 **personal assistant** 私人秘書；私人助理

▶ In our office, only managers can have **personal assistants**.
在我們公司，只有經理才能擁有私人助理。

---

03 defend 防禦 + ant 做某事的人

defendant [dɪ'fɛndənt] 图 （法律）被告

延伸片語 **third party defendant** 第三當事人被告

▶ The witness unexpectedly became the **third party defendant**.
那個目擊證人出乎意料地成了第三當事人被告。

04 immigr 移入 + ant 做某事的人

immigrant ['ɪməɡrənt] 名 （從外地移入的）移民

延伸片語 **illegal immigrant** 非法移民

▶ Those illegal immigrants were sent back to their own countries.
那些非法移民已被遣返回國。

05 inhabit 居住 + ant 做某事的人

inhabitant [ɪn'hæbətənt] 名 居住者、居民

延伸片語 **indigenous inhabitant** 原住民

▶ Indians were the indigenous inhabitants of the American continent.
印地安人是美洲大陸的原住民。

06 particip 參與 + ant 做某事的人

participant [pɑr'tɪsəpənt] 名 參加者

延伸片語 **participant of a game** 遊戲的參加者

▶ All participants of the game should draw three cards in the beginning.
每位遊戲的參加者一開始都必須先抽三張牌。

❝ 還有更多與「ant」同語源的字尾所延伸的單字 ❞

與 ant 同含義的字尾：ar

liar （説謊的人）	騙子
beggar （乞討的人）	乞丐
scholar （研究學術的人）	學者

ate 字尾篇 行動

🔊 *Track 132*

瞭解這個字尾，你就能學會以下單字：

❶ abbreviate
❷ activate
❸ assassinate
❹ dehydrate
❺ determinate
❻ graduate

01/ abbrevi 簡化 + ate 行動

abbreviate [ə'briviet] 勔 縮短、使……簡短

延伸片語 **abbreviate... to...** 將……縮短為……

▶ Margaret's friends often **abbreviate her name to "Meg"**.
瑪格麗特的朋友往往將她的名字縮短為梅格。

02/ activ 活躍的 + ate 行動

activate ['æktəˌvet] 勔 活化、使……活潑

延伸片語 **activate an account** 開啟帳號

▶ You need to click this link to **activate your account**.
你必須按這個連結才能開啟帳號。

03/ assassin 暗殺者 + ate 行動

assassinate [ə'sæsɪnˌet] 勔 刺殺、暗殺

延伸片語 **assassinate the king** 暗殺國王

▶ He was arrested for trying to **assassinate the king**.
他因為嘗試暗殺國王而被捕。

04 dehydr 脫水 + ate 行動

dehydrate [dɪˈhaɪˌdret] 動 使……脫水、使……乾燥

延伸片語 **get dehydrated** 脫水

▶ He **got dehydrated** after running in the summer heat for ten minutes.
在酷夏的烈日下跑步十分鐘後他就脫水了。

05 determine 決定 + ate 行動

determinate [dɪˈtɜmənɪt] 形 確定的

延伸片語 **a determinate answer** 確定的答案

▶ There is only a **determinate answer** to each of the single-choice questions.
每個單選題的問題都只會有一個確定的答案。

06 gradu 畢業 + ate 行動

graduate [ˈgrædʒuˌet] 動 畢業

延伸片語 **graduate school** 研究所

▶ It took Larry two years to finally be admitted to a **graduate school**.
賴瑞花了兩年的時間才終於考上研究所。

" 還有更多與「ate」同語源的字尾所延伸的單字 "

與 ate 同含義的字尾：act

retroact （反+行動）	反作用力
react （回、反+行動）	反應
overact （過度的行動）	行為過分
transact （交換的行動）	交易

ee 字尾篇 被做……動作者

🔊 *Track 133*

瞭解這個字尾，你就能學會以下單字：

❶ adoptee   ❹ nominee
❷ employee   ❺ refugee
❸ interviewee   ❻ trainee

01 / adopt 收養 + ee 被做……動作者

adoptee [əˋdɑpˋti] 图 被收養的人

延伸片語 **abused adoptee** 受虐的被收養人

▶ The social workers found that the missing boy was actually an **abused adoptee**.
社工發現那個失蹤的男孩原來是個受虐的養子。

02 / employ 僱用 + ee 被做……動作者

employee [ˌɛmplɔˋi] 图 受雇者、員工

延伸片語 **government employee** 公務員；政府雇員

▶ My high school classmate is now a **government employee**.
我的高中同學現在成了公務員。

03 / interview 面試 + ee 被做……動作者

interviewee [ˌɪntɚvjuˋi] 图 被面試者、被面談的人

延伸片語 **a tactful interviewee** 老練的受訪者

▶ You can tell that he is **a tactful interviewee** by his evasive answers.
你從他避重就輕的回答就能知道他是個老練的受訪者。

04 | nomin 名字 + ee 被做……動作者

nominee [ˌnɑməˋni] 名 被提名者

延伸片語 **Oscar nominee** 奧斯卡獎入圍者

▶ It was his first time as an **Oscar nominee** and he was of course super excited.
這是他第一次入圍奧斯卡獎,他當然超興奮的。

05 | refug 避難 + ee 被做……動作者

refugee [ˌrɛfjʊˋdʒi] 名 災民

延伸片語 **political refugee** 政治難民

▶ Those **political refugees** went to the British Embassy for asylum.
那些政治難民到英國大使館去請求庇護。

06 | train 訓練 + ee 被做……動作者

trainee [treˋni] 名 受訓的人

延伸片語 **trainee dorms** 受訓人宿舍

▶ Most of the trainees who don't live nearby have to stay in **trainee dorms**.
大部分住得比較遠的受訓生都得住在宿舍。

" 還有更多與「ee」同語源的字尾所延伸的單字 "

與 ee 類似含義的字尾:eer

engineer (從事與引擎有關的工作的人)	工程師
racketeer (敲詐的人)	詐騙者
weaponeer (從事與武器有關的工作的人)	武器專家
mutineer (叛變的人)	叛徒

ence

字尾篇

表「行為」或「狀態」

🔊 *Track 134*

瞭解這個字尾，你就能學會以下單字：

❶ ambience
❷ innocence
❸ insistence
❹ negligence
❺ providence
❻ prudence

---

01 ambi 周圍、兩側 + ence 狀態

ambience [`æmbɪəns] 名 周圍氣氛

延伸片語 **dining ambience** 用餐氣氛

▶ We enjoyed the relaxed **dining ambience** at the homey Italian restaurant.
我們喜歡那間溫馨義大利餐廳裡輕鬆的用餐氣氛。

---

02 innoc 清白 + ence 狀態

innocence [`ɪnəsns] 名 無辜、清白

延伸片語 **prove one's innocence** 證明一個人的清白

▶ There is no sufficient evidence to **prove his innocence**.
沒有足夠的證據能證明他的清白。

---

03 insist 堅持 + ence 行為

insistence [ɪn`sɪstəns] 名 堅持

延伸片語 **insistence on...** 對……的堅持

▶ I don't understand his **insistence on** bringing such a huge bag to work.
我不懂他為什麼堅持要帶那麼大的包包去上班。

04 neglig 忽略 + ence 行為

negligence [`nɛglɪdʒəns] 名 疏失

延伸片語 negligence on sb.'s part 某人的疏失

▶ Please don't blame him. The mistake happened solely because of negligence on my part.
請別怪他，會出錯完全是因為我的疏失。

05 provid 準備 + ence 狀態

providence [`prɑvədəns] 名 遠見、天命

延伸片語 act of providence 天命

▶ Some people consider natural disasters an act of providence.
有些人認為天災就是天命。

06 prud 正經 + ence 狀態

prudence [`prudṇs] 名 慎重

延伸片語 act with prudence 謹慎行事

▶ We must act with prudence so as not to leak any information.
我們務必謹慎行事，以免走漏任何風聲。

" 還有更多與「ence」同語源的字尾所延伸的單字 "

與 ence 同含義的字尾：ency

persistency （持續的狀態）	固執
solvency （處理的行為）	償付能力
fluency （流暢的狀態）	流暢
efficiency （有效的狀態）	效率

er 字尾篇 從事……的人

🎵 Track 135

瞭解這個字尾,你就能學會以下單字:

❶ advertiser
❷ banker
❸ employer
❹ interviewer
❺ trainer
❻ waiter

01 advertis 廣告 + er 從事……的人

advertiser [ˈædvɚˌtaɪzɚ] 名 廣告刊登者

延伸片語 commercial advertiser 刊登商業廣告者

▶ All the commercial advertiser wants is to increase consumption of his products.
那個廣告業主想要的,就是增加他的產品銷售量。

02 bank 銀行 + er 從事……的人

banker [ˈbæŋkɚ] 名 銀行員

延伸片語 merchant banker 工商銀行家;證券銀行經理

▶ It is hard to believe that this successful merchant banker was formerly a simple bank clerk.
很難相信這個成功的工商銀行家原來只是個銀行職員。

03 employ 僱用 + er 從事……的人

employer [ɪmˈplɔɪɚ] 名 雇主

延伸片語 employer of choice 最佳雇主

▶ My company has been selected as the employer of choice of this year.
我服務的公司被選為今年最佳雇主。

04 interview 面試 + er 從事……的人

interviewer [`ɪntɚvjuɚ] 名 負責面試者、負責接見的人

延伸片語 **telephone interviewer** 電話調查員

▶ She chose to be a **telephone interviewer** so that she could work from home.
她選擇做一名電話調查員，如此一來她才能夠在家工作。

05 train 訓練 + er 從事……的人

trainer [`trenɚ] 名 訓練家

延伸片語 **personal trainer** 私人教練

▶ His **personal trainer** suggested that he do this exercise once every week.
他的私人教練建議他每週做一次這種運動。

06 wait 等待 + er 從事……的人

waiter [`wetɚ] 名 服務生

延伸片語 **head waiter** 服務生領班

▶ Jimmy was promoted to the **head waiter** in the restaurant last week.
吉米上週晉升為餐廳的服務生領班了。

" 還有更多與「er」同語源的字尾所延伸的單字 "

與 er 同含義的字尾：eer、or

charioteer（開戰車的人）	戰車駕駛
mountaineer（從事登山的人）	登山客
debtor（與債務相關的人）	債務人
translator（從事翻譯的人）	翻譯員

ess 字尾篇 女性、陰性

🔊 *Track 136*

瞭解這個字尾，你就能學會以下單字：

❶ actress
❷ heiress
❸ hostess

❹ princess
❺ stewardess
❻ waitress

01 actr 演員 + ess 女性

actress [ˋæktrɪs] 名 女性演員

延伸片語 leading actress 女主角

▶ Her ambition is to win the Best Leading Actress Award this year.
她志在贏得今年的最佳女主角獎。

02 heir 繼承人 + ess 女性

heiress [ˋɛrɪs] 名 女性的繼承人

延伸片語 heiress to... ……的女繼承人

▶ His only daughter is going to be the heiress to this company.
他的獨生女將成為這間公司的繼承人。

03 host 主人 + ess 女性

hostess [ˋhostɪs] 名 女主人

延伸片語 air hostess 空中小姐

▶ The air hostess served me with a cup of coffee.
空中小姐端給我一杯咖啡。

04 princ 貴族 + ess 女性

princess [ˈprɪnsɪs] 名 公主

延伸片語 **princess's maid** 公主的侍女

▶ The princess's maid, Hannah, is the princess's best friend.
公主的侍女漢娜是公主最好的朋友。

05 steward 服務員 + ess 女性

stewardess [ˈstjuwədɪs] 名（飛機、船）女服務生

延伸片語 **head stewardess** 空中小姐領班

▶ The head stewardess is talking on broadcast right now.
空中小姐領班現在正在廣播呢。

06 waitr 侍者 + ess 女性

waitress [ˈwetrɪs] 名 女服務生

延伸片語 **cocktail waitress** 酒吧女侍

▶ The man asked for a Bloody Mary from the cocktail waitress.
男子向酒吧女侍要了一杯血腥瑪莉。

還有更多與「ess」同語源的字尾所延伸的單字

與 ess 同含義的字尾：ine

| heroine（女性的英雄） | 女英雄 |
| chorine（女性的歌舞團員） | 歌舞團女團員 |

ful

字尾篇
充滿……的

🎧 Track 137

瞭解這個字尾，你就能學會以下單字：
❶ careful
❷ peaceful
❸ resentful
❹ respectful
❺ tasteful
❻ useful

01 care 照顧 + ful 充滿……的

careful [ˋkɛrfəl] 形 細心的、小心的

延伸片語 **careful with money** 不亂花錢

▶ Even though he is a millionaire, he is careful with money.
雖然他是百萬富翁，花錢還是很精打細算。

02 peace 和平 + ful 充滿……的

peaceful [ˋpisfəl] 形 和平的、平靜的

延伸片語 **peaceful time** 和平時期

▶ The Zhenguan Reign Period was a peaceful time in the Tang Dynasty.
貞觀之治是唐朝的一個和平時期。

03 resent 怨恨 + ful 充滿……的

resentful [rɪˋzɛntfəl] 形 怨恨的

延伸片語 **be resentful at...** 對某事感到氣憤

▶ He was resentful at his parents for taking away his phone.
他因為父母拿走了他的手機而感到氣憤。

04 respect 尊敬 + ful 充滿……的

respectful [rɪ'spɛktfəl] 形 尊敬的、恭敬有禮的

延伸片語 **respectful behavior** 尊敬他人的行為

▶ It's respectful behavior to look at people in the eyes when they're talking to you.
當別人跟你說話時直視對方，是尊敬他人的行為。

05 taste 品味 + ful 充滿……的

tasteful ['testfəl] 形 高雅的、優美的

延伸片語 **tasteful style** 高雅格調

▶ The interior designer decorated his own apartment in a tasteful style.
這位室內設計師以高雅的格調裝潢自己的公寓。

06 use 作用 + ful 充滿……的

useful ['justfəl] 形 有用的

延伸片語 **be useful to someone** 對某人有幫助

▶ A flashlight can be very useful to you when there is a power failure.
手電筒在停電的時候是非常有幫助的。

❝ 還有更多與「ful」同語源的字尾所延伸的單字 ❞

與 ful 同含義的字尾：ous、ious、ose

prosperous （充滿繁榮的）	興旺的
advantageous （充滿優勢的）	有利的
contagious （會傳染＋充滿……的）	具傳染性的
verbose （文字＋充滿……的）	詳細的、多話的

ia
字尾篇
疾病、病痛

🔊 Track 138

瞭解這個字尾，你就能學會以下單字：

❶ dyspepsia
❷ hysteria
❸ insomnia
❹ malaria
❺ paranoia
❻ pneumonia

01 dyspeps 消化不良的 + ia 病痛

dyspepsia [dɪˋspɛpʃə] 名 消化不良

延伸片語 acid dyspepsia 胃酸過多性消化不良
▶ Gastric juice reflux is one of the typical symptoms of acid dyspepsia.
胃液逆流是胃酸過多性消化不良的典型症狀之一。

02 hyster 歇斯底里 + ia 疾病

hysteria [hɪsˋtɪrɪə] 名 歇斯底里

延伸片語 in hysteria 歇斯底里症發作
▶ She started screaming and weeping uncontrollably in hysteria.
歇斯底里症發作時，她會開始無法控制地尖叫和哭泣。

03 insomn 失眠 + ia 疾病

insomnia [ɪnˋsɑmnɪə] 名 失眠症

延伸片語 learned insomnia 學習性失眠
▶ Patients with learned insomnia are anxious about not being able to fall asleep.
學習性失眠的患者會憂慮自己無法入睡。

malar 瘧疾的 + ia 疾病

malaria [mə`lɛrɪə] 名 瘧疾

延伸片語 **cerebral malaria** 腦型瘧疾

▶ The doctor told us that the girl with **cerebral malaria** would probably not get well.
醫生告訴我們，那個得到腦型瘧疾的女孩是治不好了。

parano 偏執狂的 + ia 疾病

paranoia [͵pærə`nɔɪə] 名 妄想症、偏執狂

延伸片語 **border on paranoia** 近乎偏執

▶ Julia is worried about everything, to the point that it **borders on paranoia**.
茱莉亞對什麼事都要操心，已經近乎偏執了。

pneumon 肺的 + ia 病痛

pneumonia [nju`monjə] 名 肺炎

延伸片語 **atypical pneumonia** 非典型肺炎

▶ The woman was diagnosed with **atypical pneumonia**.
女子被診斷患了非典型肺炎。

" 還有更多與「ia」同語源的字尾所延伸的單字 "

與 ia 同含義的字尾：pathy

arthropathy （關節的疾病）	關節病
angiopathy （血管的疾病）	血管病
enteropathy （腸子的疾病）	腸病
psychopathy （精神的疾病）	心理變態

ics

字尾篇
學科、學術

🔊 Track 139

瞭解這個字尾，你就能學會以下單字：

❶ athletics   ❹ mathematics
❷ economics   ❺ statistics
❸ electronics   ❻ tactics

01 athlet 運動 + ics 學科、學術

athletics [æθˈlɛtɪks] 名 體育運動

延伸片語 athletics meet 運動會

▶ The athletics meet is held once every year.
運動會一年舉行一次。

02 econom 經濟 + ics 學科、學術

economics [ˌikəˈnɑmɪks] 名 經濟

延伸片語 home economics 家政學；家庭經濟學

▶ In the past, home economics was a required course for girls in high school.
家政課過去是女生在高中時的必修課。

03 electron 電子 + ics 學科、學術

electronics [ɪlɛkˈtrɑnɪks] 名 電子學科

延伸片語 electronics department 電子用品部門

▶ The electronics department in our store is quite popular with young people.
我們店裡的電子用品部門非常受年輕人歡迎。

04 mathemat 數學 + ics 學科、學術

mathematics [ˌmæθəˈmætɪks] 名 數學

延伸片語 applied mathematics 應用數學

▶ Oliver has been a professor of applied mathematics for many years.
奧立佛已擔任應用數學教授多年。

05 statist 集合 + ics 學科、學術

statistics [stəˈtɪstɪks] 名 統計學

延伸片語 vital statistics 生命統計；人口動態統計

▶ According to the vital statistics, the birthrate in this country is declining rapidly.
根據人口動態統計，這個國家的出生率正在快速下降中。

06 tact 老練 + ics 學科、學術

tactics [ˈtæktɪks] 名 策略、戰術

延伸片語 scare tactics 恐嚇戰術

▶ The government used scare tactics to encourage young people to go into the army.
政府用恐嚇戰術鼓勵年輕人參軍。

還有更多與「ics」同語源的字尾所延伸的單字

與 ics 同含義的字尾：logy、nomy

astrology （星象的學科）	占星術
ecology （生態的學科）	生態學
agronomy （務農的學科）	農藝學
physiognomy （面相的學科）	面相學

ive 字尾篇
有……傾向的、
有……性質的

🔊 *Track 140*

瞭解這個字尾，你就能學會以下單字：

❶ abortive　　　　❹ impressive
❷ corrosive　　　　❺ infective
❸ explosive　　　　❻ respective

01 abort 流產 + ive 有……傾向的

abortive [ə`bortɪv] 形 流產的

延伸片語 **abortive attempt** 嘗試失敗

▶ Their first uprising against the royal family
was an abortive attempt.
他們第一次的反皇室起義失敗了。

02 corros 腐蝕 + ive 有……性質的

corrosive [kə`rosɪv] 形 侵蝕的

延伸片語 **corrosive injury** 腐蝕性傷害

▶ Ingestion of pesticides will cause corrosive
injury to the gullet and stomach.
吞食農藥會對食道及胃造成腐蝕性傷害。

03 explos 爆炸 + ive 有……傾向的

explosive [ɪk`splosɪv] 形 爆炸性的

延伸片語 **plastic explosive** 塑膠炸藥

▶ The police tried to stop the man from
detonating the plastic explosive.
警方試圖阻止男子引爆那枚塑膠炸藥。

04 impress 給予人深刻印象的 + ive 有……性質的

impressive [ɪmˈprɛsɪv] 形 使人印象深刻的

延伸片語 **impressive movie** 令人印象深刻的電影

▶ It is by far the most **impressive movie** that I have ever seen.

那是目前我所看過的電影中最感人的一部。

05 infect 傳染 + ive 有……傾向的

infective [ɪnˈfɛktɪv] 形 有傳染力的

延伸片語 **anti-infective drug** 抗感染藥

▶ The man took the **anti-infective drug** so as to avoid getting the infectious disease.

男子服用抗感染藥以預防傳染病。

06 respect 方面 + ive 有……性質的

respective [rɪˈspɛktɪv] 形 各別的

延伸片語 **respective duties** 各自的工作崗位

▶ Everyone returned to their **respective duties** right after the meeting.

所有人在開完會後隨即回到各自的工作崗位上。

" 還有更多與「ive」同語源的字尾所延伸的單字 "

與 ive 同含義的字尾：sive、tive

cognitive （認知的性質的）	認知的
apprehensive （領會傾向的）	具領悟力的
imaginative （想像＋有……性質的）	具想像力的
talkative （說話＋有……性質的）	話多的

ism

字尾篇 主義、學說

🔊 Track 141

瞭解這個字尾，你就能學會以下單字：

❶ communism　❹ racism
❷ conservatism　❺ radicalism
❸ Darwinism　❻ terrorism

01 commun 共同 + ism 主義

communism [ˈkɑmjʊˌnɪzəm] 图 共產主義

延伸片語 **religious communism** 宗教共產主義

▶ Unlike the followers of religious communism, many communists are atheists.
與宗教共產主義的追隨者不同的是，許多共產主義者都是無神論者。

02 conservat 保守 + ism 主義

conservatism [kənˈsɝvəˌtɪzm] 图 保守主義

延伸片語 **social conservatism** 社會保守主義

▶ Some believe that social conservatism will obstruct advancement of a country.
有些人認為社會保守主義會阻礙國家的進步。

03 Darwin 達爾文 + ism 學說

Darwinism [ˈdɑrwɪnˌɪzəm] 图 達爾文學說

延伸片語 **social Darwinism** 社會達爾文主義

▶ In my opinion, social Darwinism, to a large extent, is a theory based on racial discrimination.
在我看來，社會達爾文主義在很大的程度上是個以種族主義為基礎的理論。

04 rac 種族 + ism 主義

racism [ˈresɪzəm] 名 種族歧視

延伸片語 **environmental racism** 種族歧視的環境政策

▶ The Third World should stand against the environmental racism and reject hazardous waste from advanced countries.
第三世界應該反抗種族歧視的環境政策，並拒絕接受先進國家的有害廢棄物。

05 radical 徹底的 + ism 主義

radicalism [ˈrædɪklɪzm̩] 名 激進主義

延伸片語 **campus radicalism** 校園激進主義

▶ The raising campus radicalism is starting to worry the government.
不斷升高的校園激進主義開始讓政府感到擔憂了。

06 terror 恐怖 + ism 主義

terrorism [ˈtɛrəˌrɪzəm] 名 恐怖主義

延伸片語 **consumer terrorism** 消費者恐怖主義

▶ He was suspected to use consumer terrorism to extort money from the beverage manufacturer.
他涉嫌利用消費者恐怖主義向飲料製造商勒索。

❝ 還有更多與「ism」同語源的字尾所延伸的單字 ❞

Buddhism （佛的學說）	佛教
feminism （女性的主義）	女性主義
individualism （個人的主義）	個人主義
nationalism （國家的主義）	民族主義

ist

字尾篇

從事……者、
某主義或信仰的遵守者

🌀 Track 142

瞭解這個字尾，你就能學會以下單字：

❶ feminist
❷ terrorist
❸ artist
❹ chemist
❺ dentist
❻ psychologist

---

01 femin 女性 + ist 某主義或信仰的遵守者

feminist [ˈfɛmənɪst] 名 女性主義者

延伸片語 feminist consciousness 女權意識

▶ The awakening of feminist consciousness encourages women to stand against male chauvinism.
女權意識的覺醒鼓勵女人對抗男性沙文主義。

---

02 terror 恐怖 + ist 從事……者

terrorist [ˈtɛrərɪst] 名 恐怖份子

延伸片語 terrorist attack 恐怖攻擊

▶ Thousands of people were killed in the terrorist attacks that occurred in 2001.
數以千計的人死於 2001 年的恐怖攻擊事件。

---

03 art 藝術 + ist 從事……者

artist [ˈɑrtɪst] 名 藝術家

延伸片語 con artist 騙子；行騙高手

▶ The con artist cheated the woman out of her money.
那個騙子騙光了那女人的錢。

04 chem 化學 + ist 從事……者

chemist [ˈkɛmɪst] 名 化學家

延伸片語 dispensing chemist 藥劑師

▶ It's important to have a certificated dispensing chemist to fill the prescription for you.
找合格的藥劑師幫你按處方配藥是很重要的。

05 dent 齒 + ist 從事……者

dentist [ˈdɛntɪst] 名 牙醫師

延伸片語 family dentist 家庭牙醫

▶ Dr. Smith has been our family dentist for many years.
史密斯醫生當我們的家庭牙醫已經許多年了。

06 psycholog 心理學 + ist 從事……者

psychologist [saɪˈkalədʒɪst] 名 心理學家

延伸片語 criminal psychologist 犯罪心理學家

▶ According to the criminal psychologist, the man committed the crime out of revenge.
根據犯罪心理學家的說法，男子是出於報復而犯下罪行。

還有更多與「ist」同語源的字尾所延伸的單字

與 ist 同含義的字尾：ster

gangster（一幫人）	匪徒
oldster（老的人）	老人
songster（唱歌的人）	歌手

ity

字尾篇

性質、狀態、情況

🎧 Track 143

瞭解這個字尾，你就能學會以下單字：

❶ brutality
❷ calamity
❸ curiosity
❹ diversity
❺ fatality
❻ obesity

01 brutal 殘暴 + ity 性質

brutality [bruˋtælətɪ] 名 野蠻、暴虐

延伸片語 **human brutality** 人類暴行

▶ The pictures of animals being abused are bloody evidences of **human brutality**.
這些受虐動物的照片便是人類暴行血淋淋的證據。

02 calam 災難 + ity 情況

calamity [kəˋlæmətɪ] 名 災難、災禍

延伸片語 **an unheard-of calamity** 空前浩劫

▶ The South Asia Tsunami in 2004 was **an unheard-of calamity** in history.
發生於 2004 年的南亞大海嘯是史上的一場空前浩劫。

03 curios 好奇 + ity 狀態

curiosity [ˏkjʊrɪˋɑsətɪ] 名 好奇心

延伸片語 **pique one's curiosity** 引起某人的好奇心

▶ The magician's tricks **piqued the children's curiosity**.
魔術師的戲法引起了孩子們的好奇心。

04 divers 差異 + ity 狀態

diversity [daɪˈvɝsətɪ] 名 差異性、多樣性

延伸片語 **a diversity of...** 多樣化的……；
多方面的……

▶ We provide **a great diversity of** computer courses for our students.
我們提供學生多樣化的電腦課程。

05 fatal 命運 + ity 狀態

fatality [fəˈtælətɪ] 名 命運、注定

延伸片語 **fatality rate** 致死率

▶ The **fatality rate** for H1N1 is only a little higher than that for seasonal flu.
H1N1 的致死率只比季節性流感高一點而已。

06 obes 肥胖的 + ity 狀態

obesity [oˈbisətɪ] 名 肥胖

延伸片語 **obesity surgery** 減肥手術

▶ The overweight guy lost nearly 20 kg after the **obesity surgery**.
那個過重的男生在減肥手術後體重減了近20公斤。

❝ 還有更多與「ity」同語源的字尾所延伸的單字 ❞

與 ity 同含義的字尾：ty

cruelty （殘忍的狀態）	殘忍
liberty （自由的狀態）	自由
nicety （美好的狀態）	美好
safety （安全的狀態）	安全

less

字尾篇

不能……的、
沒有……的

🎧 *Track 144*

瞭解這個字尾，你就能學會以下單字：

❶ countless ❹ reckless
❷ helpless ❺ senseless
❸ priceless ❻ useless

---

01 count 計算 + less 不能……的

countless ['kauntlɪs] 形 數不完的

延伸片語 countless reasons 無數的理由

▶ There are countless reasons why I can't marry you.
我不能跟你結婚的理由多得不勝枚舉。

---

02 help 幫助 + less 沒有……的

helpless ['hɛlplɪs] 形 無助的、無奈的

延伸片語 as helpless as a baby 像孩子一樣無助

▶ Robbed and badly bruised, he sat on the roadside, as helpless as a baby.
遭到搶劫又渾身是傷的他，像個孩子一樣無助地坐在路邊。

---

03 price 價格 + less 不能……的

priceless ['praɪslɪs] 形 無價的

延伸片語 priceless treasure 無價之寶

▶ The bracelet which Amy inherited from her mom is a priceless treasure to her.
對艾咪而言，這只母親傳給她的手鐲是個無價之寶。

04 reck 顧慮 + less 沒有……的

reckless ['rɛklɪs] 形 不顧後果的、魯莽的

延伸片語 **reckless driver** 魯莽的駕駛

▶ The traffic cop stopped the truck and wrote the **reckless driver** a ticket.
交通警察攔下卡車，並且給那魯莽的駕駛開了張罰單。

05 sense 感知 + less 沒有……的

senseless ['sɛnslɪs] 形 無知的、不醒人事的

延伸片語 **senseless act** 毫無意義的行為

▶ Arguing with such an unreasonable person is a **senseless act**.
跟一個不講理的人爭執是毫無意義的行為。

06 use 使用 + less 不能……的

useless ['juslɪs] 形 沒用的

延伸片語 **be useless at...** 不擅長……

▶ Carl is smart, but he **is totally useless at** sports.
卡爾很聰明，但他完全不擅長運動。

還有更多與「less」同語源的字尾所延伸的單字

與 less 同含義的字尾：free

tax-free （不用繳稅的）	無稅的
rent-free （不用地租的）	免地租的
duty-free （不用稅租的）	免稅的
carefree （不需顧慮的）	無憂無慮的

ment 字尾篇 行為、行動

🎧 Track 145

瞭解這個字尾，你就能學會以下單字：

- ❶ encouragement
- ❷ development
- ❸ government
- ❹ movement
- ❺ renouncement
- ❻ resentment

01 encourage 鼓勵 + ment 行為

encouragement [ɪnˈkɝɪdʒmənt]
名 獎勵、鼓勵

延伸片語 negative encouragement 負激勵

▶ Some people believe that physical punishment is a **negative encouragement** to students.
某些人認為體罰是對學生的一種負激勵。

02 develop 發展 + ment 行為

development [dɪˈvɛləpmənt] 名 發展、進步

延伸片語 personality development 人格發展

▶ Education at home can greatly influence one's **personality development**.
家庭教育對一個人的人格發展影響甚鉅。

03 govern 管理 + ment 行為

government [ˈgʌvɚnmənt] 名 政府

延伸片語 tyrannical government 專制政府

▶ They are scheming an uprising to overthrow their **tyrannical government**.
他們正在計畫一場舉事，以推翻他們的專制政府。

04 | move 移動 + ment 行動

movement [ˈmuvmənt] 名 動作、行動

延伸片語 **bowel movement** 排便

▶ Regular exercise and fiber intake can improve **bowel movement**.
規律運動及攝取纖維能促進排便。

---

05 | renounce 拋棄 + ment 行為

renouncement [rɪˈnaʊnsmənt] 名 放棄、拒絕

延伸片語 **right of renouncement** 解除權

▶ His attorney suggested that he exercise the **right of renouncement** and rescind the contract.
他的律師建議他行使解除權，撤銷合約。

---

06 | resent 仇恨 + ment 行為

resentment [rɪˈzɛntmənt] 名 仇恨、怨恨

延伸片語 **resentment against** 對……感到憤慨

▶ The residents felt **resentment against** the industrial pollution caused by the factory.
居民對工廠造成的工業污染感到很憤慨。

還有更多與「ment」同語源的字尾所延伸的單字

management （管理的行為）	經營
refreshment （恢復活力的行動）	精力恢復
enjoyment （享受的行為）	享受

ness 字尾篇 性質、狀態

🔊 *Track 146*

瞭解這個字尾，你就能學會以下單字：

❶ awareness
❷ business
❸ conciseness
❹ happiness
❺ kindness
❻ loneliness

---

01 aware 覺察 + ness 狀態

awareness [ə`wɛrnɪs] 名 認知、覺察

延伸片語 **eco-awareness** 環保意識

▶ The ecologist gave a speech to promote **eco-awareness**.
該生態學家做了一場推動環保意識的演講。

---

02 busi 商業 + ness 性質

business [`bɪznɪs] 名 商業、生意

延伸片語 **out of business** 停業；歇業

▶ The restaurant has been **out of business** since last month.
那間餐廳自上個月起已經停業了。

---

03 concise 扼要 + ness 狀態

conciseness [kən`saɪsnɪs] 名 簡明、簡單

延伸片語 **conciseness of expression** 言簡意賅

▶ A good essay should be a balance between **conciseness of expression** and adequate information.
一份好的報告應該在言簡意賅及提供充分訊息中取得平衡。

04 happi 快樂 + ness 狀態

happiness [ˈhæpɪnɪs] 名 快樂、愉悅

延伸片語 **in great happiness** 非常愉快地

▶ The couple is preparing for their wedding **in great happiness**.
這對情侶正非常愉快地籌備他們的婚禮。

05 kind 仁慈 + ness 性質

kindness [ˈkaɪndnɪs] 名 仁慈、友好

延伸片語 **kill someone with kindness** 寵壞

▶ Stop spoiling your son. You're going to **kill him with kindness**.
別在溺愛你兒子了。寵他就是害了他。

06 loneli 孤獨 + ness 狀態

loneliness [ˈlonlɪnɪs] 名 寂寞、孤獨

延伸片語 **drown one's loneliness** 藉酒解寂寞

▶ Rick **drowns his loneliness** every night.
瑞克為了排遣寂寞，每晚都喝得爛醉。

" 還有更多與「ness」同語源的字尾所延伸的單字 "

idleness （懶散的狀態）	懶惰
emptiness （空的狀態）	空虛
awkwardness（不靈巧的狀態）	笨拙
swiftness （快捷的狀態）	敏捷

ory

字尾篇
地點、領域

🔘 *Track 147*

瞭解這個字尾，你就能學會以下單字：
- ❶ conservatory
- ❷ depository
- ❸ dormitory
- ❹ laboratory
- ❺ lavatory
- ❻ repository

---

01 conservat 保存 + ory 地點

conservatory [kən`sɜvə͵torɪ] 名 溫室

延伸片語 **flower conservatory** 溫室花房

▶ The orchids are cultivated in a **flower conservatory**.
這些蘭花是在溫室花房中培育的。

---

02 deposit 放置 + ory 地點

depository [dɪ`pazə͵torɪ] 名 儲存處

延伸片語 **depository receipts** 存股權證、存託憑證

▶ She made a great fortune by investing in overseas **depository receipts**.
她靠投資海外存託憑證大賺了一筆。

---

03 dormit 睡覺 + ory 地點

dormitory [`dɔrmə͵torɪ] 名 宿舍

延伸片語 **dormitory town** 市郊住宅區

▶ I live in the **dormitory town**, which is twenty minutes by car from the office.
我住在離公司二十分鐘車程的市郊住宅區。

04 laborat 勞動 + ory 地點

laboratory [ˈlæbrəˌtorɪ] 名 實驗室

延伸片語 language laboratory 語言實驗室

▶ We always have our English conversation classes in the language laboratory.
我們總是在語言實驗室裡上英文會話課。

05 lavat 洗 + ory 地點

lavatory [ˈlævəˌtorɪ] 名 盥洗室、洗手間

延伸片語 lavatory paper 衛生紙、便紙

▶ Please resupply some lavatory paper to the ladies' room.
請再補充一點衛生紙到女生廁所。

06 reposit 保存 + ory 地點

repository [rɪˈpɑzəˌtorɪ] 名 儲藏處

延伸片語 knowledge repository 知識庫

▶ We need a knowledge repository for education needs of employees.
我們需要一個能滿足員工教育需要的知識庫。

還有更多與「ory」同語源的字尾所延伸的單字

與 ory 同含義的字尾：ary、ery

nursery（照料的地點）	托兒所
dispensary（配藥的地點）	藥房
granary（放置穀物的地點）	穀倉
secretary（保守秘密的地點）	秘書

proof 字尾篇
防止的

🎵 *Track 148*

瞭解這個字尾，你就能學會以下單字：

❶ bulletproof
❷ fireproof
❸ heatproof
❹ rustproof
❺ soundproof
❻ waterproof

---

01 bullet 子彈 + proof 防止的

bulletproof ['bulɪt,pruf] 形 防彈的

延伸片語 **bulletproof vest** 防彈背心

▶ All security guards are equipped with **bulletproof vests**.
所有安全警衛都裝備有防彈背心。

---

02 fire 火 + proof 防止的

fireproof ['faɪr,pruf] 形 防火的

延伸片語 **fireproof wallpaper** 防火壁紙

▶ The color of this **fireproof wallpaper** goes well with your furniture.
這款防火壁紙的顏色和你的家具很搭。

---

03 heat 熱度 + proof 防止的

heatproof ['hit,pruf] 形 抗熱的

延伸片語 **heatproof glass** 耐熱玻璃

▶ The water pitcher is made of **heatproof glass**.
這只水壺是以耐熱玻璃製成的。

04 rust 鏽蝕 + proof 防止的

rustproof [ˋrʌst͵pruf] 形 **不鏽蝕的**

延伸片語 **rustproof paint** 防鏽漆

▶ He repainted the room with **rustproof paint**.
他以防鏽漆為房間重新上漆。

---

05 sound 聲音 + proof 防止的

soundproof [ˋsaund͵pruf] 形 **防噪音的、隔音的**

延伸片語 **soundproof room** 隔音房間

▶ I always practice playing drums in the **soundproof room** so as not to disturb others.
我總是在隔音房間內練習打鼓，免得打擾到別人。

---

06 water 水 + proof 防止的

waterproof [ˋwɔtɚ͵pruf] 形 **防水的**

延伸片語 **waterproof coat** 防水外套；雨衣

▶ You'd better wear your **waterproof coat** because it's very likely to rain.
今天很可能會下雨，你最好穿著防水外套。

" 還有更多與「proof」同語源的字尾所延伸的單字 "

burglarproof （防止強盜的）	防盜的
creaseproof （防止皺摺的）	防皺的
foolproof （防止愚鈍的）	相當簡單的
shockproof （防止震動的）	防震的

ship

字尾篇

狀態、身分、關係

🔊 *Track 149*

瞭解這個字尾，你就能學會以下單字：

❶ championship
❷ friendship
❸ leadership
❹ membership
❺ ownership
❻ scholarship

01 champion 冠軍 + ship 身分

championship [ˈtʃæmpɪənʃɪp] 名 冠軍

延伸片語 **Women's Championships** 女子錦標賽

▶ They are practicing very hard in order to win the **Women's Volleyball Championships**.
為了贏得女子排球錦標賽她們努力練習。

02 friend 朋友 + ship 關係

friendship [ˈfrɛndʃɪp] 名 友情

延伸片語 **everlasting friendship** 永恆的友誼

▶ I am touched by the **everlasting friendship** between my father and Uncle Jack.
我父親與傑克叔叔長存的友誼讓我很感動。

03 leader 領導 + ship 身分

leadership [ˈlidəʃɪp] 名 領導階級

延伸片語 **national leadership** 國家領導

▶ The **national leadership** paid an inspection visit to the disaster area yesterday.
國家領導昨天到災區視察。

member 人員 + ship 身分

membership [ˈmɛmbɚʃɪp] 名 會員、資格

延伸片語 **membership club** 會員俱樂部

▶ Only those who meet the requirements can get to join the **membership club**.
只有符合要求的人士方能加入這個會員俱樂部。

owner 擁有者 + ship 狀態、身分

ownership [ˈonɚʃɪp] 名 擁有者、所有權

延伸片語 **public ownership** 公有制；國家所有制

▶ The power industry still remains in **public ownership** in this country.
電力工業在這國家仍維持國家所有制。

scholar 學術的 + ship 狀態

scholarship [ˈskɑlɚʃɪp] 名 獎學金、學識

延伸片語 **sports scholarship** 體育獎學金

▶ Jerry goes to a nice university on **sports scholarship**.
傑瑞靠體育獎學金在一間不錯的大學就讀。

還有更多與「ship」同語源的字尾所延伸的單字

fellowship （夥伴的關係）	夥伴關係
sportsmanship（運動家的狀態）	運動家精神
kinship（家族的關係）	血緣關係
citizenship （公民的身分）	公民身分

ward 字尾篇 方向的

🔊 *Track 150*

瞭解這個字尾，你就能學會以下單字：

❶ backward
❷ downward
❸ forward
❹ northward
❺ shoreward
❻ upward

01 back 後面 + ward 方向的

backward [`bækwəd] 形 往後的

延伸片語 **backward country** 落後的國家

▶ They still don't have electricity in that **backward country**.
在那個落後的國家，還沒有電力。

02 down 下方 + ward 方向的

downward [`daunwəd] 形 往下的

延伸片語 **downward spiral** 惡性循環

▶ It is an institution that helps drug addicts to combat the **downward spiral** of drug-abusing.
這是一個幫助癮君子與吸毒之惡性循環搏鬥的機構。

03 for 離開 + ward 方向的

forward [`fɔrwəd] 形 往前的

延伸片語 **look forward to** 期待

▶ I am **looking forward to** the summer vacation.
我很期待暑假的到來。

04 **north** 北方 + **ward** 方向的

northward [ˈnɔrθwəd] 形 朝北的

延伸片語 migrate northward 向北遷移

▶ The migrant birds will migrate northward again after the winter.
候鳥在冬天過後又會向北遷移。

05 **shore** 岸 + **ward** 方向的

shoreward [ˈʃorwəd] 形 朝向岸的、面向陸地的

延伸片語 shoreward wave 向岸波

▶ There is a huge shoreward wave coming.
有一個大波浪朝著陸地打過來了。

06 **up** 上方 + **ward** 方向的

upward [ˈʌpwəd] 形 朝上的、往上的

延伸片語 upward trend 上升中的趨勢

▶ Using social media to communicate at work is an upward trend.
在工作時使用社交軟體溝通，是個上升中的趨勢。

還有更多與「ward」同語源的字尾所延伸的單字

與 ward 同含義的字尾：bound、wide、wise

homebound （往家的方向）	回家鄉的
worldwide （世界＋方向的）	全世界的
nationwide （國家＋方向的）	全國的
clockwise （時鐘＋方向的）	順時針方向的

學了這麼多的字尾，想必你能夠看懂的單字肯定大幅增加囉！快來看看以下這三篇文章，比較看看，比起瞭解字尾之前的你，現在的你是不是更能輕鬆地看懂落落長的文章內容了呢？如果有不太懂的地方，也要記得翻回去看看喔！

❶ The Cutest Runner
最可愛的跑者

The third Annual Township Marathon was held on the 14th (Sunday), starting at 8:00 a.m. and ending at approximately 10. More than 200 enthusiastic participants turned up, and among their ranks was the most adorable runner you've ever met: a 3-year-old Golden Retriever named Lexie.

The hosting team gave the furry runner approval to join the marathon after her owner sent in a sign-up form the day before the deadline. "If someone this cute wants to sign up, we don't see why we shouldn't let them," Mr. Devon Brown, the host of the marathon, explained.

It was inevitable that a participant this cute will be turning heads everywhere she went. Exhausted and dehydrated runners felt their dwindling willpower renewed after watching Lexie run. "It was impressive," an interviewee said. "I had a bad night and was already tired after my first mile, but for some reason, seeing Lexie run gave me the encouragement to go on."

Lexie's owner, stewardess Cora Lee, was really happy that the runners seemed to have no problem with their fellow participant being a dog. "They all treated Lexie respectfully," she told the interviewers, "and the local marathon association even offered Lexie membership!"

中文翻譯

第三屆小鎮年度馬拉松在 14 號星期日舉行，早上 8 點開始，約 10 點結束。超過 200 名熱情的參與者到場，其中包括了你所見過最可愛的跑者：一隻叫做「萊西」、3 歲大的黃金獵犬。

萊西的主人在截止日期前一天投遞了報名表，而主辦單位也同意讓這隻毛茸茸的跑者參加馬拉松。馬拉松主辦人戴翁‧布朗先生說明：「既然有個這麼可愛的跑者想來報名，我們當然沒理由拒絕。」

無法避免地，這麼可愛的跑者當然走到哪都會吸引注意。疲憊又脫水的跑者們每當感到意志力逐漸消逝，就看看萊西跑步，精神立刻又來了。「太令人印象深刻了，」一名受訪人士說。「我昨晚睡得很不好，所以才跑第一哩就開始累了，但不知道為什麼，一看到萊西跑步的樣子，我就感到被鼓勵了，又能繼續跑下去。」

萊西的主人空中小姐珂拉‧李非常開心看到跑者們似乎都不介意和一隻狗一起參加馬拉松。「他們都很尊重萊西，」她告訴訪談人員，「當地馬拉松協會還讓萊西成為會員呢！」

詳細解析

一旦學了字尾以後，是不是覺得在哪裡都能看到各式各樣字尾的存在呢？沒錯，在這篇報導中，想必你應該放眼望

去就能找到不少我們在書中學過的字尾了。第一段中有annual（年度的）的「-al」（屬於⋯⋯的）、participant（參加者）的「-ant」（做某事的人）、adorable（可愛的）的「-able」（能夠⋯⋯的）等等，從這幾個關鍵字就可以看出這篇報導講的是「年度的馬拉松比賽，有個參加者很可愛」囉！

第二段提到了 runner、owner 這些單字，也都出現了字尾「-er」。「-er」是「從事⋯⋯的人」的意思，run（跑）和 own（擁有）都是大家應該已經認識的單字，所以我們馬上就能知道 runner 的意思是「跑者」、owner 的意思是「擁有者」（主人）了。是不是很簡單呢？

第三段中，出現了 interviewee 這個字。我們學過，「-ee」這個字尾的意思是「被⋯⋯的人」，而我們知道 interview 的意思是「訪談」，所以 interviewee 的意思就是「被訪談者」。被訪談者說了什麼呢？他稱讚了這位「最可愛的跑者」很「impressive」、還帶來了「encouragement」。我們學過字尾「-ive」有「有⋯⋯性質的」的意思，而字尾「-ment」則是「行為」的意思，所以我們知道這位可愛的跑者不但有讓人印象深刻的性質，還為其他人帶來鼓勵的行為，真是扮演了相當勵志的角色呢。

這位可愛的跑者到底是誰呢？即使看不懂 golden retriever（黃金獵犬），也能從最後一段的「dog」這個基本單字判斷牠是隻狗。既然如此，也難怪牠會有主人（owner）囉！這個主人是空服員，是個女生。我們為什麼知道她是女生呢？因為 stewardess 這個字有「-ess」這個字尾，我們學過它是「女性、陰性」的意思，stewardess 就是女的 steward（空服員），也就是空中小姐囉！這位主人還說，她的狗狗得到了跑者協會的 membership。我們都知道 member 是「成員、會員」的意思，而我們也學過了字尾「-ship」是「狀態、身分」的意思，所以這裡就是說狗狗得到跑者協會的「會員身分」啦！

這篇報導的大意，看到這裡就呼之欲出了。在年度的馬拉松大會上，來了一個可愛的跑者，是一隻狗。牠非常地振奮人心、主人是空中小姐、牠還變成了跑者協會的會員。靠著一些大家都學過的簡單單字，搭配各種字尾，文章的意思就已經非常明顯了吧！所以字尾一定要搞懂喔！

★字尾 -al 更詳細的説明，請見 p.306
　字尾 -ant 更詳細的説明，請見 p.310
　字尾 -able 更詳細的説明，請見 p.302
　字尾 -er 更詳細的説明，請見 p.318
　字尾 -ive 更詳細的説明，請見 p.328
　字尾 -ee 更詳細的説明，請見 p.314
　字尾 -ment 更詳細的説明，請見 p.338
　字尾 -ess 更詳細的説明，請見 p.320
　字尾 -ship 更詳細的説明，請見 p.346

❷ New Watch on Sale
新錶特價中！

We marketing assistants at the Electronics Department are glad to announce one of our newest products: the D0089 watch. It comes in two colors: silver and black, and is fashionable yet practical accessory any man would be proud to boast ownership of.

Besides looking sleek, posh but not with unnecessary extravagance, it's also got countless capabilities. It's waterproof, fireproof, heatproof, even bulletproof—just in case you walk into a gunfight, your trusty watch may increase your chances of survival.

Small and lightweight, this item is perfect for those who encounter water a lot in their line of work, such as lifeguards, car washers and dentists (yes, dentists do get in contact with water a lot, believe it or not). It is also suitable for personal gym trainers who need a watch that doesn't go wonky after being shaken hard a hundred times each day. Those who suffer from insomnia will also appreciate its built-in light-up function—just right for those sleepless nights when you feel like checking the time every five seconds!

中文翻譯

我們電子部門的行銷助理們在此很高興宣布一項最新產品上市：D0089 手錶。共有銀與黑兩種顏色，既時尚又實用，是任何男人都想擁有並引以為豪的配件。

這支手錶不但看起來俐落、高雅又不會太過華貴，還有數不清的功能。它防水、防火、隔熱、還能防彈。如果你一不小心遇到槍戰，你這支可靠的手錶就能增進你的存活機率了。

這支錶又小又輕，非常適合工作時常會碰到水的人，像是救生員、洗車人員、牙醫（真的，牙醫經常會碰到水，信不信由你）等。也很適合健身房的個人教練，他們很需要一支不會天天都搖個幾次就壞掉的堅固手錶。失眠患者也會喜歡內建的小燈功能，難以入眠的夜晚，每五秒就想看一次時間的話，這個功能可就剛剛好了。

詳細解析

從大家都認識的關鍵字「watch」，就知道這是一則手錶的廣告。可是這廣告真長啊！身為讀者的你，要如何抓到關鍵字，判斷該不該買這支錶呢？現在就一起來看看。

第一段中，一開始作者先表明了身分：他隸屬於 Electronics 部門，身分是 assistant。我們學過「-ics」這個字尾是「學科」的意思、「-ant」則是「做事的人」，可知道這個人是在「電子科」「擔任助理的人」。他接下來提到這支錶 fashionable、practical，我們都知道 fashion 的意思，也知道 practic 這個字根和我們熟悉的 practice 長得很像，搭配「-able」（能夠……的）和「-al」（行動）的字尾，就能大概推斷出這支錶既「流行、時尚」，又「實用」。

接下來，作者説這支錶有「countless capabilities」。我們學過「-less」這個字尾，意思是「不能……的」，而我們也知道 count 是「數」的意思，所以「countless」的意思就變成了「不能數的」、「數不清的」。我們也學

過「-ability」這個字尾，意思是「可……性」，capability 這個單字表示「可能性、性能」。因此，看到這裡我們就曉得這支錶有「數不清的性能」了。

例如哪些性能呢？文中列舉了「waterproof, fireproof, heatproof, even bulletproof」，我們學過字尾「-proof」意為「防止的」，也就是說這支錶可以防止 water、fire、heat、bullet。防水、防火、隔熱、還能防彈，果然很厲害！心動了嗎？下面還告訴你哪些人最適合帶這支錶，提到了 car washer、dentist、trainer 等人。我們知道字尾「-er」和「-ist」都有「……的人」的意思，可知這裡列舉的都是各式各樣的職業，如洗車工、牙醫、訓練者（教練）等。

有趣的是，最後還提到了「有 insomnia」的人也可以戴這一支錶。我們學過「-ia」是表示「疾病」的字尾，但 insomnia 是什麼病呢？從後面的 sleepless 一字就可以看出來了。前面說過，「-less」是表示「不能……」的字尾，搭配大家都認識的「sleep」，就知道這個單字是「睡不著」的意思了。有了這個線索，就可以知道 insomnia 是「失眠症」啦！

你是失眠的人嗎？你是牙醫、洗車工、訓練師嗎？你喜歡防水、防火、隔熱還防彈、而且既時尚又實用的錶嗎？那麼這支錶就很適合你了。這時是不是很慶幸自己有學過各種字尾呢？要是因為不懂字尾而看不出關鍵字，可能就會錯過這支完美的手錶囉。

★字尾 -ant 更詳細的說明，請見 p.310
字尾 -ics 更詳細的說明，請見 p.326
字尾 -able 更詳細的說明，請見 p.302
字尾 -al 更詳細的說明，請見 p.306
字尾 -less 更詳細的說明，請見 p.336
字尾 -ability 更詳細的說明，請見 p.300
字尾 -proof 更詳細的說明，請見 p.344
字尾 -er 更詳細的說明，請見 p.318
字尾 -ist 更詳細的說明，請見 p.332
字尾 -ia 更詳細的說明，請見 p.324

❸ Your Personality Test Results
你的心理測驗結果

You're a Born Artist!

Strengths

Your personality test shows that you're an artist! This type of person tends to be very creative and expressive, easily capable of thinking outside the box. They have endless curiosity and view the world as a colorful place. They are able to find happiness in the smallest things.

Weaknesses

This type of person thrives on approval from others. They like constant encouragement, and if unable to attain it, often feel acute loneliness or even paranoia. They are prone to extravagance, and are often considered reckless. As their life choices tend to be very different from others', their reluctance or even refusal to follow the beaten path may lead to misunderstandings and even disputes.

Relationships

This type of person values companionship and stability in relationships, and therefore prefers a close-knit group of friends to a bunch of not-so-close acquaintances. They love diversity, and tend to construct friendship groups with people from varied backgrounds and different walks of life.

Ideal Career

While this type of person would not be happy

studying statistics, working in a laboratory or dealing with other businesses where conciseness is valued, they are excellent creators who would excel at designing, performing and teaching. They are also good psychologists, often having keen insight to others' deep inner thoughts. They hate confinement and do not like stressful environments, and therefore are advised to not work under strict employers, as it would sooner or later lead to problems. The most foolproof way for them, of course, is to be their own boss—artists love their freedom after all!

中文翻譯

你是個天生的藝術家！

優點
你的心理測驗結果顯示，你是個藝術家！這類的人通常都很有創意、有表現力，非常擅長天馬行空的想像。他們總有源源不絕的好奇心，覺得世界是個多采多姿的地方。他們在最小的事物中都能得到快樂。

缺點
這類的人很需要別人的肯定。他們喜歡一直被鼓勵，而如果沒辦法得到鼓勵，就常會感到寂寞、甚至開始妄想。他們常會有點奢華，也常會被認為有點太魯莽。他們對人生的選擇總與其他人不同，因此若他們不情願或根本不願意遵循傳統，就容易造成誤會、甚至引起爭端。

人際關係
這類的人重視陪伴、喜歡穩定的人際關係，因此喜歡一小群關係緊密的朋友，而不是一大堆不太熟的普通朋友。他們喜歡多樣化，喜歡為自己找一群各種背景、各種職業的朋友。

適合職業
這類的人肯定不會喜歡讀統計學、在實驗室工作、或做任何需要精密工作的事業，但他們是絕佳的創造者、擅長設計、表演、教學。他們也是很好的心理學家，能夠看透他

人深刻的想法。他們不喜歡被限制的感覺、也討厭壓力大的環境，因此建議這類的人不要去找個很嚴格的老闆，因為這樣遲早會出問題。最不麻煩的解決辦法就是自己當自己的老闆，因為藝術家最喜歡自由了嘛！

詳細解析

你喜歡做心理測驗嗎？有沒有試試看用英文做過心理測驗？只要在網路上搜尋 personality quiz 就可以找到很多很多囉。這一篇是某個人做心理測驗的結果，我們來快速掃讀一下、抓關鍵字，就能知道他的個性如何了。從第一句的 artist 這個單字，就知道這個人是藝術家個性。artist 這個字大家都認識吧？art 這個字大家也都認識吧？art（藝術）加上字尾「-ist」（從事⋯⋯者）就是 artist（藝術家），是不是非常直覺式呢？

第一段中，我們看到的是藝術家類型人的「優點」。他們creative 又 expressive，這兩個字都出現了字尾「-ive」（有⋯⋯性質的），也就是說藝術家類型的人「有創意、表現力這樣的性質」。接下來說他們有「endless curiosity」，我們學過字尾「-less」表示「沒有⋯⋯的」，所以 endless 就是「沒有盡頭的」。以字尾「-ity」（性質）結尾的 curiosity 是「好奇心」的意思，也就是說藝術家類型的人有「無盡的好奇心」。此外，覺得世界很colorful（color + ful，也就是「顏色」+「充滿」＝充滿顏色的）、很容易找到 happiness（happy + ness，也就是「快樂」+「狀態」＝快樂的狀態），都是藝術家類型的特色。

那他們的弱點呢？下一段提到，藝術家類型的人喜歡encouragement（encourage + ment，也就是「鼓勵」+「行為」＝鼓勵的行為），而如果得不到鼓勵，就會感到 loneliness（lonely + ness，也就是「寂寞」+「狀態」＝寂寞的狀態）、甚至有 paranoia。雖然可能沒有學過paranoia 這個字，但由於它有「-ia」這個字尾，我們還是可以判斷它是一種「疾病」喔！此外，這一段還提到藝術家類型的人被要求要遵循傳統時會出現「reluctance」和「refusal」，這些字包含了我們學過的字尾「-ance」（性質、狀態）以及「-al」（行動），它們的意思是「不情願的狀態」和「拒絕的動作」。

第三段談的是藝術家性格的人際關係，這裡出現了很多以字尾「-ship」（狀態、身分、關係）結尾的單字，找找看，有 relationship（人際關係）、companionship（陪伴關

係）、friendship（友情關係）這麼多個喔！這一段提到，藝術家性格的人交朋友時喜歡 stability 和 diversity，這兩個字都是以字尾「-ity」（性質、狀態、情況）結尾，加上 stable（穩定的）、diverse（多樣的），正是表示「穩定性」和「多樣性」的意思。也就是說，藝術家性格者喜歡穩定的交友關係，同時又喜歡交各式各樣的朋友。

最後是藝術家人格適合的工作。這裡說到了 statistics，以字尾「-ics」（學科）結尾，是「統計學」的意思，也說到了和 conciseness（精確性）相關的工作。但要注意，這些都是舉反例，都不是藝術家人格適合的工作喔！下面說到藝術家人格者不喜歡「confinement」（侷限）和「stressful」（壓力大的）的環境，這裡出現了前面學過的「-ment」（行為）和「-ful」（充滿的）字尾，接下來的 employers（雇主）也出現了「-er」（從事……的人）字尾。畢竟「stressful」就是「stress + ful」，也就是「壓力 + 充滿」，難怪意思是「充滿壓力的」，不是嗎？而「雇主」本來就是「雇用人的人」，也難怪稱為「employer」了。

藝術家人格不喜歡的工作有這麼多，那他們該怎麼辦？文中最後建議，最「foolproof」的方法就是自己當自己的老闆。那什麼是 foolproof 呢？我們知道，「-proof」字尾的意思是「防止」，而 fool 的意思是「笨蛋」。所以 foolproof 就是「防笨蛋」的意思，也就表示這個方法是「無論再笨的人使用都會成功」囉！

即使是心理測驗的解析，裡面也藏了這麼多的字尾呢！快回頭看看之前所閱讀的所有文章，裡面是否藏有許多字尾的蹤跡呢？

★字尾 -ive 更詳細的說明，請見 p.328
字尾 -less 更詳細的說明，請見 p.336
字尾 -ity 更詳細的說明，請見 p.334
字尾 -ful 更詳細的說明，請見 p.322
字尾 -ness 更詳細的說明，請見 p.340
字尾 -ment 更詳細的說明，請見 p.338
字尾 -ia 更詳細的說明，請見 p.324
字尾 -ance 更詳細的說明，請見 p.308
字尾 -al 更詳細的說明，請見 p.306
字尾 -ship 更詳細的說明，請見 p.346
字尾 -ics 更詳細的說明，請見 p.326
字尾 -er 更詳細的說明，請見 p.318
字尾 -proof 更詳細的說明，請見 p.344

原來如此 系列 E235

一本「袋」著走！學習辨別
字首、字根、字尾英文單字

輕鬆牢記150大英單規則，陌生單字輕鬆解讀

作　　者	張慈庭
顧　　問	曾文旭
社　　長	王毓芳
編輯統籌	耿文國、黃璽宇
主　　編	吳靜宜、姜怡安
執行編輯	吳佳芬、尤新皓
美術編輯	王桂芳、張嘉容
法律顧問	北辰著作權事務所　蕭雄淋律師、幸秋妙律師

初　　版	2020年10月
出　　版	捷徑文化出版事業有限公司
電　　話	（02）2752-5618
傳　　真	（02）2752-5619

定　　價	新台幣360元／港幣120元
產品內容	1書

總 經 銷	采舍國際有限公司
地　　址	235 新北市中和區中山路二段366巷10號3樓
電　　話	（02）8245-8786
傳　　真	（02）8245-8718

港澳地區總經銷	和平圖書有限公司
地　　址	香港柴灣嘉業街12號百樂門大廈17樓
電　　話	（852）2804-6687
傳　　真	（852）2804-6409

國家圖書館出版品預行編目資料

一本「袋」著走!學習辨別字根、字首、字
尾,英文單字不用猜 / 張慈庭著. -- 初版. --
臺北市 : 捷徑文化, 2020.10
　面; 　公分（原來如此 : E235）
ISBN 978-986-5507-43-5(平裝)

1. 英語　2. 詞彙

805.12　　　　　　　　　　109012583